달빛
조각사

달빛 조각사 41

2013년 11월 12일 초판 1쇄 인쇄
2013년 11월 15일 초판 1쇄 발행

지은이 남희성
발행인 이종주

기획 팀 김명국 이재범 홍성용
책임 편집 이세종

발행처 (주)로크미디어
출판등록 2003년 3월 24일
주소 서울시 용산구 원효로97길 46 5층
Tel (02)3273-5135 Fax (02)3273-5134
홈페이지 rokmedia.com E-mail rokmedia@empal.com

ⓒ 남희성, 2007

값 8,000원

IISBN 978-89-257-3298-5 (41권)
ISBN 978-89-5857-902-1 04810 (세트)

이 책은 (주)로크미디어가 저작권자와의 계약에 따라
발행한 것이므로 본서의 내용을 무단 복제하는 것은
저작권법에 의해 금지되어 있습니다.

작가와의 협의에 의해 인지는 생략합니다.
잘못된 책은 바꾸어 드립니다.

남희성 게임 판타지 소설

차례

영웅의 짧은 고뇌	7
용사의 강림	47
일어나는 대재앙	83
전면 공격	133
위드의 노래	163
질 수 없는 전쟁	195
기울어지는 전쟁	233
무너지는 왕궁	259
하벤 제국의 불행	297

영웅의 짧은 고뇌

"드디어 대지의 궁전!"

"우리 헤르메스 길드가 북부를 정복하기 위하여 도착했다."

"전쟁의 신 위드도 끝장이야. 오늘로서 아르펜 왕국도 멸망하여 하벤 제국은 대륙을 통일하겠지."

북부 정벌군의 헤르메스 길드 유저들은 가슴에 차오르는 흥분과 기대를 억누르기 힘들었다.

사상 최대 규모의 정예 병력이 대륙 북부에 결집했다.

아르펜 왕국과 북부 유저들과의 전투를 성공적으로 치르고 나서 전쟁의 신 위드의 목숨까지도 빼앗으리라.

덤으로 대지의 궁전의 철저한 파괴는 당연!

하늘에 떠 있는 천공의 섬 라비아스도 상당히 웅장했지만, 어쩌면 저것조차도 오늘 내로 정복을 하고 추락시킬 수 있으리라.

'강자가 약자를 짓밟는 방식을 철저히 보여 주리라.'

'대지의 궁전이 저렇게 생겼군. 산봉우리에 걸쳐서 지어지다니 기발한 발상이기는 한데, 북부에서 보물은 많이 모아 놨을까? 다른 왕국의 궁전을 약탈하고 파괴하는 즐거움을 또 누릴 수 있다니. 전리품이 더 늘어나게 됐어. 절대로 다른 이들에게 뒤처지면 안 되겠지.'

'후후후, 기사단의 멈추지 않는 돌격으로 쓸어버려 주마. 방송 출연 확실히 할 거야.'

'미개한 북부의 마법 실력으로는 나 돌풍의 핸드라미드 님을 막지 못하지. 대량 학살을 위해서 바람의 마법처럼 확실한 게 또 있을까. 미개한 놈들에게 4단계 바람 마법을 펼치면 생방송에서도 깜짝 놀라겠지? 이름을 크게 알릴 수 있겠지.'

'재수 없게 다리가 무너져서 정말 오랜만에 죽음을 경험하는 일을 당했지만 오늘 너희에게 철저히 보복을 해 주지.'

헤르메스 길드 유저들은 자신들의 용맹과 무력을 자랑하기 위해서 벼르고 있었다.

로열 로드에서 대단한 관심거리가 된 북부라고 해도 그들이 보기에는 로자임 왕국과 브렌트 왕국이 있는 대륙 동부보다 뒤떨어지고, 미개척지보다 조금 나은 수준이다.

유저들은 대부분 시작한 지 얼마 되지 않아 약하고, 보잘것없는 장비들을 착용했다.

무기와 기술, 개개인의 전투력. 모든 부분에서 우스웠다.

지금까지 싸우고 정복해 오면서 북부는 초보 유저들의 숫자만 많을 뿐이라는 인식이 확고하게 자리를 잡았다.

그렇다는 말은 약자들을 대상으로 실컷 무력을 과시해 가면서 제멋대로 설칠 수 있다는 뜻!

오늘의 결전은 방송으로도 생중계가 될 것이기 때문에 전쟁에 참여한 헤르메스 길드의 유저들은 실컷 들떠 있었다.

-현재 군대의 사기는 높습니다. 알카사르의 다리에서 경험한 재난은 완전히 잊힌 모습입니다.

-완벽한 진형을 갖추면 2군단의 공성 병기들을 앞세워서 공격합니다.

-각 기사단장들은 적들이 움직이면 계획되어 있는 초반 돌격 진행 경로에 따라 대응합니다. 중요한 전투인 만큼 기사단 단위의 개인행동은 불허합니다.

-기사단끼리의 통신을 강화하여 전쟁에서 멋지고 웅장한 모습을 보여 줍시다.

헤르메스 길드의 지휘통신 채널로 군단장들이 중간 지휘관 역할을 하는 유저들에게까지 직접 명령을 내렸다.

전쟁의 규모가 그들이 경험해 본 것 중에는 가장 크기에 명령이 완벽하게 수행될 수 있도록 진형 유지에 각별한 관심을 쏟았다.

 하벤 제국의 기사단은 칼날 같은 군기로 일제 돌격과 우회 공격, 진형 파괴에 익숙했다.

 '너무 쉽고 간단한 싸움이기에… 오히려 누구도 따라오지 못할 엄정한 군기를 보여 주면서 승리를 해야겠지.'

 북부의 유저들이 할 수 있는 행동이라고 해 봐야 날파리 떼처럼 무작정 덤벼드는 것이 고작일 테니 하벤 제국군에서는 발전된 집단 전술로 마음껏 밟고 주무를 수 있었다.

 군단장들의 지휘 채널에는 헤르메스 길드의 수뇌부 역시 참여했다.

 방송을 통해서 전투 장면도 지켜볼 수 있지만 일선 지휘관들의 원활한 전쟁 수행을 위하여 지휘권에 간섭하지는 않는다. 단, 전투가 끝나고 나서 군단장들의 성과에 대한 평가 회의가 이루어진다.

 햇살이 따스하게 비추고 바람은 살랑이면서, 시원한 날씨는 더없이 화창하고 맑았다.

 대지의 궁전 앞에서 하벤 제국군과 북부 유저들의 대결전의 서막이 펼쳐지려 하고 있었다.

 제1군단장이며 북부 정벌군의 총사령관 드라카가 군대를 뒤로한 채 홀로 말을 몰고 100미터 정도 앞으로 나섰다.

"자신의 능력에 걸맞지 않게 전쟁의 신이라는 별명을 가진 위드여, 위대한 하벤 제국군이 비루하고 가난한 아르펜 왕국을 정복하기 위해 왔노라. 네가 진정한 국왕이며 이 땅을 다스리는 주인이라면 지금 이 자리에 나타나라!"

드라카의 외침은 평원과 대지의 궁전에까지도 쩌렁쩌렁하게 퍼졌다.

사자후와 비슷한 스킬인 통솔의 외침이었다. 샤먼의 소리 확대 마법까지 부여되다 보니 소리가 널리 퍼졌다.

북부 유저들이 바로 그를 비난했다.

"우우우!"

"썩 꺼져라, 헤르메스 길드 놈아!"

"우리 위드 님은 나오라면 나오는 그런 분이 아니야!"

그러면서도 내부적으로는 드라카의 외침에 대해서 호기심을 가지고는 있었다.

"위드 님이 여기서 나타나시는 걸까?"

"지금 대지의 궁전에 있는 거야?"

하벤 제국군을 막기 위하여 모였지만 위드가 이곳에 있는지는 북부 유저들도 가장 궁금해하는 부분이었다.

전투를 조금이라도 할 줄 아는 유저들이 왕궁을 지키기 위해 북부 전역에서 이곳으로 모였다. 하벤 제국군의 정면에서 기다리거나, 하루나 이틀 전에 도착해서 자신이 원하는 자리를 차지하고 기다리고 있었다.

그러나 후방의 넓은 평원과 산악 지대에서 상황이 어떻게 되는지를 지켜보고 있는 유저들의 수는 그보다 더 엄청났다.

 레벨이 높은 이들일수록 죽음으로써 잃어버리는 게 크기 때문에 기왕이면 승산이 있는 전투라고 생각해야만 함께 싸울 것이다.

 위드가 전투를 이끄느냐 혹은 대지의 궁전을 포기하느냐에 따라서 그들의 대응도 달라지리라.

 "어디야?"

 "위드 님이 오긴 한 거야?"

 "정보력이 뛰어난 헤르메스 길드에서 불렀으니까 있는 거 아닐까? 저놈들은 웬만한 건 다 알고 있잖아."

 북부 유저들은 위드를 찾기 위하여 소란스러웠다.

 드라카가 노리는 것도 이런 효과였다.

 전투가 벌어지기 전에 그를 불러서 위드가 이 자리에 있는지를 확인할 수 있다.

 명목상의 아르펜 왕국의 국왕이 아닌 전쟁의 신 위드이기 때문에 방어 전략의 핵심 역할을 할 게 아닌가.

 그가 등장하게 만드는 것만으로도 대응하기에 편해진다.

 드라카의 부름에도 위드가 나타나지 않는다면 북부 유저들의 전투 의지를 약화시킬 수 있으니 일석이조의 효과를 갖는다.

 드라카는 잠시 기다려 보았지만 군중 사이에서 위드는 나

타나지 않았다. 까마득히 높은 곳에 위치한 대지의 궁전에서라도 위드가 등장했다면 환호 소리가 들렸을 텐데 잠잠했다.

'한 번의 부름으로는 부족하다는 말인가? 이 자리에 없는 건 아니겠지. 대지의 궁전이 부서지면 아르펜 왕국의 손해가 정말 막심할 텐데 말이지. 어느 쪽이든 목적은 손쉽게 달성할 수 있을 것 같다.'

드라카는 다시 목청을 드높였다.

"지금 하벤 제국군의 제1군단장 드라카가 아르펜 왕국의 국왕 위드에게 정정당당한 결투를 신청한다. 숨어 있지 말고 어서 나타나라!"

결투 신청!

하벤 제국군 북부 정벌군의 군단장들을 대표하는 총사령관 드라카의 결투 신청은 전쟁의 향방을 바꿀 수도 있는 사건이다.

왕국 규모의 전투에서 기사들이 앞장서서 결투를 벌이며 병사들의 사기를 높이기도 하지만 이처럼 한쪽을 대표하는 이들끼리의 승부는 위험성이 크다.

물론 결투 신청은 헤르메스 길드의 정보부에서 세밀한 분석을 마치고 내린 결론을 바탕으로 했다.

―위드의 모험 내역을 분석하였을 때에 조각술 스킬 중의 몇 가지는 추측이 가능합니다.

-종족이나 직업을 바꾸고, 재앙을 일으키며, 원하는 대로 부하를 만들며, 고위 몬스터 사냥에 유용한 검술을 가지고 있습니다.

 -이 중에서 특별히 경계를 해야 할 것은 재앙 발생과 부하 생성인데… 자주 사용하지 못하는 것을 보니 아마도 다른 직업 스킬들처럼 대단한 페널티를 가지고 있을 것입니다. 다른 직업들의 비기 스킬들을 근거로 판단할 때 레벨이나 스킬 숙련도의 감소, 혹은 소모되는 스텟이 있을 것으로 추정됩니다.

 -발생시키는 재앙의 위력은 가히 살인적입니다. 위드가 재앙을 일으킬 때마다 그 효력이 크게 증가하고 있는데, 단순히 스킬 숙련도의 증가 때문은 아닌 것으로 판단됩니다. 영향을 받는 면적이나 사전 예측이 불가능한 유형 모두에서 주의를 할 필요가 있습니다.

 -조각술 최후의 비기 퀘스트를 통해서도 무언가를 얻었을 것이라고 추측이 되지만 아직 구체적인 정보가 입수되지 않았습니다. 현시대로 돌아오고 나서 종적을 감추고 해당 스킬을 쓴 흔적도 없는 것으로 보아서, 자유롭지 못한 어떤 제약이 있을 수 있습니다.

 -스킬이 어떤 것이라도 퀘스트에 얽매여 원하는 만큼의 성장을 하지 못하였을 테니 멜버른 광산 때에 비하여 전투적인 발전은 크지 않을 것입니다.

 -사막의 대제왕이 사람들에게 각인시킨 이미지가 실로

대단해도 현재의 실상은 완전히 다를 것입니다. 위드의 현재 전투 역량을 파악해 볼 필요가 있습니다. 또한 잠재적인 불안 요소를 제거하기 위하여 조각술 최후의 비기도 우리가 빠르게 알아내야 합니다. 그 스킬이 예술과 관련이 깊은 것이라면 의외로 일은 쉽게 풀릴 수도 있을 겁니다.

-멜버른 광산에서의 전투를 감안하였을 때 그 외의 어떤 변수도 개입되지 않았을 경우 드라카 1군단장이 패배할 가능성은 20% 이하입니다.

정보부에서는 위드를 철저히 분석해 보고 드라카가 이길 수 있다고 판단했다.

일반적으로 예술 계열의 조각사가 전투 계열 직업을 이기려면 거의 2배 이상의 노력이 필요하다. 스텟이나 유용한 전투 스킬에 있어서 차이가 있기 때문이다.

그러나 위드는 단순한 잣대로 볼 수는 없는 인간이다.

그는 강해지기 위하여 닥치는 대로 많은 노력을 해 왔고, 그 덕에 보통의 전투 계열 직업들이 얻지 못하는 특수한 스킬들을 활용한다.

그런 다양한 부분들을 충분히 감안하더라도 드라카는 헤르메스 길드가 내세울 수 있는 강력한 기사로서 베르사 대륙에서 다섯 손가락 안에 꼽을 수 있는 강자였다.

이번 결투 역시 즉흥적인 게 아니라 전투 계획의 일부에

해당된다.

드라카는 결투를 위하여 최상의 무구들을 지급받았으며, 대륙에서 세 손가락 안에 드는 사제와 샤먼에게 축복을 부여받았다. 그것으로도 모자라서 특별한 제물을 바쳐 힘을 얻는 흑마법으로 7시간 동안의 강화를 했으니 완전한 준비를 끝내 놓은 셈이다.

"우리 지금 대장들끼리 결투가 벌어지는 거야?"

"완전 재밌겠다. 당연히 위드 님이 이기겠지?"

"어이가 없네. 드라카가 누구길래 저렇게 기고만장하지?"

"바보야, 드라카를 몰라?"

"누군데?"

"발렛 호수의 영주로서 아나볼릭 기사단의 단장이며 기사 중의 기사로, 열네 번의 결투를 연속으로 승리해서 파헬른의 전설을 세운… 아무튼 겁나 재수 없는 놈 있어."

드라카는 무력으로 너무나도 널리 알려진 랭커였다.

북부 유저들은 전쟁 등에는 관심이 없어서 그의 이름을 모르는 이들도 꽤 되었지만, 그에 대하여 금방 알려졌다.

"싸가지없다며?"

"어리고 예쁜 여자도 무지 밝힌대."

"이거 진짜 확실해. 변태 중의 상변태라는데."

"끄아아, 인간 망종이네."

아무래도 헤르메스 길드에 우호적이지 않은 군중이다 보

니 비호감에 가깝게 정보가 전달되기 마련.

그럼에도 드라카의 레벨이나 전투 경력들이 전해져서 가슴을 졸이며 긴장하게 되었다.

전쟁의 신으로 추앙받는 위드였으며 바드레이와도 자웅을 겨룰 수 있으리라고 믿었지만, 막상 헤르메스 길드를 대표하는 유저 1명의 전력도 엄청났다.

베르사 대륙의 강자들이 모인 집단. 그 사실을 북부 유저들에게 확실히 각인시키는 효과도 어느 정도는 노리고 있었다.

결투 제안으로 대지의 궁전과 그 주변이 들썩이는 와중에도 위드는 나타나지 않았다.

'차라리 나타나 주면 좋을 텐데. 이 드라카 님이 모든 관심의 대상이 될 기회란 말이다.'

드라카도 일대일 결투를 이길 자신이 있었다.

하벤 제국이 전 대륙을 정복하고 난다면 그 이후로는 이러한 공을 세울 기회도 줄어든다.

바드레이를 넘어서지는 못해도 지휘관으로서 확실한 2인자 정도는 도모해 볼 수 있지 않겠는가.

오늘의 결투에 많은 준비를 해 온 드라카는 진심으로 승부를 원했다.

"위드여, 사막의 대제왕으로서 모험을 하며 대륙을 질타하지 않았는가. 그때의 자신감은 어디로 간 것인가. 또한 아르펜 왕국의 국왕으로서 사람들 위에 서려면 지위가 갖는 무게감과 명예도 막중하다고 할 것이다. 그럼에도 불구하고 겁쟁이처럼 꼬리를 말고 나타나지 않을 셈인가!"

드라카가 짐짓 화를 내며 고함을 질렀다.

상대편을 압도하며 질서 정연하게 서 있는 하벤 제국군 측의 진영은 물론이고 북부 유저들도 조용했다.

위드가 등장을 하느냐 마느냐가 전쟁의 향방을 결정하는 초미의 관심사가 되었다.

그러나 30여 초가 지난 후에도 어떠한 변화도 없이 잠잠했다.

"아르펜 왕국의 국왕 위드! 나 드라카가 그대의 땅을 정복하러 왔다. 네가 국왕으로의 자부심을 가지고 있다면 당장 나타나서 나를 막아 봐라! 아니면 이미 대지의 궁전을 벗어나서 아직 전쟁과는 관련이 없는 안전한 다른 지역으로 도망을 친 것인가!"

드라카가 다시 한 번 외쳤음에도 북부 유저들 사이에서는 누구도 나오는 사람이 없었다.

끝을 모를 정도로 모인 북부 유저들이 쥐 죽은 듯이 잠잠했다.

사람은 많지만 정작 위드는 없는 상황!

"정말 없어?"

"위드 님이 안 나오실 분이 아닌데… 아예 안 오신 것 아니야?"

"무슨 사정이라도… 혹시 정말 그냥 도망간 건 아니겠지?"

북부 유저들의 진영이 갑자기 시끌벅적하게 변했다. 기다렸던 위드가 보이지 않기 때문이었다.

'실망스럽군. 나타나려면 진작 등장을 했겠지. 이 분위기로 봐서는 결투가 벌어지진 않겠어. 모든 준비에도 불구하고 이렇게 허무할 수가.'

드라카는 아쉬웠지만 결투 제안으로 얻은 것이 적지 않다.

아르펜 왕국의 국왕이 위드임을 몇 번이나 강조하며 결투를 청했다. 그가 나서지 않음으로써 북부 유저들을 흔들어 놓았다.

전쟁의 당사자라고 할 수 있는 위드가 이 자리에 없으며 어쩌면 도망쳤으리라고 추측할 수 있기에, 북부 유저들도 적극적으로 참여해야 할 이유를 잃어버린 것이다.

그럼에도 전투는 벌어지겠지만, 북부 유저들이 쉽게 와해될 수 있는 심리적인 밑바탕을 심어 놓았다.

그때 북부 유저들 사이에서 걸어 나오는 사람이 있었다.

"보자 보자 하니 정말 못 들어 주겠구나. 북부의 사람 중의 1명인 전사 카몬이 드라카 너에게 도전을 하겠다!"

전사 카몬.

현재 레벨은 430에 달하며 과거 브리튼 연합에서 활동하던 유저였다.

그는 도시 모라타 시절에 일찌감치 북부로 이주를 해서 살아왔다. 북부 유저들 사이에서는 대단한 인기인이었으며, 쑥죽 부대에 속했다.

 전쟁을 위해 모인 북부 유저들 중에도 레벨이 높은 사람의 숫자만 몇만 명에 달한다. 그들 중에서 참지 못하고 1명이 앞서 나온 것이다.

 드라카는 가볍게 웃었다.

 "전사 카몬이라고? 미안하지만 그 이름은 들어 본 적이 전혀 없다."

 사실 예전에 스쳐 가면서 얼핏 들은 적은 있었다.

 헤르메스 길드의 통신 채널에서도 정보대를 통해 그에 대한 보고가 올라왔지만 비중이 있는 것은 아니었기에 그냥 모르는 척했다.

 "용기는 가상하지만 하벤 제국의 군대를 이끄는 몸으로서 아무나하고 상대해 줄 수는 없다. 누가 나 대신 저 전사를 꺾을 텐가?"

 드라카가 뒤로 물러서자 하벤 제국군 측에서도 1명의 유저가 말을 탄 채로 천천히 앞으로 나왔다.

 "기사 나델리어트, 전사 카몬의 대결 신청에 총사령관 드라카 님을 대신해서 응한다."

 "넌 들어가라. 내가 결투를 신청한 건 저 드라카라는 사람이다."

 "나를 꺾으면 그 후에 싸울 수 있을 것이다. 너 역시 위드를 대신해서 나온 것은 마찬가지이지 않나?"

"일리는 있는 말. 그렇다면 승부를 벌여 보도록 하지."

짧은 도끼를 든 카몬과, 검과 넓은 방패를 든 기사 나델리어트의 결투가 대신 벌어졌다.

"카몬 님, 이기세요!"

"풀죽신교 만세! 놈들을 잘근잘근 씹어 먹어요."

"아니, 반드시 살려서 독버섯죽의 은총을 부여해 줘야 합니다!"

북부 유저들은 열화와 같은 응원을 보냈다.

반면에 하벤 제국군의 진영에서는 어떤 소란도 없이 잠잠했다.

승리를 확신하고 있으니 요란하게 응원을 펼칠 이유도 없기 때문.

헤르메스 길드에는 카몬 정도의 유저가 널리고 널렸다.

엄정한 군기를 바탕으로 가만히 기다리고 있는 대군이 더 심한 압박감을 준다는 걸 잘 알고 있기도 했다.

"차압! 대지 갈라 쪼개기!"

카몬이 달려오다가 도끼를 강렬하게 내려치며 공격을 가했지만 나델리어트는 넓은 방패로 막아 냈다.

'못된 헤르메스 길드 놈들! 단숨에 죽여 버릴 것이다.'

'레벨에 비해서 전투 방법이 단조롭군. 하긴 몬스터와의 싸움에는 능숙하더라도 일대일 승부를 많이 경험해 보진 못

영웅의 짧은 고뇌 23

했겠지.'

 서너 번의 큰 기술의 공격이 끝나고 나서의 잠깐의 허점을 노린 나델리어트의 반격 개시.

 "방패 가로 치기."

 방패로 밀어 쳐서 카몬의 균형을 흩뜨려 놓은 후에 장검을 휘둘렀다.

 "흔들림의 일격, 물결 관통, 강제 파쇄의 검."

 상대방이 어찌할 수도 없는 스킬의 연속 작렬.

 짧은 도끼로 막아 내지 못하는, 방패와 검을 이용한 공격들이 이어졌다.

 그리고 간단히 승부가 결정지어졌다.

 무참히 두들겨 맞고 카몬이 회색빛으로 변해서 사라진 것이다.

 "세상에……."

 "카몬 님이었는데……."

 북부 유저들 사이에서 긴 침묵이 흘렀다.

 하벤 제국군 측에서는 역시 당연한 승리라는 듯이, 그대로 늘어서서 가만히 있을 뿐 기뻐하지도 않았다.

 물론 길드 통신 채널로는 몰래 축하의 말이 오고 갔다.

 -나델리어트 님, 저 불라보입니다. 축하드립니다. 멋진 전투였습니다.

—플레보레헷 성의 영주 골타입니다. 요즘 사냥 열심히 하시더니 대단하시네요. 검과 방패술의 스킬이 완숙의 경지에 오르신 듯.

—세 달쯤 전에 같이 던전 사냥했던 마법사 밀레드인데요, 승리 축하드리고, 다음에 한번 같이 사냥 가시죠. 좋은 던전 구해 놓았습니다.

—하하하, 모두 감사드립니다. 이게 다 여러분이 좋게 봐주신 덕분이 아니겠습니까. 그리고 제가 나설 수 있는 기회를 주신 드라카 님에게 특별히 더 감사드립니다.

참으로 화기애애한 길드 채널이었다.

그 후로도 북부 유저들 9명과 헤르메스 길드의 유저 9명 간의 결투가 펼쳐졌다.

"이번에는 이기세요, 키타오호 님!"

"인삼죽의 복수를 해 주세요!"

북부의 자존심을 지키기 위해 유저들이 나섰지만 결과는 10전 전패!

헤르메스 길드에는 대륙의 고레벨 유저들이 넘쳐 나는 상태였고, 스킬과 장비에서 압도적인 우세를 가지고 있었다.

북부의 유저들은 혈기만 믿고 덤벼들어서 싸우는 족족 박살이 났다.

결투의 승자가 정해지는 정도가 아니라 어른이 어린이를 가지고 노는 것처럼 압도적인 승리.

헤르메스 길드의 능력이 상상이 안 될 정도로 대단하다는 인식을 갖게 만들기에 충분했지만 이것도 전쟁 계획의 일부.

북부 유저들은 무작위로 나선 것이지만, 헤르메스 길드에서는 별도의 선발을 마쳤다.

결투에 참여할 이들에게는 특별한 장비의 지원과 축복이 부여되었다. 참여하는 유저들 또한 전투 실력에 비해서는 명성이 낮은 이들로 구성하여, 북부 유저들의 자괴감을 더 크게 이끌어 냈다.

총 열 번의 승리를 압도적으로 이루어 내고 나서 드라카가 외쳤다.

"전쟁의 신 위드는 진정 이 자리에 없는가? 그렇다면 더이상 의미 없는 결투를 이어 나가진 않을 것이다. 마지막으로 1분의 기회를 준다. 위드, 그대가 나타나서 나와 싸우자. 이 시간이 지나면 하벤 제국군은 진격하여 대지의 궁전과 모든 것을 파괴할 것이다!"

드라카의 목소리는 더욱 커졌다.

지상에서 멀리 떨어진 라비아스, 그곳에서도 귀가 밝은 조인족들은 충분히 들을 수 있었다.

침묵의 1분.

하지만 끝까지 위드는 나타나지 않았다.

"아르펜 왕국의 국왕 위드는 나타나지 않는구나. 역시 사막의 대제왕 같은 수식어는 모험 속에서만 얻어진 헛된 명성

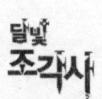

에 불과했다. 그대를 일국의 국왕이며 전쟁의 신으로 대우해 준 내가 부끄러울 뿐. 국왕이 자신의 왕국을 지키지 않는다면 아르펜 왕국은 이미 몰락한 것이나 다름없다. 하벤 제국군이여, 모두 진격하라!"

하벤 제국군이 일제히 호응했다.

"우하!"

제국군 병사들이 순간 한꺼번에 검을 뽑았다.

결투의 연이은 승리로 사기는 최대치!

하벤 제국군은 결투가 벌어지는 사이 핵심 전략무기라고 할 수 있는 마법병단과 궁병들의 세밀한 배치를 마쳤다. 북부 유저들의 돌진을 원천 봉쇄하기 위한 중장갑 보병과 방패 사단의 편성도 마쳤다.

기사단의 호위 아래 거대한 공성 병기들이 굉음을 내며 전진했다.

"마구 쏴라!"

"발사, 발사! 목표는 그 무엇이든!"

"전투를 오늘 내로 끝을 낸다. 대지의 궁전에는 내일의 태양이 떠오르지 않을 것이다!"

공성 병기들이 작동되면서 거대한 불덩어리들이 쏘아졌다.

북부 유저들이 모여 있는 한복판에서부터 대지의 궁전으로 올라가는 산 중턱으로도 불덩어리들이 마구 떨어져서 일대에 화재를 일으켰다.

사람이 워낙 많아서 화재 진압은 정령술과 물의 마법으로 금방 이루어졌지만, 수십 명에서 수백 명씩 죽어 나갔다.

"북부를 지킵시다."

"풀죽신교의 용사들이여, 이 자리에 우리의 시체를 묻을 각오로 싸워서 막아 내요!"

"독버섯죽 부대, 최후의 한 사발이 눈앞에 있다. 피하지 말고 즐겨 보자!"

"크흐흐흐, 우린 풀죽신교의 이단아다. 쌀죽, 닭죽, 이런 흔해 빠진 죽들은 그만 됐어. 독버섯죽? 목숨만 걸면 먹을 수 있는 거 아닌가? 우린 무려 세상의 어둠을 지배하는 벌레죽 부대. 고소하면서도 소금을 뿌리지 않아도 간이 되어 있는 맛과 씹을 때의 아삭한 식감, 영양분도 충분하지. 구워 먹을 필요도 없다. 하루 세 끼 바퀴벌레와 꼽등이를 갈아서 마시고 있으니……."

"으악, 벌레죽이다!"

"여기 미친 벌레죽 유저가 있어요!"

북부 유저들의 맹공격도 개시되었다.

활이 있으면 화살을 쏘고, 마법사들은 미리 주문을 외워 둔 마법을 하벤 제국군 진영으로 날렸다.

"으아아아아!"

전사들은 있는 힘껏 땅을 박차며 하벤 제국군을 향하여 달렸다.

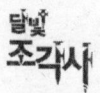

기사들도 말과 황소를 타고 평원을 거침없이 질주했다. 대대적인 돌격과 공격이 개시된 것이다.

"공성 병기부터 부숴요!"

"칡죽 부대의 목표는 공성 병기로 합니다."

"역사와 전통의 쇠고기죽 부대여, 우린 아무거나 해치웁시다!"

풀죽신교 유저들이 수십만 명 단위로 장관을 이루며 움직이고 있었다.

그리고 하벤 제국군이 원거리 공격을 시작했다.

"북부의 연약한 놈들에게는 얼음 마법이 제격이지. 얼음 확산탄!"

"이것도 맛봐라. 물결 폭발!"

"마법의 힘 앞에 전부 죽을지어다. 전역 천둥!"

하벤 제국의 마법병단에 의한 공격으로, 돌격하던 북부 유저들의 일각이 처참하게 무너졌다.

환상적이라고 할 수 있을 정도로 구분이 불가능한 수백 가지 다양한 마법의 폭발과 집중.

북부 유저들은 하벤 제국군과 맞서서 싸우기 위하여 최대한의 속도로 돌격했다.

그러나 그들의 앞에서는 대지가 갈라지고 폭발했으며, 초고열의 화염이 사방으로 퍼지고 있었다.

세상의 마지막이라고 표현할 수 있을 만큼의, 극악에 달한 위력이었다.

 하늘에는 하벤 제국의 궁수대가 쏜 목숨을 앗아 갈 화살이 점처럼 가득하다. 그 점들이 빛살처럼 빠르게 떨어져서 북부 유저들을 무작위로 쓰러뜨렸다.

 헤르메스 길드에서는 원거리 공격이 도달하는 이 죽음의 영역을 마법 파괴 지대라고 불렀다.

 삼분의 일 정도만이 천운으로 간신히 그 마법 파괴 지대를 뚫고 하벤 제국군에 다가갔지만 중장갑 보병들이 막아서고 있었다.

"방벽 진형!"

 헤르메스 유저 지휘관의 명령에 따라 중장갑 보병들은 동료에게 바싹 몸을 붙이고 방패를 앞으로 내세웠다.

 앞에서 볼 때는 오직 전체를 가리는 넓은 방패밖에 보이지 않았다.

 터더덩!

"뚫려! 뚫리란 말이야!"

 사선을 넘어온 북부 유저들의 혼신을 다한 공격에도 방패는 꿈쩍도 하지 않았다.

"일제 반격!"

 지휘관의 말이 떨어지자마자 중장갑 보병들의 방패들이 치워지더니 검과 창이 나타났다.

 2열과 3열, 4열에서 대기하던 중장갑 보병들이 앞으로 튀

어 나가서 유저들을 마구 베었다.

"커어억!"

"컥!"

그러고는 약속이라도 한 것처럼 1열이 전진하여 방패를 앞에 펼쳤다.

방벽 진형으로의 회귀!

중장갑 보병을 압도하는 돌파력을 갖추지 못한다면 진형은 절대로 깨지지 않는다.

넓은 지역이라면 기사단의 속력이나 변화무쌍한 타격 방식을 이용해서 갈기갈기 찢어 놓을 수 있을 것이다. 그러나 이곳에서는 중장갑 보병이 밀집해서 넓게 경계선을 펼치고 있으니 그런 수단을 쓰는 것도 불가능했다.

제멋대로 싸우는 개인들이 모인 유저들과 진형을 형성한 채로 전술을 활용하는 하벤 제국군의 전투력은 진형에 따라서도 몇 배나 차이가 벌어졌다.

"몽땅 몰려갑시다. 뭐라도 부딪쳐 봐야지요."

"1명씩 가서는 의미가 없습니다. 때를 놓치지 말고 다 같이 가요!"

대지의 궁전을 지키기 위해 모인 북부 유저들이 일제히 움직이는 모습은 바다에서 일어나는 거친 해일과도 같았지만, 하벤 제국군은 그 위력을 간단히 막아 내고 처리했다.

전투 병과에 따라서 원거리 공격 범위를 정하고 달려드는 적들을 삼분의 일 이하로 감소시킨다.

그러한 위협을 견디고 다가오더라도, 중장갑 보병의 준비된 방어선을 넘어서지 못했다.

전장의 사신이라고까지 불리는 절대적인 마법병단과 궁수부대의 힘!

"궁수님들, 이쪽으로 공격해 주세요!"

"놈들이 원거리 공격을 하지 못하도록 계속 견제를 해야 합니다. 우리 중에서 용기 있는 궁수와 마법사가 이렇게도 없단 말입니까! 으아악!"

북부 유저들이 제멋대로 쏘는 화살과 마법은 장거리를 날아가는 도중에 위력이 급격히 줄었다.

하벤 제국에서는 기사단이나 보병사단마다 원거리 공격과 마법의 위력을 줄이는 보물들을 가지고 있었으므로 다소의 피해는 있더라도 견뎌 낸다.

집단과 개인의 차이가 계속 철저히 일어나는 셈이다.

기사 출신 지휘관들의 특별한 능력. 부대 전체의 방어력 강화, 생명력 확대, 밀집대형에서의 피해 분산 등으로 더욱 철벽과도 같았다.

북부 유저들의 방대한 인원이 대단했지만 제대로 쓰이지를 못했다.

넓은 지역을 가득 채우고 있음에도 불구하고 차례대로 격파되며 사라져 간다.

전투의 초반부터 위드가 없다는 사실을 알게 되고, 하벤 제국의 막강한 화력에 다시금 놀랐다.

 레벨이 높은 유저들일수록 어차피 승산이 없다고 생각하게 되면 우물쭈물하기 마련.

 고여 있는 물처럼 나서지 못하는 이들로 인해서 북부 유저들의 과감하던 돌격 속도 역시 점점 느려져만 갔다.

 '됐어. 승리다.'

 '끝난 것이나 다름이 없군.'

 하벤 제국군은 북부를 침략한 이후로 벌여 온 여느 전투들처럼 싱거운 승리를 거두리라 생각했다.

 매번 반복되는 승리지만 오늘은 특히 북부 전체를 격파하는 것과 다름이 없었기에 전투가 끝난 후에 더 크게 축배를 들 수 있으리라 생각했다.

 위드는 대지의 궁전에서 전투가 벌어지는 것을 가만히 지켜보았다.

 드라카가 외치는 소리도 충분히 들었지만 결투에 나서지는 않았다.

 "벌써부터 밑천을 전부 드러낼 수는 없지. 그리고 저놈들의 어디가 믿을 만하다고……."

양측의 병력이 모이는 중립 지점에서 결투를 벌이더라도 헤르메스 길드에서 어떤 야비한 수단을 동원할지 모른다.

"저놈들을 신뢰하느니 차라리 우리 동네에서 곗돈 모아서 튄 최 아저씨를 더 믿겠어."

눈에 보이지 않는 저주나 암습은 물론이고, 혹은 결투를 승리한 후에 공격 마법을 집중적으로 당하게 될지도 모른다.

영화를 보면 뭇 영웅들이 용기 있게 나섰다가 비겁한 수단에 의해서 쓰러지는 경우가 한둘이던가.

힘이 부족해서 당하는 거야 감수할 수 있지만, 치졸한 수법이나 야비한 음모에 당하고 싶진 않았다.

'뒤통수를 쳐도 내가 치고, 음모를 꾸며도 내가 꾸민다!'

위드의 인생에서 양보하고 싶지 않은 자존심 문제였다.

"그리고 어차피 전쟁은 제대로 시작도 하지 않았고 말이야."

북부 유저들이 이곳에 대거 모였다.

아르펜 왕국과 조금이라도 관련이 있는 이들, 그리고 자유를 원하는 사람들이 뜻을 함께하고 있었다.

그들이 가장 강력한 시기는 초반이 아니라, 하벤 제국군이 지쳤을 무렵.

북부 유저들이 완전히 포기하기 전에 뒤집어 놔야 하니 시기를 절묘하게 잘 판단해야 했다.

"그나저나 헤스티거 이놈은 어디를 간 거야. 설마하니 도

망을 친 것은 아닐 테고 말이지."

"대제왕께서 내린 명령은 수행해야 한다. 하지만 이미 목숨을 잃은 나에게, 이 세상에서 살아가는 이들을 해칠 자격이 있는 것일까?"

헤스티거는 대지의 궁전에서 깊은 고뇌에 빠져 있었다.

"나쁘거나 좋은 일이라도 삶을 살아가는 인간들이 선택을 내리고 또 그 운명을 따르는 것이 아닌가. 세상을 좋게 이끌려고 한다는 대제왕의 뜻을 모르는 바는 아니지만… 나는 현재의 결정권을 갖지 못한 과거의 인간에 불과하다."

맑은 하늘 아래로 구름이 지나간다.

바람에 머리카락이 날리면서, 절정의 미남인 그의 얼굴을 잠깐씩 드러냈다.

호수처럼 깊은 푸른 눈매와, 강인함과 여린 마음을 동시에 갖춘 헤스티거의 외모.

"올바른 일이라고 해서 사람들의 인생을 강제할 수는 없다. 자신들이 원하는 인생을, 또 그에 대한 결과를 책임지면서 살아야 하지 않겠는가. 단 한 번의 인생이기에 더더욱, 고귀함을 모르는 자라고 해도 함부로 내가 그들을 막아서는 안 되리라."

위드가 조각 부활술을 써서 하벤 제국군을 몽땅 해치워 버리라고 했더니 멋진 장소에서 혼자 고민에 잠겨 있었다.

"대제왕께서 베푼 은혜를 생각하면 그분의 뜻은 무조건 따르는 것이 옳겠지만… 어렵구나. 차라리 나의 목숨을 다시 거두어 가신다면 흔쾌히 응할 수 있으련만."

헤스티거는 전형적인 영웅의 표본과도 같은 인물이기에 스스로의 양심에 따라서 잡다한 생각이 많았다.

궁전의 절벽가에 바람을 맞으며 아슬아슬하게 서 있는 그의 눈에 하벤 제국군이 보였다.

헤스티거가 보기에도 대단한 군세였다.

"인간들은 참 많구나. 대부분 약하고 훈련도 제대로 되어 있지 않은 듯 보이지만."

전쟁의 시대에서 싸울 때에는 위드가 이끄는 사막 전사들과 함께 저런 병력을 단숨에 짓밟았다.

어떤 왕국이 자랑하는 강력한 군대라고 해도 우두머리를 베어 버리고 돌격 몇 번 성공시키면 알아서 흩어져 버렸다. 사막 전사들이 절대적인 전투 능력을 발휘하면서 적 병사들의 사기를 밑바닥까지 추락시켜 버렸기 때문이다.

그때의 악명은 실로 대단해서, 전쟁터에서 싸우기도 전에 적군은 알아서 탈영을 하거나 스스로 목숨을 끊었다.

사막 전사로서의 피가 끓어오를수록 점점 싸우고 싶은 마음이 사그라진다.

"저들도 삶이 있겠지."

전쟁의 시대에서의 무수한 전투.

엠비뉴 교단 이후에도 대륙을 떠돌며 정의를 실현한다면서 숱한 살생을 벌였다.

헤스티거는 지나간 인생을 되돌아보며 후회하고 있었던 것이다.

"이대로 바람처럼 떠나고 싶다. 자유롭고 흔들림 없이 세상의 모든 생명들을 사랑하고 존중하며 마지막 시간을 보내고 싶구나. 비록 대제왕의 명령은 수행하지 못할지라도……."

자칫하면 위드가 귀중한 레벨까지 손해를 보며 사용한 조각 부활술이 무용지물이 되어 버릴 수 있는 상황!

그때, 헤스티거의 두 눈에 하벤 제국의 기사들이 열 번의 결투를 전부 이기는 모습이 보였다.

위드와 헤어지고 나서도 모험과 사냥을 계속했다.

869라는 괴물과도 같은 레벨을 가진 그에게는 멀리 있는 것도 가까이 선명하게 보였다.

하벤 제국군이 공성 병기 등을 사용하여 대지의 궁전이 있는 산을 타격하고 북부 유저들을 학살하는 순간에도 그는 움직이지 않았다.

위드에게는 불행하게도 헤스티거의 결심은 이미 굳어져 가고 있었던 것이다.

"떠나야겠다. 먼 곳으로……. 전투가 벌어지지 않는 곳으로. 말로만 듣던 바다를 보고 싶구나."

그리고 그 순간!

"아빠!"

아르펜 왕국의 주민, 대지의 궁전 부근을 떠돌며 사냥을 하는 한스가 있었다.

그는 아르펜 왕국을 지키기 위하여 자발적으로 기꺼이 나섰고 활로 적의 군대와 싸우기로 했다. 다른 주민들처럼 국왕에 대한 충성심이 최고치에 달해 있었던 것이다.

한스는 제국군을 향해 몇 번의 활을 쏘았지만 곧 날아온 마법 공격에 의하여 그 지역 전체가 초토화되며 사망하고 말았다.

머리를 양 갈래로 묶은 7세의 어린 딸 수잔나가 그 광경을 보고 뾰족한 비명을 지르며 달려갔다.

하지만 하벤 제국군 진영에서는 또 다른 화염 마법이 날아왔다.

그들 마법병단에서는 일일이 목표 지역을 확인하고 공격하는 것이 아니었다.

원거리 공격이 시도된 지역을 우선 타격 범위로 삼는다. 그리고 1차 공격 후, 혹시라도 살아남은 이들이 있을 수 있기에 잠시 후 2차 공격까지도 따라서 이어지게 된다.

"으아아앙!"

헤스티거는 눈물을 펑펑 흘리던 수잔나가 불에 타서 목숨을 잃는 것을 보았다.

베르사 대륙의 수많은 주민들 중 하나에 불과하였지만 영웅의 분노를 사기에는 충분하고도 넘치는 장면이었다.

"어떻게 저렇게 잔인할 수가……! 저들에게는 최소한의 도의도 없는 것인가."

그리고 후회.

"내가 조금만 일찍 나섰더라면……. 전부 내 책임이야. 아직도 살아갈 날이 많은, 사랑받고 사랑할 수 있는 소중한 목숨이, 내가 망설였기 때문에 사라져 버리고 말았다."

그 후에는 빠른 이해.

"지나간 내 삶이 잘못된 것은 아니었다. 누구든 자신의 삶의 방식을 결정할 수 있겠지만 그것을 전부 존중해 줄 필요는 없다. 정의를 위해서 누구도 노력하지 않는다면 어떻게 정의가 혼자서 이루어질 수 있을 것인가. 정의를 위해서 목숨을 바치겠다는 결의를 나는 너무 쉽게 잊어버린 게 아니었을까."

전형적인 전개에 이은 추측.

"대제왕께서도 먼저 이 모든 사실들을 경험해 보셨던 게 아닐까. 대제왕의 명령에는 그토록 깊은 의미가 있는 것을……. 내가 진정한 부하라면 곧바로 믿고 따랐어야 했다."

결론.

"악은 악이야. 이것이 정의라면 기꺼이 내 칼에 피를 묻힐 것이다. 악을 방치해 둘 순 없다. 대제왕의 명령대로… 전부 죽여 버릴 것이다."

영웅 드라마나 영화에서 심심치 않게 등장하는 고뇌와 결정의 과정이 끝났다.

"숲의 갑옷 소환. 대지의 칼 소환."

헤스티거의 몸에 하이 엘프 전사의 갑옷과 칼이 나타났다.

사실 조각 부활술로는 원래 쓰던 장비들을 가져올 수가 없었다. 하지만 헤스티거는 목숨을 잃었어도 하이 엘프들과 그들의 숲에 있는 나무들은 그를 기억하고 있었다.

-우리의 친구이며 영웅 헤스티거가 돌아왔어요.

-선량하고 여린 그를 위하여… 숲이 보관하고 있던 그의 물건을 보내 주도록 해요.

-장난을 좋아하는 요정들이여, 숲의 친구들이 이 물건들을 필요로 하는 사람에게…….

-알았어요. 그 사람은 우리 요정들에게도 친구. 늦장 부리지 않고 바로 전해 줄게요.

엘프의 숲에 보관되어 있던 갑옷과 칼이 요정의 힘에 의해서 도착.

헤스티거는 엘프들처럼 호리호리한 몸이 아니었다.

특수한 모험을 수행하고 나서 희귀한 엘프 장인들이 드워프와 협력하여 그를 위한 갑옷과 칼을 만들어 주었다. 인간 마법사는 위력이 강한 마법을 발달시켰지만, 엘프들의 마법

에는 깊이가 있었다.
 헤스티거의 몸에 마법 갑옷과 칼이 저절로 착용되었다.

 −낄낄낄낄. 우히히히힛!
 "성령의 정화!"
 −끼야아아악!
 이리엔의 몸에서 강력한 빛이 뿜어져 나와 유령을 소멸시켰다.
 수르카는 여기저기 뛰어다니면서 주먹과 발 차기를 했고, 로뮤나는 마나가 모이는 족족 공격 마법을 펼쳤다.
 팔로스 제국의 보물 탐색!
 늪으로 변한 호수에서 어느 정도 성과는 있었지만, 보물에 깃들인 원혼들이 너무나도 많았다.

사린의 갑옷 : 내구력 32/51. 방어력 54.
마폰 왕국의 왕실 기사 사린이 착용하던 갑옷이다.
그는 왕국을 대표하는 최고의 기사이며, 백작의 작위를 가진 귀족이었다.
사린은 사막 부족들로 이루어진 팔로스 제국에 항거하기 위하여 기사단을 이끌고 남하하였다. 벨로스 공국과 연합하여 사막 부족들을 막기 위한 방어선을 펼쳤지만 아무런 의미 없이 뚫리고 패배하고 말았다.
그가 남긴 갑옷은 사막 전사들의 전리품이 되어 팔로스 제국의 보물 중의 하나로 남았다.

땅속에 600년간 묻혀 있어서 갑옷의 방어력과 내구력은 매우 안 좋은 상태이다. 때때로 으스스한 한기가 들면 갑옷에 잠들어 있는 사린의 영혼이 튀어나올 것이다.

제한 : 레벨 455.
　　　　기사 전용.
옵션 : 역사적 가치를 가진 유물.
　　　　자기 자신이 매우 빨리 공포에 휩싸이게 됨.
　　　　스스로의 기품과 명예를 감소시킴.
　　　　흑마법 +1.
　　　　기사 스킬 +2.
　　　　공격 시마다 약 13%의 확률로 이상한 힘에 의하여 괴력을 발휘할 수 있다.

대체로 당장은 쓸모가 없는 갑옷들!

솜씨 있는 대장장이들이라면 그래도 군침을 삼킬 만한 물건이었다.

신전에서 고위 사제에게 정화 작업을 받은 후에 대장장이들이 복원을 하면 원래의 상태로 되돌리는 것이 가능하다.

전쟁의 시대 대장장이들의 솜씨들을 견주어 보고 복원을 하며 참고한다면 대장장이 스킬 숙련도가 부쩍 오르게 된다.

대장장이들에게는 황금과도 같은 아이템인 것이다.

그 외에 골동품들은 너무 낡아서 부서진 후 잔해만 남아 버린 것이 많았다.

위드의 명령을 받은 팔로스 제국의 사막 전사들이 아무래도 이후의 보물의 보관 상태에 대해서는 그리 신경을 쓰지 않은 것이 원인이었을 것이다.

"갈수록 힘들어지고 있습니다. 더 이상은 그물로 놈들을 묶어 놓을 수가 없겠는데요."

제피가 그물로 기사들의 유령을 가두어 놓은 채로 말했다. 낚시꾼의 이런 스킬이 없었다면 갑자기 대량으로 출몰하는 유령들과 한꺼번에 싸워야 했을 것이다.

"춤을 추기도 한계예요!"

화령은 땅에 주저앉았다.

부비부비 댄스!

스쳐 지나가는 유령들까지도 매혹시킬 수 있는 그녀의 춤. 그렇지만 춤으로 인한 체력 소모가 상당히 컸다.

수르카, 이리엔, 벨로트 등은 이곳을 발견하고 처음에는 환호성을 질렀다.

"아싸, 대박이다!"

"사제복을 바꿀 수 있겠어요. 여기서 실컷 벌면 대사제의 복장이나 성녀의 옷으로······."

어느새 위드를 따라 물들어 버린 재물 욕심!

이곳은 스킬 숙련도와 레벨을 올리기에는 최적의 장소, 동시에 보물 탐색도 가능하다.

팔로스 제국의 보물을 최초로 찾아낸 이들이 얻어 내는 당연한 대가였다.

유령들이 출현할 때마다 전투가 벌어졌는데, 팔로스 제국의 보물들을 캐낼수록 점점 잦아진다. 특히 밤과 새벽에는 그들 일행만으로는 감당하지 못할 정도로 많은 유령들이 출몰하였다.

아침이 되면 상당히 많이 사라지기는 했지만, 체력적으로 힘든 사냥터이며 발굴 장소였다.

체력이 남으면 무조건 땅을 파서 보물을 얻거나 때때로 유령들을 퇴치해야 했으니 베르사 대륙의 어떤 던전들을 살피더라도 최고의 장소라고 할 수 있었다.

마침 전쟁의 시대에서 기사로 활약했던 유령들의 레벨도 400~500대 정도라서 상대하기 적당했다.

유령들은 살아 있는 생명들을 오랫동안 접하지 못하여서 약화되어 있고 생명력이 많지 않아 사냥하기가 힘들지도 않았다. 오염된 땅과 장비에 깃든 저주들을 해제하느라 이리엔의 신성력과 신앙심은 날로 늘어났다.

그러나 점점 출몰하는 유령들이 많아지면서 한계가 찾아왔다.

로뮤나가 스태프를 내려놓으며 말했다.

"더 이상은 못 해."

"저도 무리예요."

벨로트도 줄이 3개나 끊어진 하프 연주를 중단했다.

"그냥 우리 대지의 궁전으로 가요."

수르카가 의견을 내놓았다.

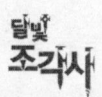

다들 하벤 제국과 싸우고 싶었다. 발굴만 아니라면 진작 떠났을 텐데 그러지 못하고 있었던 것이다.

"으음, 저도 가고는 싶지만요, 일을 이렇게 벌여 놓고 가도 될까요?"

제피는 잠시 생각에 잠겼다.

이곳에서 그들이 찾아낸 보물들은 상당했다.

그들이 그냥 떠나 버리면 이곳은 깨어난 유령들의 천국으로 변하게 될 것이다.

일행의 레벨이 전반적으로 440대에 달하기 때문에 버틸 수 있었던 것이지, 어지간한 유저들에게는 곧바로 무덤이 될 장소였다.

그렇지만 제피는 금방 고개를 끄덕였다.

"가죠!"

자신이 언제부터 책임감 있는 인생을 살아왔던가.

즐겁게 지내면 그것으로 충분했던 것을.

레벨이 높은 유저에게 전쟁터는 자신의 실력을 발휘할 수 있는 놀이터와도 같았다.

착실한 성격의 이리엔도 활짝 웃었다.

"어서 가요!"

그녀는 이곳이 유령들의 서식지로 변한다 해도 조금도 걱정되지 않았다.

'위드 님이 있는 걸 뭐.'

바르칸도 퇴치하고, 드래곤 아우솔레토까지 사냥한 위드!
위드가 어떻게든 손쉽게 해결할 수 있으리라는 믿음이 있었다.
벨로트가 울상을 지었다.
"근데 제때에 도착할 수 있을까요? 전투가 이미 벌어져 버리고 말았을 텐데요."
제피가 잠시 한숨을 내쉬었다.
"유린이에게 부탁을 해 봐야죠."
유린의 그림 이동술!
화가의 비기 중에서 주변 사람들에게 가장 큰 혜택과 도움을 주는 스킬이었다.
물론 그런 부탁을 할 때마다 어느 정도의 잔소리는 각오해야 했다.

용사의 강림

"현재 시청률은 6.8%대에서 머무르고 있습니다. 방송이 진행되면서 시청률이 계속 하락 중입니다."

"시청자 게시판에는 정규 프로그램을 방송해 달라는 요청들이 올라오고 있는데요. 이례적인 일입니다."

"특집 프로그램의 광고 판매 횟수가 줄어서 재방송에서는 매진을 못 시킬 것 같습니다, 국장님!"

로열 로드와 관계가 있는 방송국들은 낮은 실시간 시청률에 울상을 지었다.

대지의 궁전 전투의 초반부이기는 하지만 기대가 컸던 만큼 아쉬움이 많은 시청률이었다.

하벤 제국군의 북부 침략!

헤르메스 길드에서 대륙 정벌의 마지막 과업을 달성하는 단계였다.

방송국 관계자들이 예상하기에 기록을 갱신할 정도의 흥행이 이루어질 요소가 많았다.

위드와 바드레이의 경쟁 구도는 사람들이 꾸준히 궁금해하는 부분이며, 베르사 대륙의 북부는 이야깃거리들을 끊임없이 만들어 내서 시청자들을 많이 자극한다.

다수의 초보자들이 시작하는 지역이므로 대부분의 뉴스 프로그램에서 북부의 소식이 메인으로 비중 있게 다루어질 정도였다.

북부 침략의 초창기에 유저들이 방어를 위해 나서고 아르펜 왕국의 도시들이 정복당하는 매번의 전투마다, 예상했던 대로 최고의 시청률이 갱신되었다.

그런데 전쟁이 진행될수록 점점 시청률이 바닥을 향하여 떨어지고 있었다. 대지의 궁전 전투는 시청자들의 외면을 받았다고 해도 과언이 아니었다.

"도대체 사람들이 안 보는 이유가 뭐요."

"하벤 제국군이 너무 강하기 때문인 것 같습니다. 시청자들도 매번 아르펜 왕국의 패배만을 보고 있을 뿐만 아니라, 전투 방식도 강력한 원거리 부대를 활용하는 것으로 지나치게 단순하다 보니 재미가 없지 않겠습니까."

"끄응, 이런 식은 곤란한데. 무언가 볼만한 거리들이 많이

나와 줘야 하는데."

"전쟁으로 인한 불만이 시청률로 나타나고 있는 것 같습니다. 더 이상은 보고 싶지 않다는 시청자들이 많은데요."

물론 6.8% 정도의 시청률이라면 아직도 그럭저럭 낮지는 않은 수치였다.

하지만 로열 로드의 북부 소식만 전하더라도 심야 시간에 4~5%의 시청률이 기록될 정도의 꾸준한 인기를 누리고 있다.

하벤 제국군이 북부 침략을 하면서, 로열 로드와 관계된 모든 방송국들은 경쟁적으로 특집 프로그램을 편성하기로 하고 최대한의 역량을 기울였다.

어느 채널을 보더라도 북부 전쟁이 실시간으로 중계되었는데, 이것도 역효과를 불러일으켰다.

대지의 궁전이 위기에 빠졌는데도 7%의 시청률을 넘어서지 못하고 있다는 건, 방송국들로서는 자칫하면 적자를 낼 수도 있는 상황이었다. 최첨단 제작 비용에 따른 부담과, 하벤 제국과 아르펜 왕국의 전쟁이기 때문에 헤르메스 길드와 위드에게 막대한 로열티 수입을 약속했기 때문이다.

방송국의 연출 회의에서는 전쟁중계부 PD들의 탄식과 한숨 쉬는 소리가 들렸다.

"이것을 어떻게 해야 할지……. 영상이나 음향, 진행에 아무 문제가 없어서 더 어렵습니다."

"전쟁에서 새로운 이벤트나 아이디어가 나타나는 것도 아니고……. 아르펜 왕국이 대대적인 반격을 가하면 좋으련만 전혀 기대할 수가 없겠죠? 이렇게 아르펜 왕국이 망하고 나면 앞으로 방송 프로그램도 전면적으로 손을 봐야 될 겁니다. 북부의 이야기들도 지금처럼 인기를 끌지 못할 것이고요."

"시청자들이 로열 로드에 갖는 흥미가 줄어들 수 있다는 점이 문제입니다."

"이사회에서 최근 프로그램 편성과 시청률에 대한 질책을 경영진에 전달했다고 하는데요. 로열 로드가 최고의 인기를 달리는 만큼 다른 방송국과 차별화를 해서 초보자들을 위한 편성을 하는 게 더 낫지 않겠느냐며……."

"언제는 다른 방송국들이 다 전쟁을 중계하는데 우리 방송국은 절대 빠지면 안 된다더니. 우리더러 어쩌라는 겁니까."

"우리도 최선을 다하고 있습니다. 결과만 보고 잘하고 잘못하고를 판단하는 건 누구나 할 수 있는 일이죠."

다른 방송국들이 심각한 고민에 빠져 있음에도 불구하고 KMC미디어에서는 특집 프로그램의 방송 시간을 추가 편성하면서 소신을 가지고 밀어붙였다.

제작 회의에서 강 부장의 굳건한 믿음이 있었다.

'내가 본 위드. 그 인간이 과연 이대로 몰락한다고? 아니야. 진짜 밑바닥에 떨어뜨려 놓더라도 기어서 올라올 녀석이야. 그에게 위기가 아니었던 적이 있던가? 뭐, 멜버른 광산에서는 죽기는 했지만 돌발적으로 벌어진 일. 예정된 위기는

위기라고 볼 수 없지. 어떤 꼼수든 준비를 해 놨을 것이야.'

강 부장은 위드의 모험을 성공적으로 몇 차례 중계하면서, 방송국 내에 승진을 앞두고 있다는 이야기까지 돌았다.

"시청자들은 등을 돌린 게 아니라 기다리고 있을지도 모릅니다. 하벤 제국은 강한 만큼 도처에서 미움을 사고 있을 것이고, 관심이 없을 수는 없는 노릇이죠. 위드와 아르펜 왕국이 전면적인 반격에 나선다면 시청률이 갑작스럽게 오를 수도 있습니다."

"그게 근거가 있는 주장입니까?"

"개인적인 믿음은 있지만 구체적인 근거는 없습니다."

"아니, 아무 근거도 없이 다른 프로그램들에 피해를 주면서까지 이대로 계속 밀어붙이자니, 말이 됩니까?"

"그래야만 미래를 대비할 수 있습니다."

"미래요?"

"우리 방송국이 하벤 제국과 아르펜 왕국 사이에서 꼭 중립을 지킬 필요는 없지 않습니까?"

방송국이 예민하게 생각하는 부분을 강 부장이 먼저 꺼냈다.

명문 길드들끼리의 다툼이나 국가 간의 분쟁에 있어서, 방송국은 공정성을 지키기 위해 가능한 중립을 유지하려고 했다. 어느 한 세력이나 왕국에 호의적으로 방송을 한다면 다른 왕국의 유저들이 반발할 것이고, 그곳에서의 방송 협조가 어려워진다.

분쟁에 있어서 방송국이 결정적인 영향력을 끼치거나 여론을 주도할 수 있기 때문에 어느 한쪽의 손을 들어 주기 어렵다는 측면도 있었다.

"강 부장님이 무슨 말씀을 꺼내시는 건지 믿을 수가 없군요. 중립을 지키지 않는다면 앞으로 방송을 위하여 헤르메스 길드의 협조를 받기 어려울 수 있습니다."

"그건 정말 큰 문제입니다. 중앙 대륙을 정복한 제국인 만큼 숱한 방송 차질이 벌어질 수가 있어요."

"방송국 운영에 결정적인 타격을 받게 될 겁니다."

"모두 어떤 우려를 하고 계신지 압니다. 그러나 정말 하벤 제국이 현재의 기세대로 대륙을 통일했을 때도 생각을 해 봐야 합니다. 시청자들이 과연 그러한 결과를 좋아하겠습니까?"

방송국 관계자들 역시 앞으로의 상황을 심각하게 우려하고 있었다.

하벤 제국은 레벨이 높거나 많이 가진 자들에게는 살기 좋겠지만 대중적인 반발이 심했다. 아르펜 왕국에 비교할 수가 없을 정도였다.

경제적으로나 기술적으로 발전했기 때문에 중앙 대륙에서 활동하는 유저들이 많다. 그렇지만 북부 대륙만큼의 새로움이나 활기는 없었다. 대륙이 전부 온전히 하벤 제국의 영토가 되고 나면 유저들은 지금처럼 행복하지 못할 것이다.

강 부장은 힘 있게 말을 이었다.

"어떤 반격도 못한 채로 아르펜 왕국이 완전히 처참하게 몰락할 수도 있습니다. 하지만 그렇다고 해서 베르사 대륙의 역사가 다 끝나는 것은 아니지요. 시청자들은 계속 그리워할 겁니다. 로열 로드에서 빛났던 숱한 영웅들을… 추억과 역사를. 그리고 위드는 그 대표적인 인물입니다. 역사는 계속 이루어질 것입니다."

"그러니까 위드와 아르펜 왕국의 입장으로 편향된 방송을 하자는 말씀입니까?"

"답변드리기 조심스럽지만 제 의견은 일단은 그렇습니다. 방송의 공정성을 이야기하기에 앞서서 시청자들이 무엇을 원하는지를 살펴야 합니다. 제 말은 시청자들의 입맛에만 맞추자는 게 아닙니다. 무엇이 앞으로를 위해 조금 더 나은 방향인지. 그게 옳은 길이라면 우리 방송국에서 과감하게 나설 수도 있을 것입니다."

제작 회의에서는 밤샘 토론을 했다.

하벤 제국의 독재에 대하여 과연 올바른 방향이라고 찬성하는 사람이 몇이나 되겠는가.

베르사 대륙의 유저들이 자유를 잃어버리고 막중한 세금에 시달리게 된다면, 그때는 현재와 같은 방송은 불가능하다.

유저들은 자유를 꿈꿀 것이다.

아르펜 왕국과 위드의 입장에서 방송을 한다면, 하벤 제국의 통일 이후에도 시청자들의 열렬한 지지를 받을 수 있을 것이다.

로열 로드는 지금까지 큰 인기를 끌어왔으며, 앞으로도 경쟁할 만한 다른 가상현실은 나오기 힘들다.

다른 유수의 게임 개발 업체들은 가상현실을 위한 기술 개발과 투자 비용이 중소 국가의 예산을 넘어설 정도로 천문학적인 것을 파악하고 나서 전부 손을 놓아 버렸다.

성공하면 떼돈을 벌 수 있을지라도, 어중간하게 완성되어서는 수입이 한 달 운영비에도 미치지 못할 정도로 운영 비용도 크다. 설혹 무제한에 가까운 자금이 투자된다고 하더라도, 현재는 기술 축적이나 인프라 구축에만 10년 이상은 소요될 것이라는 예상이 나왔다.

로열 로드에서 개척되지 않은 지도 밖의 수많은 세상들.

상상도 못 할 비경과 모험의 땅들이 잠들어 있다.

역사적인 왕국들의 문화유산, 유저들의 노력으로 이룩한 도시들.

이미 전 세계의 수억 명이 즐기는 가상현실이 되어 있는 만큼 로열 로드의 아성은 하벤 제국의 통치 이후에도 단단할 것이다.

로열 로드에서 발표한 통계를 분석해 보니 아직까지 80%에 달하는 유저들의 레벨이 130 이하의 초보자 단계에 머무르고 있었다.

매일 30만 명 이상의 신규 유저들이 등록되고 있다. 그들이 세상을 떠돌아다니게 되면 로열 로드는 꾸준히 발전해 나가게 된다. 가상현실은 현대의 인간들에게 또 다른 하나의 세계가 되어 있는 것이다.

KMC미디어에서는 방송국 사장단 회의까지 열어서 방침을 결정했다.

"좋습니다. 단기간의 시청률이나 광고 판매에는 연연하지 않습니다. 아르펜 왕국, 특히 유저들을 위한 방송을 하도록 합니다. 결국 시민의 편에 서는 것이 가장 공정한 길이 될 것입니다."

"이해해 주셔서 감사합니다, 사장님."

"저에게 고마워하실 필요는 없습니다. 우리 역시 추억을 그리워하는 세대이지요. 로열 로드라는 곳에서 새로운 역사가 계속 쓰일 것입니다. 우리 KMC미디어는 더 많은 사람들이 좋은 경험을 갖게 되길 바랍니다."

"휴우, 대단하군. 정말 어디까지가 사람의 끝일까."

바트는 대지의 궁전에 엿새 전부터 도착해 있었다.

쉬운 몬스터들이 나오는 던전이나 숲의 파티 사냥으로 조금씩 레벨을 올리고, 상인으로 활동을 하면서 돈을 벌었다.

북부에는 유저들이 워낙 많이 있기 때문에 좋은 물건을 가져다 놓기만 하면 금세 팔린다. 몇 골드씩의 수익이라도, 수백 명을 상대하다 보면 만만치 않은 거금이 되었다.

 "돈을 버는 재미만 한 게 없군. 물론 예상 불가능한 온갖 위협들도 존재하지만."

 대기업의 총수까지 했던 만큼 경제에 대한 감각은 남달랐다. 적은 돈을 모아서 점포를 세우고, 믿을 만한 NPC를 고용하고, 품목과 거래량을 조절했다. 투자 부분에서는 때론 과감한 결정이 필요했지만, 바트는 익숙한 경험들을 가지고 있었다.

 "돈이 막 벌릴 때 회수를 하면 안 돼. 시작이 늦었는데도 남들보다 더 앞서 나가려면 달리는 호랑이에 올라타야 하지."

 그가 보기에 북부 대륙에는 먼저 줍는 사람이 임자라고 해야 할 정도로 기회가 널려 있었다. 다른 직업들도 그렇겠지만 상인에게는 정말로 꿈의 대륙이었다.

 부족한 인구는 신규 유입되는 유저들로 메꾸어지고 있었으며, 각 도시들의 생산력은 팽창하는 중이다.

 다른 상인들도 적극적으로 활동을 했지만 경험 부족으로 인해 미흡한 측면이 많다.

 제대로 자본금도 마련해 놓지 않은 채로 회수가 늦어지는 물품에 거액을 투자한다거나, 몇 푼 되지도 않는 돈을 벌려고 경쟁이 치열한 품목에 발을 담그고 있다. 혹은 초보 상인

시절 때부터 제법 이득을 봤던 물품의 거래를 고집스럽게 그대로 유지하는 것은 흔하디흔한 실수다.

"무기류는 지금까지 이득을 많이 가져다줬지만… 대장간의 생산력이 최근에는 그에 미치지 못하고 있군. 무기 상인 경쟁자들도 늘어났고 그들 때문에 마진이 많이 줄어들었으니 직물류로 갈아타 볼까. 모라타에 새로운 가죽 갑옷들이 많이 나왔던데, 벤트 성까지만 가져가서 팔면 대박 확정이야. 회전율이 좋아서 마차 두세 대만큼의 물량을 한나절이면 다 팔 수 있을 테지."

바트는 그런 면에서 변화의 시기마다 과감한 결단과 투자를 해냈다. 매일의 시세를 확인하고, 다른 도시들의 정보에 귀를 기울인다. 모라타와 바르고 성채, 벤트 성에서 작은 점포를 운영하면서 기회만 엿보이면 전 재산이라도 투자해서 상단을 꾸려 교역을 했다.

상단과 점포의 자본금이 많지 않기 때문에 북부가 떠들썩해질 정도의 큰 무역 이득을 거두지는 못했다. 하지만 적어도 활동하는 도시들에서는 바트의 이름이 가끔씩 알려질 정도는 되었고, 시장 상인들과도 안면을 텄다.

"돈이 더 많이 있다면 생산에도 투자를 하고 농장도 만들 텐데. 농부들만 고용하더라도 쏠쏠하게 벌리는 것 같군. 목축업 분야도 전망이 매우 밝고."

아르펜 왕국은 농업과 목축업 분야에 경쟁력이 뛰어났다.

전사들에게는 그러한 분야들이 상관이 없을 테지만, 상인에게는 왕국 전체에서 땅과 건물을 비롯해 생산되는 모든 물품이 거래의 대상이 될 수 있다. 간단히 도시 인근의 포도 농장에만 투자를 하더라도 상당한 마진을 쉽게 거둘 수가 있었다.

 니플하임 제국의 유물이나 예술품을 비롯하여 수많은 물품들이 쏟아져 나오는 시기에, 아르펜 왕국의 상인들은 황금의 시대를 살아갔다. 상인들의 대활약이 없었다면 왕국의 눈부신 발전도 불가능했을 것이다.

 마판과 가몽을 선두로 하여 북부에서는 각 분야에 영향력을 갖춘, 대상인으로 불리는 유저들이 속속 태어났다.

 -특산품 개발.
 -장인들을 고용하여 대형 공방 운영.
 -난관에 빠진 마을들에 신속한 생필품 공급.
 -광산 채굴.
 -목장 운영.

 과중한 세금과 차별이나 규제가 없는 자유로운 상업의 발달은 아르펜 왕국의 특별한 경쟁력이 되어 국경의 구석구석까지 상인들의 발길이 닿게 했다.

 상인들의 활동은 도시 발전과 기술 개발, 생산력의 확대, 인구 증가의 결과로 이어졌다.

 아르펜 왕국의 국왕이 조각사 위드이기 때문에 특별히 문화 분야의 경쟁력이 남다르다. 예술의 발달, 국경의 확장에

있어서 유리함이 많았으며, 주민들의 행복과 충성도를 항상 높게 유지시켰다.

문화의 혜택은 부수적으로는 주민들의 지식수준도 약간이나마 상승시켜 준다. 학자들의 탄생은 왕국의 운영을 효율적으로 하여, 낭비되는 예산을 감소시키고 마법사의 비율을 늘려 주었다.

만약 상인이 국왕이 된다면 직업의 특성이 어떻게 작용하게 될지 기대될 정도였다.

바트는 현재 상당한 재산을 모으고 있었지만, 하벤 제국의 침략을 막기 위한 전투를 구경하기 위해서 전투 물자를 산더미처럼 사서 대지의 궁전에 왔다.

"팝니다, 팔아요! 레벨 250에서 330까지 되시는 유저들이 쓸 만한 잡다한 물품들요!"

초보자들을 위한 상품보다는 중급 레벨들을 위한 물건들 위주로 가져왔다. 그 이유는, 초보자들을 위한 물품은 가져와 봐야 비싼 가격은 못 받을 테고, 어차피 30분 내로 다 팔려 버릴 것이기 때문이다.

이렇게 유저들이 많은 장소에서는 가격만 맞다면 무엇이든 팔린다.

유저들만큼이나 상인들도 몰려서 온갖 물품들을 거래하고 있었다.

"마법 물품! 보호를 위한 마법 물품입니다. 최하 500골드짜리부터 있습니다요."

"쥐 고기! 갓 잡은 신선한 쥐 고기! 들판에서 잡아서 아직도 신선해요."

"프레야 교단의 성수와 은총의 촛대 팝니다. 물량은 딱 1시간 팔 것 정도만 남아 있어요."

마법 물품 거래 상인, 교단 전속 상인들까지 볼 수 있었다.

"뭐, 어디까지 다녀 보셨수? 북쪽으로 올라가서 비경의 산맥에도 가 보셨다고? 그렇다면 쓸 만한 퀘스트용품이 있는데 뭐와 이어지는지는 모르오. 단돈 50골드니 일단 사 보시구려."

"에헴, 내 모험 기록인데… 중간에 뭐, 죽긴 했는데요, 안달리아 마을 옆의 숲에 들어가 보시려면 참고삼아 구입해 보세요. 아직 사냥 파티도 거의 없는 곳입니다. 단돈 15골드에 모셔 볼게요."

일부에서는 퀘스트용품, 모험 기록, 지도도 판매했다.

시장 바닥도 이만한 곳이 없었다.

바트는 적당한 가격에 물품들을 다 팔아 버리고 나서 홀가분해졌다.

"벌써 다 팔다니, 장사가 이렇게 잘되면 돈을 버는 맛이 나지."

이젠 서윤과 위드를 가까이에서 보고 싶은 마음도 굴뚝같았다. 하지만 수많은 인파 사이에서 그들을 발견하기란 불가

능했다. 물론 두 사람이 나타나기만 한다면 떠들썩해지겠지만, 바트는 도저히 가까이 다가갈 수도 없으리라.

"여기 어디엔가는 있겠지? 부디 오늘 안전해야 할 텐데."

"언니, 이쪽으로 오세요."

서윤은 삶은콩죽 부대를 따라다니고 있었다.

남자 여섯, 여자 넷으로 구성된 작은 파티. 알카사르의 다리 전투를 겪으며 친해진 사람들끼리 함께 다녔다.

'북부에 저렇게 강한 여자가 있었나? 무기를 다루는 실력도 일품이고, 공격 사이로 뛰어드는 용기도 놀라웠어.'

'나보다 강하겠지. 올해 내로 따라잡아 준다.'

'예쁠 것 같다. 저 가면을 벗은 모습을 보고 싶은데.'

남자들은 은근히 서윤을 의식하고 있었다.

전투 중에 보여 준 엄청난 실력은 물론이고, 가면을 쓰고 있음에도 불구하고 자연스럽게 우러나오는 눈부신 미모.

얼굴을 제외한 나머지 부분에서는 결점을 찾을 수 없는 최상의 미를 가지고 있다.

가면을 벗은 모습이 기대되면서도, 설혹 예쁘지 않은 얼굴이 나올 것 같아서 걱정까지 했다.

'신이 한 사람에게 모든 아름다움을 주진 않았겠지. 뭐, 얼

굴을 보면 실망하고 말 거야.'

'환상처럼 간직하는 편이 좋을지도.'

서윤에게는 범접할 수 없는 분위기가 있어서 남자들이 말도 걸지 못했다. 그럼에도 서윤과 친하게 지내는 여성 유저를 통해서 그녀에 대해 조금씩 알아 갔다.

"아항, 직업이 광전사예요? 그거 엄청 얻기 어렵다고 소문이 났잖아요. 전투에 푹 빠져야 한다고 하던데."

"응……."

아침에 지저귀는 새보다도 훨씬 곱고 예쁜 목소리.

남자들은 태연한 척 앞에서 걸으며 생각했다.

'목소리가 예뻐야 미인이지. 저 목소리로 바가지를 긁는다면 행복이다. 집에 완전 빨리 들어오고 말 거야.'

'크윽, 안 돼. 나의 이상형 기준이 무너지고 있어. 이건… 아, 난 앞으로 여자를 사귈 수 있을까.'

'미녀란 무엇인가, 논문을 쓰고 싶군. 나뿐만 아니라 모든 남자들이 관심 있어 할 내용이지.'

'신도 가끔 실수하지 않았을까. 저 가면 속에 평범한 얼굴만 있더라도 끝내주는 건데. 처음엔 신비한 느낌을 주더라도 곧 자랑하고 싶어서라도 본인이 진작 가면을 던져 버렸을 거야. 아직까지 안 벗는 걸 보면 가리는 게 낫기 때문이겠지. 아쉽다.'

남자들은 머릿속에서 상상의 인물을 그려 나가고 있었다.

"언니는 대학생이에요?"
"휴학했어."
"남자 친구는요?"
서윤은 있다는 의미로 가볍게 고개를 끄덕였다.
'으아……'
'안 돼.'
'신이여.'
'절망. 완전 절망.'
남자들은 좌절에 빠지고 말았다.
자신의 여자 친구가 아님에도 불구하고 뼛속까지 울려오는 진한 상실감.
'남자 친구야 바뀌는 것이니까.'
그렇더라도 막상 서윤을 편하게 대할 수는 없었다.
분위기와 미모, 목소리가 너무나도 우월하다. 자신과 같은 세상에 있는 존재가 아니라, 아름답고 아련한 꿈속의 세상에서 잠깐 나타난 것 같은 느낌.
"언니는 취미가 뭐예요?"
"요즘은… 조각."
"잘해요?"
"배우고 있어."
"자취하세요?"
"응."

"청소하고 빨래하고 밥 챙겨 먹기 귀찮지 않아요?"
"재밌고 즐거워. 남자 친구 밥도 해 주고 그래."
"성가시잖아요."
"행복해."

슬슬 하벤 제국군과의 전투가 고조되어서 삶은콩죽 부대가 출전할 차례가 되었다.

서윤은 살짝 뒤로 물러났다.

"언니?"
"난… 싸울 수 없어."
"왜요, 겁이 나요? 괜찮아요. 다 같이 싸우러 가잖아요."
"싸울 수 없어. 내가 위험에 빠지거나 죽으면 그 사람에게 안 좋거든. 그의 생명력도 줄어들어."
"그게 무슨 말인지……. 아무튼 알았어요. 그럼 싸우지 않아도 돼요."

서윤의 말을 들은 동료들의 표정이 대번에 나빠졌다.

자랑스러운 풀죽신교의 일원으로서 하벤 제국군에 대항하지 않는다니 실망스러움이 밀려왔다. 동료들이 모두 죽으러 가는데 혼자 살려고 하다니, 갑작스러운 배신감마저 들었다.

동료였던 여자가 냉정하게 말했다.

"여긴 위험하니까 어차피 싸우지 않을 사람은 필요 없어요. 다음에 봐요, 언니."
"응."

서윤은 고개를 흔들면서도 더 이상 자세한 설명은 못 했다.

슬로어의 결혼반지.

배우자가 위기에 빠지면 생명력을 50%나 전달해 줄 수 있다.

반대로 자신이 위기에 빠지게 되면 위드의 생명력을 빼앗아 오게 될 것이다. 그녀는 위드를 위하여 전투를 포기하고 전장을 벗어나기로 했다.

북부의 유저들은 차돌처럼 단단한 믿음을 가지고 있었다.

"이번에야말로 하벤 제국군을 막아 낼 수 있을 거야."

"대지의 궁전에서는 충분하지. 우리도 진짜 많이 모일 테고, 또 위드 님이 지휘를 해 주실 거 아냐."

"암, 위드 님의 지휘만 따르면 돼. 마법 같은 지휘력으로 어떻게든 하벤 제국군을 격파하고 말걸."

"알카사르의 다리에서도 적잖은 피해를 입혀서 놈들도 예전 같지는 못할 게 틀림없지."

전쟁의 신 위드가 다스리는 아르펜 왕국.

베르사 대륙에 실존하는 왕국이지만 어딘가 동화책 속에 나오는 느낌이 다분했다.

모험으로 탄생하여 작은 도시에서부터 짧은 기간 왕국으

로 눈부시게 발전을 하였기에 유저들도 용기와 도전 정신을 만끽하며 살아갔다. 보리 빵 몇 개만 가지고 신 나게 퀘스트를 하기 위해 사람들이 살러 가고 열광하는 아르펜 왕국.

이번만큼은 하벤 제국을 물리칠 수 있으리라는 기대와 자신감이 깨어진 것은 전투가 벌어진 직후부터였다.

하벤 제국군의 마법 공격력은 대지를 파헤치고 산을 무너뜨릴 것처럼 느껴질 정도로 거세게 북부 유저들을 휩쓸었다.

폭발, 폭발, 폭발. 밀집해서 몰려 있던 유저들이 불구덩이에서 떼죽음을 당했다.

하벤 제국군의 화살과 마법을 수단으로 한 무차별 공격이 북부 유저들이 모여 있는 곳들을 난타하고 있었다.

"모두 견뎌 내요! 이 마법이 끝나면 우리에게도 반드시 기회가… 쫴액!"

"인내하고 풀죽 신교의 힘을 보여 줍시다!"

북부 유저들이 갖는 희망은 하벤 제국이 자랑하는 마법병단에도 마나의 한계가 있을 거란 점이었다. 마법사의 공격력은 전장에서 다른 이들이 감히 흉내도 낼 수 없을 정도이지만 오래 지속되지는 않는다.

그러나 그것도 하벤 제국군을 너무 얕본 것이었다.

중앙 대륙을 통일한 마법병단과 제국의 군대는 보통 강력한 게 아니었다.

"마법이 계속 날아오잖아요!"

"어떻게 이럴 수가… 말도 안 돼요."

"계속 돌격을 합시다. 놈들에게 쉬는 시간을 주면 절대로 못 이깁니다."

지휘관이 없는 북부 유저들은 개인들의 판단에 의하여 휩쓸려서 돌격을 하다가 또는 한꺼번에 머뭇거렸다. 그러다가 마법이 일제히 날아오면 피하기 위해서 흩어졌다.

일대일의 싸움이라면 사람들의 판단이 효과적인 경우가 많지만, 다수의 싸움이 된다면 그들끼리 뒤엉켜 버리거나 공격할 시기를 놓쳐 버린다. 싸울 사람들이 각자 생각을 하면 진형을 이루고 체계적인 전투를 하는 적을 뚫을 수가 없다.

포르우스 강을 넘은 이후부터 덤벼들었던 풀죽신교의 유저들은 초보들이 많아서 단순하게 돌격만 했다. 운이 좋으면 하벤 제국군의 기사와 보병에게 약간이라도 피해를 입혔지만, 그것도 대부분 봉쇄되어서 통하지 않았다.

하물며 대지의 궁전 앞에는 전쟁을 처음 경험하는 사람들이 많았다.

더군다나 레벨이 높은 이들은 목숨을 거는 각오를 다졌다고 해도 몸을 사리기 마련. 전체 인원 중에 일부에 불과하더라도 그들 때문에 돌격이 지연되는 정체 현상이 발생했다.

"지금 다가가는 건 의미가 없습니다. 놈들의 마법이 중단되었을 때를 노립시다."

"곧 마나가 떨어질 겁니다. 제가 마법사라서 압니다. 저들도 간신히 버티고 있을 거예요."

"갑시다! 돌격 준비!"

하벤 제국의 마법병단은 마나 소모를 최소화하는 장비들을 착용하고 있었다. 애초에 모험이나 사냥을 하는 유저들이 아닌 마법사 전투 군단의 개념이기 때문에 장비들도 그에 맞춰서 착용했다.

그렇기 때문에 방어력은 빈약하지만, 그런 만큼 중장갑 보병의 보호를 철저히 받는다. 마법병단은 3~4배나 되는 마나와 마력을 가지고 전장을 움켜쥐는 전략무기가 된 것이다.

"모이고 응축한 힘이여, 터져라. 파이어 필러!"

콰콰콰콰콰콰!

수십 미터나 되는 불의 기둥이 북부 유저들이 모여 있는 전장에서 솟구치기 시작했다.

마법병단이 발현시킨 것은 믿을 수 없게도 대광역 화염 마법!

베르사 대륙의 역사에는 한 시대를 좌우하는 천재 마법사들이 다수 나타났었고, 그들이 연구한 수많은 마법들이 탄생과 소멸을 반복했다.

경지가 높은 마법사들은 수명이 다해 가거나 연구에 몰두하고 싶어지면 던전에 틀어박힌다. 그리하여 제자를 남기지 못한 경우에는 던전에 그들의 연구 결과나 마법이 남았다.

침입자에게 쉽게 모든 보물을 안겨 주지 않기 위하여 몬스

터와 함정은 필수!

 하벤 제국에서는 중앙 대륙을 통일하고 나서 던전과 유적의 발굴 작업을 적극적으로 이루어 냈다.

 명문 길드들로 조각조각 나뉘어 있던 시기, 국왕과 귀족의 권력이 그대로 간직되어 있던 과거에는 특별한 던전들은 발굴 허가를 얻어야 했다.

 하벤 제국에서는 모라타의 대도서관을 본떠서 던전에 대한 정보를 한곳에 모으고 정보부의 분석을 바탕으로 숨겨진 장소들을 마구 찾아냈다. 화염의 상위 마법 파이어 필러도 그런 식으로 발견되었던, 최소 50인의 마법사들이 동원되어야 쓸 수 있는 전쟁용 공격 마법이었다.

 "으아… 대단하다."

 "엄청나네, 진짜."

 "무섭긴 한데 여기서는 따뜻하다."

 "동남아로 온 것 같아. 그렇지?"

 북부 유저들은 상당수가 오히려 신기하다고 구경을 했다. 하늘을 꿰뚫을 것처럼 솟구친 불기둥들은 그저 황홀하다는 말로도 표현이 안 될 정도였던 것이다.

 장엄한 순간, 도망치다가 죽는 사람들도 있었지만 상당수는 멍하니 구경하다가 죽어 갔다.

 조금 먼 곳에 있던 북부 유저들도 처음 보는 어마어마한 규모의 마법에 감탄을 드러냈다.

그들이 생각하기에 초반에 불기둥에 휘말린 사람들이야 딱하고 안되었지만 공격 범위를 약간만 벗어나더라도 위험과는 상관이 없는 것처럼 느껴졌던 것이다.

"과연 헤르메스 길드다. 별 마법을 다 가지고 있네."

"진짜 와서 보길 잘했어. 이런 마법을 또 언제 보겠냐. 학교 가서 자랑해야지."

하지만 곧 그들에게도 끔찍한 위험이 다가왔다.

"파이어 필러 토네이도 스트림!"

마법병단에서는 2차 발동되는 마법을 외웠다.

파이어 필러는 화염의 기둥을 세우는 것이었다.

최소 50인의 고위 마법사가 소모하는 막대한 양의 마나에 비해서는 위력이 약한 게 사실이다. 장대하게 솟구치는 화염 기둥에 직접적으로 닿지 않으면 별다른 타격이 없었다.

그렇지만 2차로 발동되는 마법이 완성되자 불기둥들이 변화하기 시작했다.

땅에 닿아 있는 아랫단부터 회전을 하기 시작하며 올라가더니 곧 거대한 불의 회오리가 완성되었다.

파괴 범위가 수십 배나 넓게 확장되었을 뿐만 아니라 불의 회오리들이 그 자리에 가만히 있지 않고 제각각 돌아다니기 시작했다.

움직이는 불의 회오리들은 북부 유저들의 진영을 처참하게 휩쓸었다. 예측할 수 없는 경로로 움직이면서 강력한 흡

입력으로 주변에 있는 사람들을 빨아들였다.

"안 돼! 타서 죽는 건 처음이란 말이야."

"우, 움직일 수가 없다. 곧 저기로 빨려 들어가 버리고 말겠지. 나 곤잘레스가 이렇게 허무하게……."

화염 계열의 공격 마법은 북부 유저들을 절망으로까지 몰고 갔다.

북부의 수많은 유저들이 모여 있다고는 해도 그들은 마법과 화살의 공격 지대를 통과하지 못하고 대부분 쓰러졌다.

일방적으로 학살당하던 북부 유저들에게 변화가 생긴 것은 그때였다.

"간악한 군대와 맞서 싸우는 이들이여. 적을 보며 두려워하지 마라! 사막의 모래 폭풍보다 뜨겁고 험한 것은 없으며 우리의 육신은 흙으로 다시 돌아가게 될 것이니, 마지막까지 가치 있는 마음은 용기이리라!"

어디서인지 쩌렁쩌렁한 목소리가 북부 유저들의 귓속에 들려온 것이다.

-세계를 구하는 용사의 외침을 들었습니다.
체력이 회복됩니다.
체력의 최대치가 50%까지 증가합니다.
전투와 관련된 모든 스텟이 한계를 넘어갑니다.
자신의 투지에 따라서 최대 2배의 스텟 능력을 발휘할 수 있습니다.
열두 종류의 신들의 다양한 축복이 당신에게 부여될 것입니다.

"갑자기 뭐지?"

"누구야? 이런 축복 능력이 있다니, 말도 안 되잖아."

"거짓말 같아. 이런 거 텔레비전에서도 본 적 없는데."

"주변에 사제도 없는데?"

북부 유저들은 마법 공격을 당하며 경황이 없는 와중에도 주위를 둘러보았다. 워낙에 많은 인원이 몰려 있는 탓에 앞서 있는 선두 부분이 아니라면 하벤 제국군의 맹공격에도 불구하고 여유가 있었다.

아르펜 왕국의 수도인 대지의 궁전!

가까운 위치에 있는 이들은 볼 수 있었다. 한쪽 귀퉁이의 절벽에서 풀잎과 나무를 엮어 놓은 것만 같은 엘프 갑옷을 착용하고 있는 전사를.

흔한 전사 1명이라면 금방 고개를 돌려 버렸을 테지만, 그의 얼굴을 알아본 몇 명은 황당하고 어이가 없었다.

"헤스티거?"

"헤스티거다!"

"말도 안 돼! 헤스티거가 어떻게 여기에 나타나?"

"전쟁의 시대 영웅 아니야?"

아르펜 왕국의 유저들에게는 필수 시청 프로그램이라고 할 수 있는 위드의 모험.

전쟁의 시대를 휘젓고 다닌 사막의 대제왕, 그리고 엠비뉴 교단까지 격파하는 그 한복판에 사막 전사 헤스티거가

있었다.

재능과 외모, 지휘 능력까지, 모든 면을 겸비한 사막 전사.

일부에서는 그의 팬클럽까지 만들어 놓고 열광하고 있을 정도였다.

"그냥 똑같이 생긴 사람?"

"저 미친 외모의 동일인이 있을 리가 없잖아!"

"얼굴은 그렇지만 몸매까지 같다는 건 절대 불가능하지. 진짜 헤스티거 같은데."

"방금 그 축복도 불가능한 거 아니었어?"

바람이 불어오면서 헤스티거의 머리카락과 망토가 휘날리기 시작했다.

"꺄아악! 진짜 헤스티거야!"

"어머, 어머!"

여성들의 반응은 단연 폭발적이었다.

그녀들의 마음을 놀이 기구를 탄 것처럼 뒤흔들어 놓을 정도의 외모. 귀족처럼 고급스러운 분위기에, 몸매에서 느껴지는 넘치는 힘과 야성미.

근육으로 다듬어진 몸매만 놓고 보자면 검치 등과 비슷했지만 결정적으로 차이가 나는 부분은 얼굴이었다.

훤칠한 몸매의 완성은 키와 얼굴!

대지의 궁전에서부터 밀물처럼 헤스티거가 나타났다는 이야기들이 퍼지기 시작했다.

헤스티거가 큰 소리로 외쳤다.

"아르펜 왕국을 지키는 전사로서… 그리고 사막 대제왕의 영원한 부하로서 헤스티거가 이곳에 있는 이들에게 명하노니, 나와 함께 싸워 저들을 물리치자!"

북부 유저들의 눈앞에 일제히 메시지 창이 떴다.

띠링!

세계를 구하는 용사의 부하!

헤스티거는 아르펜 왕국의 국왕으로부터 이번 전투에 대한 지휘권을 위임받았습니다. 앞으로 아르펜 왕국의 군대는 그의 명령을 따를 것입니다.
헤스티거는 이곳에 와 있는 당신에게도 묻고 있습니다.
아르펜 왕국을 통솔하는 그의 부하가 되어서 함께 하벤 제국과 싸울 것입니까?
그의 부하가 되는 것을 승낙하면 지휘에 따라야 합니다.
헤스티거의 찬탄이 나오는 지도력은 때때로 당신의 의지와 상관없이 강제로 육체의 자유를 빼앗아 갈 수 있습니다. 또한 전쟁 중에 원하지 않더라도 필요에 의해 목숨을 바쳐야 할 수도 있을 것입니다.
그러나 위대한 용사의 지휘를 따른다면 매우 귀중한 전투 경험을 얻게 됩니다.
적과 싸워서 승리했을 경우 경험치와 스텟을 얻을 가능성을 높입니다. 아르펜 왕국의 국가 공적치도 평소보다 더 많이 쌓일 것입니다.

세계를 구하는 용사의 부하!

용사는 한 시대에 단 1명만이 존재한다.

엠비뉴 교단을 물리칠 당시에, 위드가 전직을 통해 세계를 구하는 용사가 되었다. 그 후에는 헤스티거가 업적을 세워서

가장 뛰어난 그 직업을 이어받게 되었다.

전일, 전이도 전투 능력만 놓고 본다면 그리 뒤떨어지는 것은 아니었지만 신앙심과 기품 등 전체적인 능력에서는 헤스티거가 최고를 자랑했다.

위드의 심술로 인해 팔로스 제국은 이어받지 못했지만, 헤스티거야말로 그의 실질적인 후계자라고 할 수 있었다.

"진짜 헤스티거? 그러면 어떻게 해야 하는 거야."

"내가 용사의 부하라고? 곰도 사냥을 못하는데."

북부 유저들은 당황스러웠다. 전혀 예상도 하지 못하던 전개였기 때문이다. 그렇지만 고민의 시간은 길지 않았다.

"헤스티거라니… 진짜 끝내주잖아! 용사의 부하라면 영광 아닌가."

"요거 요거, 고스톱으로 따지면 쓰리고에 피박, 광박, 멍청이에 흔들고, 5광쯤의 상황?"

"역시 위드 님이 어딘가에 있었어!"

"헤스티거가 그냥 나타난 게 아냐. 국왕 폐하께서는 우리를 버리지 않았다. 세계를 구하는 용사의 부하가 되어서 저들을 물리치자!"

"헤스티거도 풀죽신교의 일원! 독버섯죽 명예회원님께서 나타났다아!"

"우와아아아아아아! 저를 부하로 삼아 주세요! 평생 두고 두고 부려 먹어 주셔도 좋아요. 저는 노예예요, 노예!"

하벤 제국의 가공할 힘 앞에 주눅 들어 있던 군중심리의 폭발!

"부하가 되겠습니다!"

"저는 원래 명령을 따르는 걸 즐기고 있습니다. 부디 아프게 때려 주십시오!"

―세계를 구하는 용사의 부하가 되었습니다.
세상이 당신의 결단에 경의와 감사를 표시할 것입니다.
현재 함께 싸우는 동료는 4,928명입니다.

그리고 몇 초 후.

띠리리리리링!

―세계를 구하는 용사의 부하가 되었습니다.
세상이 당신의 결단에 경의와 감사를 표시할 것입니다.
현재 함께 싸우는 동료는 9,483,201명입니다.

"크오오오!"

"우린 모두 다 함께다!"

유저들 사이에서 거대한 함성이 울려 퍼졌다.

그 이후로도 초 단위로 빠르게 올라가는 동료들의 숫자는 모든 두려움을 떨쳐 내기에 충분했다.

차분히 생각해 본다면 그들 모두가 결국은 하벤 제국과 싸우기 위해서 이미 여기에 모인 인원이었다. 그럼에도 확실하

게 하나의 집단으로 수치화되는 것은 크나큰 용기를 이끌어 내었다.

"사막의 전사들은 물러나면서 싸우지 않는다. 더 강한 적이라도 부수려면 덤벼들어야 한다. 전군, 전속력으로 돌격하라!"

헤스티거의 명령이 떨어지자마자 유저들은 자신의 몸을 이끄는 강한 흐름을 느꼈다. 흐르는 강물의 거센 물살이 앞으로 밀어내는 느낌과 함께 두 다리가 저절로 움직이면서 하벤 제국을 향하여 뛰어가게 된다.

그것도 보통의 달리기가 아니었다.

유저들은 민첩과 체력의 수치에 따라서, 혹은 달리기와 관계된 스킬에 의해서 이동속도가 결정된다.

방어를 위해 가벼운 가죽 갑옷만 걸쳐도, 초보들은 생각보다 빨리 달리지도 못하고 금방 지쳐 버린다. 사냥감이 도망을 가더라도 잡지를 못하니, 평지보단 던전 사냥을 좋아하는 이유 중의 하나이기도 하다.

레인저의 경우에는 특수한 스킬을 발동시켜서 숲에서는 일시적으로 빨랐지만, 유저들은 대부분 그런 스킬을 가지지 못했다.

보통 때 토끼가 뛰어가는 걸 멍하니 지켜보기만 하는 수준이었다면, 지금은 휙 하고 지나쳐 버릴 정도로 이동속도가 빨라졌다. 100미터 달리기를 기준으로 한다면 10초도 채 걸리지 않을 정도였다.

-세계를 구하는 용사가 집단 스킬 '맹렬한 의지의 날벼락 돌격'을 발동합니다.
이동속도가 최대 129%까지 빨라집니다. 집단 스킬의 특성상 속도의 최대치는 가장 느리게 달리는 이에게 맞춰집니다.
모든 부하들에게 적용됩니다.

북부 유저들이 기마병을 능가하는 빠른 속도를 내면서 하벤 제국을 향해서 달리기 시작했다.
"간다!"
"복잡하게 생각할 필요 없잖아? 이래 죽으나 저래 죽으나!"
"나 같은 놈은 이 세상에 넘쳐 나. 나 하나쯤이야 뭐, 있으나 마나 달라질 게 없겠지. 크흐흑!"
북부 유저들의 대돌격!
아직 화염 마법의 여파가 남아 있어서 크기는 줄었지만 불의 회오리가 여전히 돌아다니고 있었다. 땅도 갈라지고 이글이글 타올랐으며, 곳곳에서 전기 충격도 일어났다. 죽으려고 시도하는 게 아니라면 감히 뛰어가지 못하고 기다렸으리라.
그러나 북부 유저들에게 지금 생각 따윈 없었다.

-대지의 여신 미네의 축복이 부여됩니다.
30초 동안 입는 피해를 68%까지 감소시킵니다.

-프레야 여신의 축복이 부여되었습니다.
신앙심과는 담을 쌓고 지낸 당신이지만 여신은 용사 헤스티거를 총애하

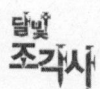

고 있습니다.
그의 부하가 된 당신에게 특별한 신체를 부여합니다. 굶주림과 투지 부족
으로 인하여 위축되어 있던 신체 능력이 정상화되었습니다.

–정의와 봄의 신 발데르가 당신에게 반지를 부여합니다.

발데르의 반지 : 내구력 70/70.
능력이 알려지지 않은 반지입니다.
무언가 좋은 일이 있을 것 같습니다.

–군신 아트록이 축복을 내립니다.
 동료들과 함께 싸울 때 전투력이 증가합니다.
 전쟁 중에 발휘하는 공격력을 추가하고, 더 많은 경험치를 얻을 수 있습
 니다.

"우오오오오! 축복, 축복! 생전 처음 받아 보는 축복이다."
"최고다! 이 기분이면 무조건 간다!"
"내가 바로 말룸 마을의 미친개 엘파인이다! 왈왈왈왈, 컹
컹컹컹, 멍멍멍멍!"
"난 꼬냐 성의, 눈에 보이는 게 없는 스카티다. 거기 그대
로 기다려라, 이놈들!"
결국 죽음을 향하여 달려가고 있지만, 평소 접하기 힘든
여러 신들의 축복은 그들을 잠깐이라도 행복하게 만들어 주
었다.

북부 대륙에 퍼져 있는 풀죽신교!

 종교적인 구속력이라기보다는 일상생활 자체에서 북부 전체를 아우르는 집단 구성체였다.

 모험과 자유를 만끽하는 북부의 유저들은 당연하게 풀죽신교에 소속된다. 현실에서는 의사나 은행원, 연구원 등 저마다 다른 직업에 종사하더라도 로열 로드에 접속을 하면 풀죽신교에 빠지게 되었다.

 "풀죽, 풀죽, 풀죽!"

 누군가가 외치니 군중 전체가 하나가 되어서 동시에 고함을 질렀다.

 모든 스트레스가 해소되는 또 하나의 생활.

 이성보다는 본능과 해방감을 맛보았다.

 현실에서 가슴속에 쌓이기만 하던 막대한 분노와 억압이 끓어오른다.

 하벤 제국의 침략으로 인하여 마지막 보루마저 정복당하고 말 것이라는 괴로움, 마음 깊은 곳에 누적되어 있던 모든 압박감이 봇물처럼 터져 나왔다.

 "모든 죽 부대여, 우리에게 계획이 무슨 필요냐. 그대로 돌격하자!"

 "풀죽!"

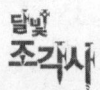

일어나는 대재앙

북부의 유저들은 밀물처럼 밀고 들어왔다.

앞뒤 가리지 않고, 훗날은 생각하지도 않은 채 있는 힘껏 전력을 다해서 질주했다.

하벤 제국의 막강한 공격력은 감히 덤벼들지 못하게 하는 높고 큰 공포의 장벽과도 같았다. 하지만 그 심리적인 한계를 뚫고 나니 전력을 다한 돌격이 이루어졌다.

시작과 끝을 알 수 없는 인원이, 그것도 각자 낼 수 있는 최대한의 가장 빠른 속도를 내며 달린다.

하벤 제국의 마법과 화살, 공성 병기의 공격은 계속되고 있었지만 그 포화를 뚫고도 진군해 오는 유저들이 속출했다.

헤르메스 길드의 군단장들은 갑작스럽게 벌어진 변화에

경악했다.

"상황이 이상합니다."

"저도 보고 있습니다. 저 헤스티거가 진짜입니까?"

"정보부에서도 아무 이야기가 없었습니다만, 지금은 진위 여부나 가릴 때가 아닌 것 같습니다."

경험이 적은 지휘관이라면 놀라고 당황하여 엉뚱한 실수를 저질렀을 수도 있다. 그러나 하벤 제국의 군단장들은 다수의 전쟁을 겪은 만큼 냉정함을 유지했다.

"마법병단과 궁병들에게 총동원령을 내리지요. 적들의 일시적인 대공세에도 흔들리지 말고 계속 공격합시다. 놈들이 거세게 저항을 시작했을 뿐, 우리가 불리해진 건 아닙니다."

"총동원령으로 공격한다면 최대 피해를 줄 수 있는 시간이 오래가지 못합니다. 불과 5분도 되지 않아서 병력이 지치고 나면 공격력은 절반 이하가 됩니다."

"마법 파괴 지대를 통과하고 살아서 접근하는 적들은 많지 않을 것입니다. 그 후에는 지금처럼 중장갑 보병과 기사단이 적들을 막으면 됩니다. 우리의 군대도 많은 만큼, 적들에게 휩쓸릴 염려 따위는 하지 않아도 됩니다."

군단장들은 짧은 토의를 벌인 끝에 강력하게 대처하기로 결정했다.

현재 하벤 제국군의 북부 정벌군은 총 170만의 병력을 자랑한다. 전투 중 손실, 점령 지역의 배치, 알카사르의 다리

붕괴에 따른 피해 등으로 인하여 감소한 병력이었다.

"총원 전투 배치! 1급 전투경계를 시작한다."

"궁병들은 순차적으로 사격! 마법사들은 위력보다는 지속력이 강한 마법을 써라!"

하벤 제국의 헤르메스 길드 유저들에게도 비상이 걸렸다. 각자 지휘하는 병력이 적들과 직접 마주 싸우기 위해서 대기 상태에 들어갔다.

그동안의 전투는 원거리 공격으로 거의 끝장을 낼 수 있었지만 이번에는 유저들이 너무 많고 빨리 달려오고 있다.

분명 사람들이 뛰어오는 것인데도 범람하는 물이나 홍수처럼 느껴지는 대대적인 군대.

높고 두꺼운 방조제나 댐도 최대 한계를 넘어서게 되면 한꺼번에 무너질 수 있다는 생각이 스쳐 지나갔다.

"닥치는 대로 쏴라!"

유저들을 처리하기 위한 공격이 마법 파괴 지대로 집중되었다.

"으어억!"

"켁!"

섬광과 폭발이 일어날 때마다 비명 소리도 제대로 내지 못하고 죽어 가는 유저들이 숱하게 많았다.

독을 퍼트려서, 레벨이 낮은 유저들은 아예 사망을 시켜 버리고 무사히 넘어가더라도 중독으로 신체 능력을 떨어뜨렸다.

 그러나 희생자들을 뛰어넘어서 너무나도 빠르게 많은 유저들이 질주해 오고 있었다.

 "드디어 내가 왔다. 돌진 베기!"

 "모든 힘을 한 점으로 끌어모아… 강격!"

 북부 유저들이 하벤 제국군에 마구 덤벼들면서, 중장갑 보병들이 들고 있는 방패에 불꽃이 튀었다.

 초급 스킬들은 간단히 방패에 가로막혔다.

 하벤 제국군의 최정예 중장갑 보병을 공격력이 약한 초보들이 뚫기란 현실적으로 무리가 있었다.

 "힘껏 미세요!"

 "공격은 하실 필요가 없습니다. 그냥 마구 밀어 버려요!"

 "으쌰으쌰!"

 누가 먼저 제의한 것인지는 모르지만, 초보 유저들은 달라붙어서 중장갑 보병을 손으로 밀었다.

 힘과 체력에 있어서도 초보와 레벨 200 이상의 유저들은 현격한 차이가 있다. 그럼에도 수백 명씩 달라붙어서 밀어붙이니 중장갑 보병들이 아무리 버티려고 해도 땅을 헤집으며 뒤로 밀려갔다.

 "반격!"

 촤차창!

 중장갑 보병들이 방패를 거두고 뛰쳐나오면 초보 유저들

은 저항도 못하고 목숨을 잃었다. 무기나 방패를 들고 있지 않았으니 당연한 결과였다.

"상관하지 말고 계속 밉시다. 우리가 할 수 있는 건 이것밖에……!"

"대륙 끝까지 밀어 버립시다!"

유저들이 더 많이 달라붙으면서 중장갑 보병의 진형을 무너뜨렸다.

감수성이 예민한 어린 소녀 유저들은 눈물까지 펑펑 쏟고 있었다.

"으흐흑, 아르펜 왕국은 정말……."

"언니들, 오빠들! 우리 희망을 잃지 말고 싸워요!"

그녀들의 여린 마음속에는 이 전쟁이 명확하게 정의되어 있으리라.

간악한 하벤 제국과 순수하고 착한 아르펜 왕국의 전쟁!

실제로 바드레이와 헤르메스 길드가 높은 세율과 여러 규제들을 통하여 이권을 장악하고 주민들을 힘들게 하는 부분은 있었다.

그래도 인생을 좀 오래 살다 보면 지배층이란 그놈이 그놈이란 사실도 알게 된다. 그러나 이들은 위드의 진면목을 모르다 보니 조금 더 악질적인 제국의 침략에 맞서서 싸웠다.

북부 유저들 중에서 레벨이 높은 이들은 진형이 무너지는 틈을 타서 중장갑 보병들을 1명씩 제압했다.

"놈들은 방어만 하고 있습니다. 마음껏 공격합시다!"

"가까이 달라붙으면 안전해요. 쉴 틈을 주지 않고 계속 싸워요."

"레벨이 400을 넘는 분들! 앞에서 한 놈씩 없애지 말고 그대로 돌파하세요. 공간만 열어 주시면 나머지는 저희가 처리하겠습니다!"

북부 유저들의 숫자가 워낙에 많은 만큼, 철벽인 줄 알았던 중장갑 보병 집단도 피해를 입었다.

"이런, 안 좋게 됐군."

북부 정벌군에 속해 있는 헤르메스 길드 유저들의 얼굴이 굳었다.

'여기까지 올 줄은……. 저렇게 많은 유저들이 우리와 끝까지 해보겠다고 싸우다니 말이야. 그래 봐야 도저히 안 될 텐데.'

'우리가 나쁜 짓을 어지간히 많이 하긴 했나 보군.'

그럼에도 불구하고 패배를 떠올리는 헤르메스 길드 유저는 1명도 없었다.

중앙 대륙에서의 전쟁은 헤르메스 길드의 유저라고 하더라도 아차 하면 목숨을 잃어버릴 정도로 치열했다. 잠시도 방심을 해서는 안 되었다.

하지만 지금의 전장에서는 공격을 당하더라도 간지러운 수준에 불과하다. 아무리 거세게 덤벼들더라도 죽는 쪽은 대

부분 북부 유저들이다.

궁병들과 마법병단은 전력의 핵심이었다.

모든 방어진이 돌파당하지 않는 이상 그들은 건재할 것이며, 일반 보병들은 방어에만 전념하면 며칠이라도 버틸 수 있을 것이다.

원거리 공격 부대의 살상 능력을 고려한다면, 몇 시간만 지나더라도 하벤 제국군은 자신들의 수십 배가 넘는 병력도 이길 수가 있는 것이다.

이번의 전투에서도 빛나는 승리를 쟁취하리라.

"적당히 절반쯤 죽이면 나머지는 알아서 흩어질 줄 알았는데……. 정면 승부 외에 다른 방법은 없다. 이곳에 있는 사람은 가리지 말고 모두 죽여라!"

"앗, 벌써 시작했다."

이리엔은 다른 동료들과 함께 전장에 도착했다.

유린의 그림 이동술의 특성상 대지의 궁전이 있는 산봉우리 중의 하나였다.

평원에는 온통 유저들로 가득했고, 저 지평선 끝까지 배치되어 있는 하벤 제국군을 향하여 달려가는 모습들이 보였다.

"먼저 갈게요!"

수르카가 절벽을 뛰어내리더니 바위들을 박차며 뛰어갔다.
몸이 날렵한 권사이기에 가능한 묘기!

"저도 갑니다."

로뮤나는 대충의 위치를 파악하고는 전장 근처로 텔레포트로 이동했다.

적진에 마법 공격을 퍼붓기 위해서는 공격 범위까지 다가가야 한다. 바람의 방향이나 병사들의 배치까지 감안하여 자리를 잡아야 했다.

벨로트와 화령은 대지의 궁전에 있는 성문 근처로 향했다. 음유시인들과 연주가들이 전장에 나서는 이들을 위한 무대를 꾸며 놓고 있었다.

이리엔은 전장의 후방에서 유저들에게 축복을 걸어 주기로 했다.

직업이 서로 다르다 보니 전쟁터에서는 동료들도 흩어지게 되는 것이다.

유린은 그녀의 곁에 머물러 있는 제피를 보며 물었다.

"나가서 안 싸워요?"

제피는 가볍게 고개를 끄덕였다.

"이 전투도 중요하지만 나에게는 당신이 소중하기에. 당신을 안전하게 지켜 주고 싶기 때문이라오."

느끼한 말투!

여자들은 그럼에도 불구하고 자신을 아껴 주는 사람을 좋

아한다는 것을 경험을 통해 충분히 알고 있었다. 이런 위험한 전쟁터에서 능력을 발휘하여 유린에게 자신의 새로운 모습을 보여 주리라.

유린은 고개를 절레절레 저었다.

"할머니가 그러셨어요. 남자가 세상 돌아가는 것도 모르고 여자 치마폭에 있어서는 안 된다고."

"으음."

"잘 싸워 봐요. 저야 괜찮으니."

유린은 화가로서 전투 능력이 부족했다.

위드처럼 성장시킬 수도 있었겠지만 그녀는 몬스터를 때려잡을 필요가 별로 없었다.

그림을 그려 주다 보면 어지간한 몬스터들과도 친화력이 생긴다. 이곳에는 몬스터도 없을뿐더러, 하벤 제국군이 다가오면 그림 이동술로 훌쩍 피해 버리면 되는 것이다.

제피는 슬그머니 평원을 향해 움직였다.

사실 그도 전장에 오니까 적들과 싸우고 싶어서 몸이 근질거리던 참이었다.

"짹."

"째재잭!"

천공의 섬 라비아스에서는 성질 급한 새들이 지저귀고 있었다.

지상에서 전투가 벌어졌음에도 불구하고 어째서인지 조인족들은 참전하지 못했다.

새들은 자유로웠지만, 수십 마리 이상이 모이면 대장 새를 따라서 집단행동을 하는 종족 특유의 습성을 가지고 있었다.

대장 새의 영역에 가까이 붙어서 활동할수록, 유능한 대장의 뒤를 따를수록 전투 능력은 2~3배로 늘어나게 된다. 반면에 대장 새보다 먼저 앞장서서 비행하며 먹이를 빼앗는다면 무리에서 따돌림을 당하거나 적대도가 쌓였다.

라비아스의 통치자.

전쟁이 벌어졌는데도 불구하고 황금새는 가만히 깃털만 고르면서 나뭇가지에 앉아 있었다.

조인족 중에서 가장 뛰어난 전사 울극도 독수리의 모습을 하고 앞에서 얌전히 기다렸다. 그를 따라서, 숫자를 헤아리기 힘들 정도로 많은 조인족 NPC들도 움직이지 않았다.

"무슨 일이야, 짹짹!"

"꼬꼬댁! 우리도 싸우고 싶다."

"꼬고꼬꼬꼭!"

새들이 아무리 불만을 표시해도 황금새는 움직이지 않았다.

불만으로 울어 대는 새들 중에는 심지어 막 알에서 깨어난

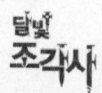

유저들도 있었다.

조인족을 선택해서 시작한 유저들은 필수적으로 다양한 알에서 깨어난다.

조인족이라고 해도 워낙 종류가 다양하기 때문에 어느 정도는 사전에 선택이 가능했다. 참새나 천둥오리처럼 알을 한꺼번에 여러 개를 낳는 조류를 선택하면 동시에 태어난 유저 형제들과 친해지면서 시작할 수 있었다.

그들은 함께 어미 새로부터 먹이를 잡는 법과 나는 법을 익힌다.

둥지를 떠나면 그때부턴 스스로 날갯짓을 하며 살아가지만, 그 전까지는 아니다. 뱀이나, 다른 어떤 위험에 의해서 둥지를 떠나기 전에 목숨을 잃으면, 유저는 다시 새로운 알이 깨어날 때까지 기다린 후에 로열 로드를 시작할 수 있다.

조인족은 종족의 인기가 대단해서 대기 순서를 최소 한 달 이상은 기다려야 했다.

훗날 조인족들이 더 늘어나고 알을 많이 낳게 된다면 인구도 빨리 늘어나게 될 수 있으리라.

이미 천공의 섬 라비아스를 중심으로 지상에서도 조인족들이 알을 낳고 있어 출생률은 빨리 증가하고 있었다.

"째재잭!"

"꼬끼오오오오!"

"까악! 까아아아아악!"

일어나는 대재앙

"구구구. 구구구구구국!"

새들이 화를 내며 우는 소리는 갈수록 잦아지고 격렬해졌다.

영롱한 목소리로 우는 새들.

조인족들 중에는 벌써 몇 번의 탈피를 마친 두루미와 같은 종족도 출현했다.

하지만 그들조차도 참을성은 더 이상 없었다.

지상에서의 전투가 격렬해지고 있는데 왜 조인족들은 출전을 할 수가 없단 말인가.

풀죽 공수부대로 자원한 인간 유저들도 하염없이 기다리기는 마찬가지였다.

"왜 저들은 안 싸우는 거야?"

"이러다가 우리, 엉뚱한 곳에서 손가락만 빨다가 하벤 제국 구경도 못 하는 거 아닌지 몰라."

하벤 제국 한복판에 떨어지기로 한 풀죽 공수부대.

목숨을 내던지기로 한 용맹한 유저 1만여 명은 그들을 태워 주기로 한 조인족들이 출동하기만을 기다렸다.

이들은 용기와 실력을 겸비한 최정예들이었다.

그러나 어떤 설명도 없이, 조인족을 다스리는 황금새는 자신의 깃털만 가지런히 고르고 있었다. 둥지와 땅, 나무, 하늘에서 새들이 항의의 뜻으로 세차게 지저귀는 소리가 온 사방에 진동하는데도 아무 상관 없다는 듯!

그때에 위드가 와삼이를 타고 등장했다.

황금새는 그제야 기다리고 있었다는 듯이 위드의 오른쪽 어깨에 내려앉았다. 왼쪽 어깨에는 은새가 있었다.

"위, 위드 님이다."

"국왕 폐하닷!"

세상살이 좀 하고 웬만한 사기라면 안 당할 정도로 의심이 많고 눈치가 빠른 사람이라면 알아차릴 수 있는, 극적인 등장을 위한 사전 연출!

위드가 부드럽게 말했다.

"조인족 여러분, 반갑습니다. 그리고 인간 영웅분들도요."

"……."

숨이 멎을 것만 같은 침묵이 흘렀다.

조인족들은 늦게 시작한 탓에 고레벨 유저가 거의 없다. 대신 초보들이라면 누구나 위드에 대해서 잘 알고 있었다.

전쟁의 신 위드를 직접 본 것만도 대단한 영광이었다.

게다가 조인족들이 특히 위드를 선망할 수밖에 없는 이유가 따로 있었다.

위드는 물론 모험가이며 아르펜 왕국의 국왕이기도 했지만, 조각술 최후의 비기 퀘스트에서 그가 한 벌새의 여행을 텔레비전으로 본 유저들이 매우 많았다. 그들은 종족 선택도 벌새를 따라서 많이 했다.

체형이 너무 작으면 장점도 있지만 전투와 생활에 크나큰

일어나는 대재앙 97

불리함도 가져다준다. 그렇지만 탈피를 통해 종족의 한계를 벗어날 수 있기에 상관이 없었다.

조인족들은 매 계절마다 종족 퀘스트도 수행할 수 있다.

상당히 까다로운 퀘스트들을 달성해야 하지만 그 대신 체중을 늘리거나 몸의 특정 부위를 강화하거나 번식을 하는 것도 가능했다.

오리류의 조인족을 선택한 유저들은 거의 대부분이 새끼들을 낳는 것을 꿈으로 삼았다.

직접 알을 보듬어서 키워 낸 새끼 오리들을 데리고 베르사 대륙의 멋진 강가를 헤엄치며 다니는 일이 너무나도 환상적이었기 때문이다.

오크들만큼은 아니더라도, 일찍 새끼들을 낳으면 그 새끼들이 계속 번식을 한다는 점도 다른 종족에 비해서 경쟁력 있는 장점이다.

"짹짹. 엄마, 위드 님이다."

"날개에 사인이라도 해 주세요."

위드가 등장하자마자 새들이 그의 주변을 가득 둘러싸고 깃털이 날릴 정도로 파닥거렸다.

새우깡을 들고 갈매기로 가득 찬 해수욕장을 걷는 것처럼 위험한 상황!

위드는 조인족들이 놀라지 않게 사자후를 터트리지 않고 차분히 말했다.

"아르펜 왕국을 위해서 나서 주신 여러분에게 국왕으로서 감사를 드립니다."

"쨱!"

"아르펜 왕국은 아시다시피, 처음부터 제가 국왕의 욕심을 가지고 만든 것은 아닙니다."

"꼬꼬댁!"

우연히 얻어걸리기는 했지만, 왕국이 태어나고 나서 얼마나 탐욕스러운 미소를 지었던가.

위드는 이미지 관리를 위하여 밤새도록 연습했던 선한 미소를 지었다.

"북부를 모험하는 도중에 모라타의 사람들을 구하게 되었고, 마을이 생겨났습니다. 그들을 보살피다 보니 조금이라도 사람들이 살 만한 곳이 되었고, 여행자들이 방문하면서 도시로 규모가 커졌습니다. 저와 모험가들은 북부 전체를 사람이 살 수 있는 곳으로 만들기 위하여 노력했고, 모두의 힘이 합해져서 북부 대륙에 아르펜 왕국이 자리를 잡게 되었습니다."

흡사 건국의 아버지와도 같은 이야기.

"……?"

조인족들은 갑자기 뻔한 이야기를 하는 위드의 행동에 의아함을 느꼈다.

그들은 어서 빨리 싸우지 않는다고 아우성을 치고 있던 도중이다.

높은 하늘에서 보기에 지상의 전투는 대단히 격렬했다. 빛과 화염, 바람 폭풍, 독 안개가 퍼지면서 사람들이 죽어 나가고 병사들과 기사들이 싸우고 있다.

조인족들은 당연히 아르펜 왕국의 편에 서서 하벤 제국과 싸워 줄 테니 전투를 허락하기만 하면 된다. 이 급한 시기에 굳이 여기까지 와서 이야기를 늘어놓는 위드가 이상하기 이를 데 없었던 것이다.

그러나 위드에게는 전쟁의 승리를 넘어 꼭 조인족들의 얼굴을 봐야 할 이유가 있었다.

천공의 섬 라비아스.

이곳은 조인족의 세계였다.

조인족은 자유로이 살아갔고, 어느 국가에도 소속됨이 없었다.

이제는 아르펜 왕국에 포함이 되었고 그렇기 때문에 국왕이 직접 내정 창을 통해서 특별한 명령을 내리거나 세율을 조절하는 게 가능해졌다.

원래 없던 세금이 갑자기 생기면 얼마나 저항이 심하겠는가.

마치 쌈짓돈을 털리는 기분!

그럴 때를 위해서라도 좋은 국왕의 느낌을 잔뜩 심어 줘야 했다.

"아르펜 왕국이 위기에 빠져 있습니다. 여러분이 지켜 주기 위해 나선 것에 진심으로 감사드립니다."

"짹재잭!"

"국왕이 되어서, 창피하지만 침략을 당하고 스스로의 힘으로 막아 내지도 못하고 있습니다. 아르펜 왕국의 건국도 제가 시작했지만 모든 사람들이 함께 노력을 했습니다. 아직 약소국이지만 먼 훗날 아르펜 왕국이 확실히 자리를 잡게 되면 더 많은 사람들이 살기 좋은 곳이 될 것입니다. 도와주셔서 진심으로 감사합니다."

위드의 말은 평소와는 느낌이 많이 달랐다.

퀘스트를 할 때의 제멋대로 까불던 행동이 아니라, 초등학교 2학년짜리 아이가 국어 책을 읽는 것처럼 목소리가 경직되어 있었다.

사람들을 상대로 사기를 한두 번 쳐 보는 것도 아니다.

퀘스트를 위하여 피라미드를 건설한다면서 사람들을 노가다로 끌어들였고, 쓰러져서 쉬려는 이들에게 풀죽을 먹였다. 그래도 여전히 국왕의 지위를 내세워서 사람들을 대하려니 심한 어색함과 낯간지러움이 있었다.

자유롭게 사기를 치지 못하고 텔레비전의 정치인들이 선거 때마다 하는 말을 그대로 따라 하고 있었던 것이다.

'설마 이렇게 뻔한 이야기에도 속아 줄까? 으음, 아무래도 어렵겠지. 시간이 너무 모자랐어. 연설 내용을 조금 더 가다듬어서 올 것을.'

위드가 침울해 있을 때 조인족들이 크게 날개를 떨치며 울었다.
"꽥! 꽥! 꽥! 꽥!"
"꾸와아악! 꾸악꽉!"
감동을 받은 조인족들!
아르펜 왕국의 선입견과 미화된 풀죽신교에 의하여 적극적인 지지자로 돌변.
눈치를 보던 위드는 이때를 노려서 사자후를 터트렸다.
"우리 모두의 아르펜 왕국을 지키기 위하여 출격하라!"
숫자를 헤아릴 수 없을 정도로 많은 새들이 전투를 위하여 한꺼번에 날아올랐다.

하벤 제국군에서는 지상에서 돌진하는 북부 유저들을 상대로 대지 전체를 박살 내는 듯한 마법 화력을 작렬시켰다.
밀려드는 적의 대군을 상대로 버티면서 오는 족족 해치워 버리는 것도 하벤 제국이기 때문에 가능한 능력이리라.
불길을 뚫고 뛰쳐나온 유저들이 하벤 제국군의 중장갑 보병들에게 강하게 부딪쳤다.
"이쪽에도 있다."
"여러분, 하벤 제국군에 복수를 할 기회입니다!"

그리고 하늘에서도 습격을 당했다.

조인족들이 하늘에서 강습하여 내려오면서 하벤 제국군을 덮치고 있었다.

일부는 공수부대의 유저를 발톱으로 쥐고 있다가 마법병단이 머무르는 지역 수십 미터 상공에서 떨어뜨렸다.

"으아아악!"

공중에서 낙하한 유저들은 그대로 마법사들의 몸 위로 떨어지게 되었다.

"꽤액!"

일부는 공중으로 쏘는 공격에 의해 전사하거나 추락의 충격으로 죽기도 했다.

그 모든 위험을 피하고 살아남은 유저들은, 적진의 한복판에서 스스로 헤쳐 나가야 한다.

"어디 제대로 한밑천 챙겨 볼까!"

"미쳐 보자, 한번!"

레벨과 스킬 숙련도의 하락은 필연적이었다. 그렇지만 비싼 장신구들을 주렁주렁 달고 있는 마법사 몇 명만 해치우더라도 본전은 뽑는 것이리라.

어차피 죽음을 각오하고 일부러 비교적 저렴한 기본 무기와 방어구를 착용하고 왔다.

"접근을 허용해서는 안 된다. 하늘로도 쏴라!"

하벤 제국군에서는 라비아스를 봤던 만큼 조인족들의 전

투 참여도 당연히 예상하고 있었다.

공중을 향해서도 마법과 화살 공격이 마구 날아갔다.

지역 전체를 뒤덮어서 피할 수 없는 수만 발의 화살이 쏟아질 때마다 조인족들이 피하지 못하고 땅으로 추락했다.

빠르게 날아오다가 공격에 적중당하고 추락하는 조인족들.

하늘에서 활동하기에는 유리해도, 큰 충격을 받아 지상으로 떨어졌다가 이후에 바로 날아오르지 못하면 영락없이 목숨을 잃는다.

그렇기에 조인족들은 단기간의 승부를 노리기보다는 끊임없이 하늘에서 빙빙 돌아서 신경을 쓰이게 하면서 적들의 공격을 유도하는 역할을 했다.

하늘을 향한 하벤 제국군의 견제가 조금이라도 느슨해지면 지상으로 쏜살같이 내려가서 마법사들을 낚아챈다.

조인족들이 평소에 사냥하는 방식과도 비슷했다.

그리고 헤스티거!

그가 대지의 궁전에서 뛰어내렸다.

"숲의 친구, 이야루테른!"

푸른 페가수스가 소환되어서 헤스티거를 등에 태웠다.

그는 날개를 펼친 페가수스를 타고 하벤 제국군을 향하여 돌진했다.

신들의 축복이 한 몸에 모이면서, 조각처럼 잘생긴 얼굴에 빛의 후광까지도 두르고 있었다.

명마 린들린을 탄 바드레이에게는 군중을 힘으로 아우르는 강렬한 느낌이 있었지만, 감히 헤스티거에게 비교할 바는 아니었다.

완벽한 얼굴과 몸매, 진정한 신의 전사이며 전설적인 영웅이다. 그러면서 후광까지 비치는 것이다.

남자들에게는 지극한 질투의 대상이 될 수밖에 없는 존재!

"저놈이다! 최우선 목표를 저놈으로 한다!"

"정말 헤스티거일지도 모르니까 다가오기 전에 마법 공격부터 해야 해."

헤르메스 길드에서는 계속 헤스티거를 눈여겨보고 있었다.

이미 대비하고 있던 조인족들보다는, 갑자기 나타난 헤스티거가 경계 대상 1호로 꼽혔다.

드라카 : 이게 어떻게 된 일입니까. 헤스티거가 전쟁의 시대의 그 전사가 맞습니까? 그렇다면 어떤 능력을 갖고 있는 것입니까?

아크힘 : 헤스티거의 전투력에 대해서는 체계화해서 정확하게 파악하고 있지는 못합니다. 그 퀘스트는 그저 거기에서 끝나는 줄로 알고 있었기 때문에 분석할 필요가 없었습니다.

발바로 : 저자가 어째서 등장한 것인지에 대해서도 정보가 없습니까? 만약 이유를 알 수 있다면 사라지게 하거나, 별도의 대처 방안이 나올지도 모르는데요.

아크힘 : 다시 한 번 말씀드리지만 정보대에서도 사전에 알고 있

는 바가 전혀 없습니다. 헤스티거가 왜 지금 등장하는지는 정말 의문입니다. 이유로 특별한 아이템이나 스킬, 퀘스트… 가능성은 무엇이든 있을 수 있습니다.

페이탈러드 : 추측이지만 대지의 궁전에서 위드가 며칠간 모습을 보이지 않았던 이유가 헤스티거 때문이었을 것 같군요.

아크힘 : 최선의 경우에는, 단순한 환영이거나 일시적인 현상으로 벌어진 것일 수도 있습니다. 어쨌든 지금부터라도 헤스티거에 대해 가능한 모든 정보를 모아 보겠지만, 저자가 우리 하벤 제국을 적대하는 이상 당장 해치워야 합니다.

헤르메스 길드의 길드 통신망에서도 어떤 예고도 없이 느닷없이 등장한 헤스티거에 대한 질문들이 가득했다.

수많은 의문들은, 헤스티거의 능력을 직접 보고 겪어 본다면 해결이 되리라.

하벤 제국군을 향해 길들이기 힘든 페가수스를 타고 날아오는 헤스티거를 노리고 마법병단의 공격이 쏟아져 나갔다.

"적중의 뇌전 화살!"

"파쇄 섬광 폭발!"

"육체 파괴 동결!"

1~2단계의 전쟁에서 흔히 쓰이는 기초적인 마법이 아닌, 상당한 마나가 소모되는 중급 공격 마법들이었다.

"사전에 준비한 대로… 위드를 목표로 했던 마법을 지금

씁시다."

"좋습니다."

헤르메스 길드의 마법사 유저들조차도 헤스티거를 우선으로 하여 마법 주문을 외웠다.

사막 전사들은 불의 능력을 타고나기 때문에 반대되는 상성을 가진 얼음 마법들에 주력했다.

"악령의 저주 빙하!"

"수분 결빙!"

"직격의 얼음 조각!"

마법으로 회전하는 얼음 조각들은 공중에서 서로 달라붙으면서 덩치를 30미터도 넘게 키웠다.

땅에 떨어지면 산산조각 나서 폭발하며 최소한 반경 100미터를 얼려 버릴 수 있는 빙계 마법의 결합체, 아이스 오브 스매시로 발전했다.

실전된 마법의 재현!

수천 개의 공격 마법과 뾰족한 추와 같은 얼음덩어리가 초고속으로 회전하면서 헤스티거를 향하여 날아갔다.

땅과 하늘, 모든 곳에서 헤스티거를 향하여 밀려드는 마법 공격이었다.

헤르메스 길드의 주력이 펼치는 총공격!

"으아아아, 나는 지금 보고 있노라. 이것이 죽음인가!"

"그런 말 할 시간에 고개나 숙여요!"

북부의 유저들은 땅으로 몸을 내던졌다.

족히 상공 50미터에서 날아가는 마법이었지만 진행 경로에 있었다는 것만으로도 영향을 받아 몸 전체가 얼어붙었다.

"페가수스를 타고 하늘을 나는 재주가 있더라도 저건 절대 피할 수 없을 거다."

헤르메스 길드의 마법사들은 날아가는 마법을 보며 만족스러운 미소를 지었다.

헤스티거가 목표로 설정된 만큼 아이스 오브 스매시는 계속 따라다니게 된다. 조종할 수 있는 마법사들이 전부 죽기 전까지는 해제도 되지 않는 마법이었다.

헤스티거는 사막 전사의 시미터를 뽑아 들었다. 그리고 공중에서 강하게 휘둘렀다.

"열화의 칼날!"

초고열의 화염이 거세게 일어나서 아이스 오브 스매시를 강타했다.

<u>그오오오오오!</u>

거센 격돌의 영향으로 빙설의 파편이 사방으로 튀어나오며 회오리치고 화염이 주변을 감쌌다.

아이스 오브 스매시는 속도는 조금 늦춰졌지만 화염의 줄기를 돌파하며 계속 다가갔다.

하벤 제국군 사이에서 헤르메스 길드 유저들의 환호성이 울렸다.

"좋았어!"

"과연! 끝장이다!"

헤스티거가 활약도 보여 주지 못하고 바로 목숨을 잃어버리는 것은 아닌지, 북부 유저들은 걱정했다.

하지만 곧 그런 우려도 기우라는 것이 밝혀졌다.

아이스 오브 스매시는 불줄기를 뚫으면서 순식간에 녹아내려서 작아졌다.

마지막으로는 헤스티거가 검을 휘둘러서 단번에 박살을 내 버렸다.

-마법이 파괴당했습니다.
 마법을 구성하는 힘이 역류하여 마나의 지배력에 중대한 타격을 입습니다.
 남아 있는 마나를 32.8% 손실합니다.
 스텟 지혜가 일시적으로 14% 감소하게 됩니다.

"끄으윽!"

"이, 이럴 수가."

마법에 참여한 마법사들의 몸이 휘청거렸다. 마법이 강제적으로 소멸되어서 그들에게도 크고 작은 충격의 여파가 있었던 것이다.

고위 마법사들은 목숨을 잃진 않았지만, 정신적인 타격으로 인해서 당장은 마법을 쓸 수 없는 상태가 되었다.

결빙되어 있던 유저들도 완전히 목숨을 잃기 전에 친절한 헤스티거가 넘실거리는 화염 각인을 펼쳐서 급하게 몸을 녹여 주었다.

공격 기술을 다루어서 위급한 처지에 놓인 이들을 구출한 것만 보더라도 스킬 레벨이 경지에 올라서 얼마나 세심한 힘의 조절이 가능한지를 알 수 있게 해 주었다.

헤스티거가 고대의 함성을 터트렸다.

"계속 진격하라! 적들을 해치우기 전에는 잠시도 머뭇거리지 말라!"

목소리 하나만큼은 끝내주는 스킬.

위드도 사막의 대제왕으로서 한창 잘나갈 때에 적지 않게 써먹었던 기술이다.

세계를 구하는 용사의 외침처럼 전장 전체에 영향을 미치지는 못한다. 그러나 고대의 함성을 가까이에서 듣는 이들에게는 맷집과 육체적인 능력을 크게 올려 주었다.

"가 봅시다!"

"오, 예!"

북부 유저들은 광란의 공격을 개시했다.

동료들이, 그리고 본인이 죽어 나가더라도 그들은 행복할 수 있었다.

그들이 목숨을 걸기로 했던 결정의 근거는 북부를 지키고 싶은 마음이다. 정말 침략을 막아 낼지 막아 내지 못할지는 제쳐 두더라도, 아무것도 하지 않으면서 그저 지켜보고 싶진

않았기 때문이다.

막연한 희망도 없는 상태에서, 순간적이나마 하벤 제국군을 놀라게 하고 밀어붙이고 있다.

북부 유저들은 목숨을 걸었기 때문에 용사의 등장에 따라서 전력을 다해서 몸을 던질 수 있었다.

"우리가 조금 늦은 것 같군."

"구경을 하러 왔지만… 몸이 달아서 이거야 원."

"그래도 전쟁은 위험하지. 목숨을 잃으면 잃어버릴 게 많은데. 흐음."

"전쟁터를 많이 다녀 보며 깨달은 건데, 싸워서 이득을 본 경우는 드물지. 특히 헤르메스 길드를 상대로는 말이야."

"그래도 지금이 바로 놈들에게 물을 먹일 수 있는 기회 같습니다만. 아니면 중앙 대륙처럼 온통 헤르메스 길드의 세상이 되겠지요."

하벤 제국군에 적대적인 유저들은 정면에만 있지 않았다.

북부의 전쟁을 구경하기 위해 온 중앙 대륙의 유저들.

그들의 일부는 대지의 궁전에 먼저 도착하여 있기도 했고, 전투에 끼어들 생각 따위는 없었기에 하벤 제국군의 한참 뒤에서 따라오는 이들도 많았다.

"아무래도 후환이 두려운데……. 헤르메스 길드에 적대하고 어떻게 중앙 대륙에서 살겠습니까?"

"뭐하러 돌아갑니까. 여기까지 온 김에 그냥 북부에 눌러

앉으면 되죠."
"그러네요. 북부가 최고이니 하벤 제국에 가지 않아도 되겠네요."
"아직 남아 있는 친구들과 가족들은요?"
"전부 북부로 불러오면 되죠!"
"그렇다면 해치워 봅시다!"

검치는 수선을 하지 않아 누더기가 된 망토를 걸친 채로 걸어왔다.
"오늘도 실컷 싸울 수 있겠군."
"놈들을 물리칠 수 있는 기회입니다, 스승님."
그의 뒤에는 사범들과 수련생들이 쭉 줄지어서 따라왔다.
"사나이의 자부심이 있지. 우린 지고는 못 산다. 그렇지 않으냐, 삼치야."
"맞습니다, 스승님!"
검치와 수련생들은 바드득 이를 갈았다.
파투 성에서 하벤 제국군의 함정에 빠져서 전멸을 당했다.
그때의 전투를 떠올리기만 하면, 견딜 수 없을 정도로 화가 나는 게 아니라 아직도 심장이 쿵쾅거릴 정도로 흥미와 재미가 있었다.

몇 배의 강함을 가진 적의 군대를 상대로 싸우다가 죽었으니 살아생전 최고의 경험으로 꼽을 만하다.
　'제대로 싸울 줄도 모르던 애송이 시절 8명과 시비가 붙어서 늑골과 갈비뼈 7개가 부러지고 주먹과 팔에 금이 갔을 때만큼이나 재미가 있었지.'
　'역시 싸움은 막싸움이라니까.'
　입안에 침이 잔뜩 고이고, 근육이 꿈틀거린다.
　사나이를 달아오르게 하는 전장의 느낌.
　검치와 수련생들은 오늘을 기다려 왔던 것이다.
　"묻뼷죽 부대는 이제 해산이다. 우리와는 어울리지 않게 강제로 이름을 지은 것처럼 조잡한 느낌이 있었다."
　"예, 스승님!"
　"앞으로 우린 묵사발 기사단이다."
　"묵사발이라니, 귀에 쏙쏙 들어옵니다."
　"역시 이런 통찰력 강한 언어 구사는 스승님이 아니고서는 생각할 수도 없는 것입니다."
　"자식을 낳게 되면 태명으로 지어 주고 싶을 정도입니다!"
　궁술을 익혀서 시력이 좋은 검백일치가 큰 소리로 외쳤다.
　"이런, 우리가 아직 도착도 하지 않았는데 벌써 시작한 것 같습니다!"
　"그래? 그렇다면 어서 가자!"
　검치와 수련생들은 멀리 간격을 두고 떨어져서 달려갔다.

마법 공격을 당하더라도 피해를 최소화하기 위해서였다.
 하지만 곧 그들은 굳이 그럴 필요가 없다는 걸 깨달았다.
 하벤 제국군은 거대한 무리였다. 군사적으로 본다면 터무니없을 정도로 많은 병력이 한 장소에 몰려 있었다.
 전투가 이미 크게 벌어져서, 북부 유저들과 하벤 제국군 모두 휩쓸려 있는 상태였다. 검치와 수련생들에 대해 특별히 경계를 할 수가 없었다.
 그렇기에 그들은 쉽사리 북부 유저들에 섞여서 제국군에게 접근했다.
 "무엇이든 베는 검!"
 "커헉! 이런 검술이……."
 가로막는 기사들은 방패와 갑옷과 함께 베였다.
 전력을 다한 공격으로, 막히면 이쪽이 깨끗하게 피해를 입어야 하는 무식하고 위험한 검술!
 전쟁 단위의 전투에 있어서 적진을 돌파하는 데는 이것만큼 쉬운 게 없었다.
 적들이 막거나 말거나, 보릿단 베듯이 그냥 쭉 지나가 버리는 것이었다.
 중장갑 보병이 숨을 몇 번 몰아쉬는 사이에 격파!
 "연쇄 타검!"
 수련생 이백일치부터는 새로운 기술도 사용했다.
 그가 창조해 낸 검술의 비기였다.

적을 베면 무형의 기운이 다음의 적에게 연속으로 작렬한다.

퍼억! 딱! 쿵! 우드득! 파지직!

병사 1명을 베었는데 그 뒤에 있던 동료들 14명이 한꺼번에 쓰러졌다.

"흐흐흐흐, 1명을 확실히 죽이는 것도 좋지만 대량 살상이야말로 재미가 있지."

검사백이십치는 레벨이 높은 편에 속했다.

그는 로열 로드를 하면서도 실리를 선택했다.

"강해져야 돼. 그런데 현실에서의 강함이 그대로 통용되지는 않는 세상이니 이쪽의 규칙에 맞춰야 될 거야."

그는 수련생들 중에서도 소위 가방끈이 긴, 배운 축에 속했다.

중학교 수석 졸업으로 어디 가서도 꿀리지 않을 정도였고, 고등학교에서도 장학금을 받았다. 검치 들이 으레 그렇듯이 고등학교 2학년 때 어쩌다 검의 세계로 빠져들어서 졸업도 간신히 하고 말았지만.

그는 몸을 쓰면서도 생각을 하는 스타일이었다.

"로열 로드에서 가장 확실하게 강해지는 방법."

고지식한 노가다, 몬스터와의 끝을 모르는 전투, 보상이 많은 퀘스트를 골라서 수행.

명성이 높아지면서 여러 사건들에 휘말리기도 했다.

검사백이십치는 그러면서 스탯을 충실하게 올리고 잡다하게 많은 전투 스킬들을 습득했고, 레벨도 450에 도달했다. 한번 푹 빠지면 정신을 놓아 버리는 성격을 가졌던 것이다.

 "로열 로드에서 내가 최고가 될 것이다. 드래곤은 내가 잡을 것이야."

 검치와 사범들, 수련생들은 하벤 제국군의 무리를 베면서 파죽지세로 적의 진영으로 파고들었다.

 "수비 진형이 뚫렸다! 마법사들이 있는 곳으로 서둘러 방어 병력을 투입해!"

 "기사단! 기사단은 어서 요격을 하라!"

 검치와 수련생들은 전략적 가치가 훌륭한 마법병단이나 궁수대 쪽으로는 눈길도 주지 않았다.

 이런 기회가 쉽게 오는 게 아니니 검을 겨루는 재미도 없는 잔챙이들과 싸우면서 낭비하고 싶진 않았기 때문이다.

 "밥들이 잔뜩 모여 있구나, 둘치야."

 "옛, 실컷 싸우다가 죽을 수 있겠습니다."

 "무사에게는 더없는 영광이다. 전쟁의 결과 따위는 신경 쓰지 말고 각자 1,000명씩만 해치워 보자."

 "문제없습니다!"

 창과 검, 칼, 도끼, 활.

 무엇이든 집히는 대로 휘두른다.

 전쟁터에서는 공격 범위가 긴 창이 효과가 뛰어난 편이었

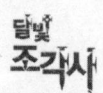

다. 그렇지만 적의 갑옷을 단숨에 박살 내는 도끼 역시 장점이 많다.

"몽땅 쳐 죽여라!"
"신 난다! 이런 놀이터가 있다니 말이야!"
"맘껏 뛰어놀아 보자!"

수련생들은 온갖 무기들로 무장하고 적들을 박살 내며 진영을 돌파했다.

헤르메스 길드 유저라고 해도 정신없이 쏟아지는 공격을 모두 막아 낸다는 것은 불가능한 실정이었다.

"음, 초반 전투는 순조롭게 진행이 되고 있군."

위드는 와삼이를 탄 채로 하늘에서 전투 상황을 종합적으로 관전했다.

"나도 싸우고 싶지만… 그러면 오히려 전투에 방해가 되겠지."

지금은 북부 유저들이 신을 낼 시기였다.

나중에 전투가 조금 더 불리해지게 되면 그때 나서더라도 늦지 않으리라.

구름 높이에서 지켜보고 있으니 넓은 전장이 한눈에 들어온다.

당연히 개개인까지 일일이 구분할 수는 없을 정도였지만, 갑옷의 색이나 차림만으로도 상황을 잘 살필 수 있었다.

하벤 제국군의 응집력은 대단하다.

그들의 군대는 뭉쳐서 흩어지지 않고 있으며, 막대한 원거리 화력을 주변에 투사하여 북부 유저들을 해치웠다.

정확히 가늠할 수는 없어도 하벤 제국군 병사 1명이 죽어 나갈 때 북부 유저들이 20명씩은 죽지 않을까 생각이 될 정도였다.

"그래도 아직 초반에 불과하니까. 헤스티거가 밥값을 어느 정도는 해낼 테지!"

현재 헤스티거는 하벤 제국군의 진영으로 난입했다.

그가 시미터를 휘두르기만 하면 측정 불가능한 거력이 발출되어 100명, 200명이 몰살을 당했다.

적의 돌격에도 흔들림 없는 중장갑 보병들이 한꺼번에 쓰러지는 대단한 광경이 나왔다.

그의 뒤를 따라서 돌격하는 북부 유저들.

유저들은 레벨이 높아질수록 전투에 대한 감각이나 눈치가 빨라지게 된다. 전쟁터에서는 헤스티거와 같은 강자 주변에 붙어 있으면 얻어지는 떡고물이 많다는 걸 알고, 그가 열어 놓은 길을 따라서 진격하고 있었다.

그 인원만 하더라도 최소 몇만 단위!

북부 유저들 중에서도 나름 실력이 있는 자들로 구성이 되었다.

 그럼에도 하벤 제국군의 일각에서 벌어지는 작은 소요 사태에 불과했다.

 헤스티거의 걸출한 지휘 능력은 북부 유저들이 최대의 전력을 발휘하며 싸울 수 있게 만들었지만 혼자서 하벤 제국군을 물리칠 수 있으리란 기대까지 할 수는 없었다.

 만일 사막의 붉은 칼 부대원들이 전부 이 자리에 있다면 하벤 제국군도 철수를 해야 했을 것이다.

 "얼굴마담으로 끌고 왔더니 상당한 피해를 줄 수 있겠어. 문제는 이걸로는 충분하지 않다는 점인데."

 하벤 제국군은 포르우스 강을 지나서 7개 군단 210만에 달하는 병력이 진군해 왔다. 그리고 바르고 성채로도 5개 군단 150만의 병력이 출진을 했다.

 바르고 성채에서도 오크들을 중심으로 하여 여러 종족들이 연합하여 제국군을 막아 내고 있었다.

 원정군의 인원으로는 터무니없을 정도로 많았지만, 중앙 대륙에서 정복 전쟁으로 흡수한 왕국의 병사들까지 포함한 것이니 가능한 숫자이리라.

 헤르메스 길드의 입장에서도 비정상적으로 비대해진 군대는 처치 곤란한 대상이었다.

 패전국의 포로들을 풀어 주게 되면 자칫 치안이 악화되었을 때에 저항군, 반란군으로 등장하게 된다.

헤르메스 길드 유저들의 입장에서 그런 이벤트가 반드시 나쁜 것은 아니었다. 저항군 등을 퇴치하면서 상당한 공적을 쌓고 전투 경험도 얻을 수 있다.

 하지만 하벤 제국이 점령하고 통치해야 하는 땅이 워낙에 넓다 보니 도처에서 저항군이 설쳐 대면 피해가 막대하다. 그렇기 때문에 병력도 소모시키고 치안도 안정화할 겸 대거 북부로 파병을 보낸 것이다.

 위드는 앞으로 벌어질 헤르메스 길드의 전략에 대해서 예상이 가능했다.

 "대지의 궁전을 시작으로 모라타, 바르고 성채 정도를 철저히 부수고 나서… 군대가 각 지역별로 흩어져서 북부 전역을 일거에 장악해 버리려는 계산이겠지."

 그 누구라도 여유 있는 군대의 병력을 바탕으로 해서 충분히 짜낼 수 있는 효과적인 전략이다. 그리고 막아 내야 하는 입장에서는 확실히 까다롭다.

 바르고 성채와 대지의 궁전. 양동 공격이 전부 성공을 거두고 난다면 북부의 저항도 무력해지리라.

 "반격을 할 기회는 계속 있지만… 음, 대지의 궁전에서 첫 기회를 놓치면 상당히 어려울 테지."

 북부 유저들의 결속력이 뛰어나다고 하더라도 큰 패배를 겪고 구심점까지 잃어버리면 앞으로 어떻게 되겠는가.

 대지의 궁전과 바르고 성채야 무너진다고 하더라도, 최후

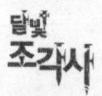

에 모라타까지 불타고 나면 북부의 의지까지도 파괴되는 셈이다.

북부 유저들은 자신들이 모여서도 아무것도 해내지 못했다는 무력함에 빠지게 될 것이다.

그 후에 하벤 제국군은 수십 개의 군단으로 나뉘어서 아르펜 왕국의 도시들로 진군하게 될 것이다.

현재 병력이 아직도 270만을 넘어가는 만큼, 분산되는 군대마다 최소 5만에서 10만씩의 병력은 된다.

북부 유저들이 지금보다 더 많이 참여하더라도 각 지역으로 일제히 흩어지는 군대를 전부 막아 낸다는 건 불가능했다.

최소한 1~2주 내에 북부의 절반 이상이 점령될 것이고, 어쩌다 정복되지 않은 장소도 주변의 제국군이 움직여서 접수하면 순식간이다.

대지의 궁전과 모라타가 파괴되면 이미 전쟁은 끝난 것이나 다름없다.

심지어는 북부 유저들이 더는 싸우기를 포기할 수도 있다. 아무리 노력을 하더라도 안되는 건 안된다는 체념을 하게 되면 다시 일어설 수는 없을 테니까.

헤르메스 길드의 정보력도 굉장하니, 제국군 군단을 막을 정도의 방어 병력이 모이면 몇 개의 군단을 주변에서 지원해 줄 수도 있다.

사방에서 에워싸듯이 하여 기껏 모인 북부 유저들은 토끼

몰이당하듯이 토벌될 것이다.

하벤 제국이 북부 대륙 전체를 장악하더라도 끝까지 저항을 하는 방법도 있지만, 그러한 뜻이 남아 있더라도 따르는 이들이 많진 않으리라.

당장 위드만 하더라도 대지의 궁전이나 모라타가 파괴된 이후에는 아르펜 왕국에 대한 애착이 많이 줄어들게 될 것이다.

현실적으로 하벤 제국에 대항할 힘이 약화되어 있을 것이며, 세금 수입도 급격하게 감소하게 될 테니까.

지금은 밥상이 엎어지기 직전에 되돌릴 수 있는 거의 마지막 기회!

"놈들에게 북부를 빼앗기지 않으려면 최소 지금 이 자리에서 절반 정도의 피해를 줘야 해."

여기까지 생각을 하고 나니 올라가는 전기세와 식품 물가를 걱정할 때처럼 머리가 아파지는 걸 느꼈다.

"확실히 인생은 단순한 게 나은데. 버는 만큼 피곤하다는 말이 사실이었어."

침략자의 전략까지 살피면서 사는 인생은 복잡했다.

그럴 바에야 노가다를 하면서 모험을 성공시키는 일이 훨씬 나으리라.

"어쨌든 본격적으로 해 봐야지. 하벤 제국군의 진형을 무너뜨리기 위해 전장을 개판으로 만들어 줘야겠어."

위드는 와삼이의 등에서 물을 빚어서 조각품을 만들기 시작했다.

대재앙의 자연 조각술은 예술 스텟과 자연과의 친화력, 파괴되는 조각품에 따라서 위력이 달라진다.

대재앙을 더 크게 일으키기 위한 사전 작업 개시!

> **머리가 큰 거북이**
> 거북이의 형상을 표현한 작품이다.
> 믿을 수 없을 정도로 높은 실력의 조각사가 만들었지만, 어린아이의 솜씨처럼 머리와 등껍질이 단순하게 표현되어 있다. 관찰력이 높은 사람이라면 거북이의 두 눈이 몰려 있는 것도 볼 수 있을 것이다.
> **예술적 가치 : 13.**

오늘 막 조각술에 입문한 그런 유저가 만들 정도의 조악한 작품!

고급 조각술 9레벨, 고급 손재주 9레벨.

대륙을 떠돌며 모험을 통해 예술 스텟을 착실하게 쌓은 위드에게는 도저히 어울리지 않는 작품이었다.

"작품성은 됐어. 당장 급한 건 물량이지."

위드는 물에 사는 생명들을 마구 만들어 냈다.

거북이 조각을 끝내자마자 다음으로는 생선들을 마구 깎아 내고, 뱀장어도 만들었다.

어느 횟집의 수족관을 가더라도 보기 힘든 흉악한 생선들!

사람들에게 친숙한 광어의 이빨은 피라니아처럼 날카로웠

고, 매운탕으로 끓이면 국물이 끝내주는 우럭은 가시 돋친 기다란 다리가 8개나 달려 있었다.

"과연 창조적인 작품들이군."

회를 좋아하는 사람들조차 겁을 먹고 달아날 만한 작품들.

세밀한 부분의 표현은 생략하고 비율까지 무시한 제멋대로의 조각품들이 양산되고 있었다.

"내가 지금 뭘 만들고 있었지? 악어였던 것인가, 아니면 미꾸라지였나. 모르겠다. 대충 민물고기라고 생각하면 되겠지."

이것이야말로 발로 조각을 한다고 해도 과언이 아닐 정도로 빨리빨리 정신의 결정판이었다.

사람들이 접근할 수 없는 심해에 사는 물고기들까지 대충의 형태만 만들어 창조해 냈다. 그러다가 가끔 아리따운 인어 조각품도 나오긴 했지만.

대량생산 노가다에 있어서만큼은 고성능의 기계를 방불케 하는 빠른 속도였다.

물을 빚어서 즉시 조각칼을 움직여 대략적인 형태를 다듬은 결과물이 곧 나왔다.

"구름 조각술!"

-구름 조각술을 사용했습니다.
자연과의 친화력에 따라 물의 조각품을 구름으로 만듭니다.
비구름이 생성됩니다.

물로 빚어낸 작품들이 흩어지더니 넓은 구름이 되어서 하늘에 흘러가기 시작한다.

지상에 있는 유저들은 아쉽게도 당장 눈앞의 전투에 휘말려서 구름의 변화를 알아보는 이는 1명도 없었다.

솔직히, 보더라도 구름 조각품들의 특성상 주변부가 금방 뭉개져서 알아보기 힘들 정도였지만.

하늘을 채우기 시작한 구름들은 점점 겹치고 짙어지더니 소나기로 변해서 내리기 시작했다.

자연 조각술이 만들어 내는 기적!

아직은 전장 전체를 뒤덮을 정도는 아니었고, 화염 마법이 사용되면 위력을 반감시키는 정도였다.

지상에서는 재빨리 마법사들이 주력 마법을 수계 마법 위주로 변경해서 썼다. 원소 계열 마법은 주변의 환경에 따라 위력이 달라지기도 하니 당연하고도 올바른 선택이었다.

화염 마법은 지속력 때문에도 북부 유저들이 진격을 하는 데 큰 장애물이 되었다.

비가 내리게 되니 아무래도 북부 유저들이 마법 파괴 지대를 통과하는 데 약간씩의 도움을 받았다.

위드의 자연과의 친화력, 예술 스텟이 높았기에 금방 대지에 비가 내리게 만들 수 있었다.

북부에서는 자연 대작으로 물에 젖은 땅을 만들고, 사막에서는 대협곡이 형성될 정도로 많은 양의 비를 내리게 했던 만큼 이 정도는 기적이라고 부를 수도 없다.

거칠지 않고 촉촉하게 대지를 적시는 빗물.

"룰루루!"

조각품을 만드는 위드에게서 콧노래가 나왔다.

"이때만큼 좋은 기분과 기대감이 들 때가 또 있을까?"

인생의 행복한 시기였다.

땅을 산 사촌이 땅값 폭락으로 고생을 하거나, 돈 많은 친구가 구입해서 자랑하던 자동차가 고장 나면 흥겹다.

무언가 대단히 즐거운 일이 벌어질 걸로 예상되니 저절로 콧노래가 나왔다.

> -조각술 스킬의 숙련도가 증가했습니다.

짧은 시간이지만 200여 개의 조각품을 만들었다.

숫자를 정확하게 채워야 할 필요성이 있진 않기 때문에 개수를 세지도 않았지만 위드를 중심으로 하여 구름이 상당히 많이 퍼져 나갔다.

구름 조각술의 스킬 레벨이 꽤나 높아서, 시커멓고 짙은 먹구름이었다.

꽈르르르릉!

쿠릉- 꽈과광!

일부 지역에만 소나기처럼 내리던 비는 천둥 벼락과 함께 전체 영역으로 퍼져 나갔다.

지상에서는 여전히 격렬한 전투가 벌어지고 있어서 구름의 형태가 크게 관심을 받진 못했지만 날씨가 이상해진다는 조짐은 다들 느꼈다.

맑고 화창하던 날에 갑자기 먹구름에 소나기라니!

아무래도 헤르메스 길드 유저들이 비를 더 싫어했다.

"상황이 꼬이는군. 공격 마법의 효과가 줄어들고, 비를 맞게 되면 병사들의 체력이 더 빨리 줄어들게 될 텐데 말이오."

"장기전을 염두에 두지 않을 수가 없으니 번갈아서 휴식을 취하게 해 줘야겠지. 교대할 병력은 많지만 손이 자주 가게 생겼군."

"말에도 신경을 써야 될 거요. 기사단의 돌격에도 무른 땅은 거추장스럽고."

땅이 질퍽거리고 차가운 빗물이 몸을 적시면, 전투에 참가한 병사들은 금방 힘들어한다. 하벤 제국군을 관리하기 위하여 지휘관 유저들은 좀 더 많은 관심을 쏟아야 했다.

반면에 북부 유저들은 자기 한 몸만 알아서 관리하면 되었으니 얼마나 편한가.

조인족들은 비행에 어려움이 있었지만 시야가 좁아지면서 지상으로부터 공격을 다소 덜 받았다.

그런데 먹구름이 계속 늘어나면서 빗줄기가 더욱 굵어졌다.

전투 지역은 넓은 평야였기 때문에 비가 내린다고 해서 큰 장애는 없었다. 하지만 눈치 빠른 이들은 갈수록 심상치 않음을 느꼈다.

"왠지 갑자기, 내리는 이 비가 인위적이라는 느낌이 물씬 드는데……."

"기후 조절 마법을 발휘할 수 있는 마법사는 아직 3명밖에 없습니다. 그리고 그 최고 실력의 마법사들은 항상 추적하고 있는데, 북부에는 그들 중에 1명도 없지요. 특별한 재료가 많이 들어서 써먹기도 어렵습니다."

헤르메스 길드 유저들이 먼저, 그리고 그 후에는 북부 유저들도 비에 대해 의문을 가졌다.

대지의 궁전 건설에 참여하고 인근에서 활동하는 유저들은 확실히 알고 있었다.

이곳에서는 맑은 날씨가 주로 이어진다. 그렇다고 가뭄이 들거나 하지는 않고, 필요하면 대지를 적실 정도로 충분한 비가 내린다.

평원에 실개천이 흐르면 동물들이 와서 목을 축이는 모습은 얼마나 사랑스럽던가.

프레야 여신의 축복이 아직도 북부를 살펴 주고 있었기에 이처럼 궂은 날씨는 처음이었다.

"이 정도면 됐어."

위드는 충분한 양의 먹구름을 만들고 나서 지상을 내려다보았다.

대지의 궁전을 비롯하여 이 넓은 지역을 촉촉하게 적시고 있는 굵은 빗줄기.

천둥 번개가 가끔 내려치고 있었지만 피해가 없으니 자연재해라고 할 수는 없는 수준이었다.

사람들은 비를 맞으면서도 격렬하게 싸우고 있었다. 이미 시작한 전투를 비가 온다고 해서 그칠 수는 없는 것이리라.

"더 많은 비가 내려 준다면 스킬의 효과가 훨씬 늘어나겠지만… 뭐, 이만큼으로도 하는 데까지는 해 볼 수 있겠지."

위드는 품에서 조각품을 꺼냈다.

이번에는 걸작의 조각품!

강추위와 해일

자연과 하나 되는 조각사가 특별한 조각품을 만들어 냈습니다.
사람이 살아가기 힘들 정도로 두꺼운 얼음이 뒤덮고 있는 땅.
높고 거센 해일이 일어나서 다가오는 모습을 표현한 조각품입니다.
이 압도적인 대자연의 파괴를 생생하게 기록한 작품은 무서움을 느끼게 할 것입니다.
예술적 가치 : 1,203.
특수 옵션 : 투지 34% 감소.
　　　　　　몬스터들이 일정한 확률로 도망치게 됨.

자연 조각품을 꺼낸 이유는 단 하나.

대재앙의 자연 조각술.

높은 하늘에서 지상을 보면 빼곡하게 느껴질 정도로 많은 사람들이 전투를 벌이고 있었다. 하벤 제국군과 아르펜 왕국의 주민들이 뒤섞여 있다.

 그렇지만 지금 스킬을 쓰지 않는다면 다시 이런 기회가 오지 않을 수도 있었으며, 하벤 제국군도 나중에는 대비를 하고 피해서 대재앙을 벗어나 버릴 것이다.

 "인생 뭐 있나. 대충 저질러 놓고 보자. 대재앙의 자연 조각술!"

> -대재앙의 자연 조각술 스킬을 사용하셨습니다.
> 예술 스텟 20이 영구적으로 사라집니다.
> 생명력과 마나가 20,000씩 소모됩니다.
> 모든 스텟이 사흘간 일시적으로 15% 감소합니다.
> 자연과의 친화력이 떨어집니다.
> 대재앙의 자연 조각술은 하루에 한 번밖에 사용하지 못합니다.
> 위험한 재앙을 불러오게 되면, 그 피해에 따라서 명성이나 악명이 오를 수 있습니다.
> 재앙을 겪는 와중에 죽을 수도 있으니 주의하십시오.

 걸작 조각품이 얼음과 물로 변하더니 수천만 개의 작은 알갱이들로 변해서 사라졌다.

 온갖 모험과 극한의 노가다로 달성된 위드의 3,300이 넘는 예술 스텟과 1,829나 되는 자연과의 친화력.

 대자연을 들끓고 날뛰게 만드는 무지막지한 재앙을 일으키는 스킬이 시작된 것이다.

 먹구름을 생성해서 미리 비를 뿌려 놓은 것도 대재앙의 위력을 극대화시키기 위한 사전 작업이었다.

띠링!

> -프레야 여신의 축복이 당신에게 부여됩니다.
> 프레야 여신은 당신이 가지고 있는 깊은 신앙심과 궂은일도 마다하지 않는 모험에 대해 큰 믿음을 가지고 있습니다.
> 세계를 구하는 용사로서 모험을 끝낸 지 얼마 되지 않은 당신을 지켜보고 도움의 손길을 내밀었습니다.
> 자연을 보살피는 여신의 축복에 의해 대재앙의 자연 조각술의 위력이 89% 커지게 됩니다.

"오오오오!"

프레야 여신의 축복!

여신과 오랫동안 좋은 관계를 유지했더니 이런 특별한 혜택까지 부여되었다.

"근데 이렇게 되면 위력이 너무 강한 거 아닐까. 조각술 마스터 퀘스트를 하면서 자연과의 친화력이 엄청나게 늘었는데……. 그리고 여기에 사람은 너무나도 많고. 베르사 대륙에서 한자리에 이토록 많은 사람들이 모인 적이 또 있었을까 싶을 정도인데."

위드는 몇 초 동안 침묵에 빠졌다.

"후후후후, 이 결과는 잠시 후면 알 수 있겠지. 뭐, 어쨌든 후회하진 않을 거야. 이미 저질러 놓은 일을 후회하기에는, 인생이란 앞으로도 수많은 새로운 사건들을 저지르면서 사는 것이니까."

자신의 책임하에 방금 저질러진 사건에 대해서도 깔끔하게 잊어 주는 자기 합리화.
 누군가가 터무니없는 사고를 쳐도 어딘가에는 그걸 수습해 주는 사람들이 있다. 그렇기 때문에 세상은 끊임없이 순환하면서 돌아가는 게 아니던가.
"와삼아, 너도 그렇게 생각하지?"
"쿠쿠쿠쿠쿠카카카!"
와삼이도 많이 똑똑해졌다.
 바위로 조각한 새 머리라서 무식하다고 놀렸지만 와이번치고는 교활하고 영리한 편이었다.
"저 밑에 있는 게 나만 아니면 된다, 주인!"
와삼이조차도 앞으로 벌어질 광경을 기대하고 있었다.

전면 공격

"음머어어어, 오늘도 싸움이라니, 오래 살기 힘들다."
"골골골, 이게 다 주인을 잘못 만난 탓이다."
조각 생명체들!

와삼이를 제외한 와이번들과 빙룡, 불사조, 금인이, 누렁이, 이무기, 킹 히드라 등!

지골라스에서 생명을 부여했던 47마리까지 합쳐서 총 오십을 넘어서는 조각 생명체들이 대기하고 있었다.

조각술 마스터 게이하르 폰 아르펜 황제가 직접 만든 워리어 바하모르그는 하늘을 올려다봤다.

"비가 오는데… 불길하군."

떡 벌어진 어깨와 굵은 목을 가진 바하모르그는 레벨이

550을 넘어서 현시대에 있는 최강자 중의 하나였다. 오랜 시간 동안의 공백, 생명이 부여되고 나서 레벨을 일부 잃고 다시 사냥에 열중하고 있었다.

그때 킹 히드라의 배에서 큰 소리가 났다.

꼬르르르륵.

"배가 고프다."

"내 배만큼 고프진 않을 거다."

"멍청한 놈들. 우린 하나의 배를 가지고 있으니 전부 똑같이 굶주림을 느낀다. 근데 아무튼 식사는 내가 할 거다."

사이가 안 좋은 킹 히드라의 머리들은 계속 싸웠다.

"너희 때문에 되는 게 없다. 맨날 먹는 것에만 탐닉하지 말고 좀 배워라."

"내가 판단하는 덕분에 전부 사는 줄 알아. 아무튼 말만 많아 가지고는."

킹 히드라가 번식을 하기는 낙타가 바늘구멍을 통과하기보다 어렵다. 다른 이성 개체를 만나더라도 9개의 머리가 상대방 9개의 머리를 마음에 들어 해야 한다.

툭하면 같은 머리를 좋아해서 자기들끼리 다투거나, 이성 상대방의 머리와 말싸움도 벌어진다. 더구나 무슨 일만 벌어지면 9개의 머리들이 수다를 떨어서 다른 킹 히드라를 인격적으로 매장시켜 버렸으니 연애란 하늘의 별 따기!

그 덕분에 킹 히드라는 혼자 지내야 할 운명이었다.

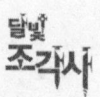

"쿠왁!"

"닭죽 부대여, 마음껏 강습하라!"

"크히히히히히히, 벌써 2명이나 죽였다. 과연 나의 뒤치기 실력이란… 컥! 안 돼. 이럴 수가… 오옷, 또 간신히 살아남았다. 역시 난 행운의 주인공… 퍠액!"

"건방진 초보 놈들. 숫자가 아무리 많더라도 헤르메스 길드에서 남김없이 죽여 주마!"

"덤벼라, 무식한 초보들아. 이게 바로 3차 고위 검술, 헤카르테 검법이다. 맞고 죽는 것만으로도 영광으로 생각하거라!"

유저들은 하벤 제국군에게 맹렬하게 덤벼들었다.

마법과 화살이 쏟아져 내리는 지대를 전력으로 달려서 돌파하고도 살아남는다면 하벤 제국군과 부딪친다.

어쩌다 강자들이 보병 몇 명을 제압하고 제국군 사이로 뛰어들어도 주변에서 공격을 받아서 곧 사망한다.

하벤 제국군의 방어 진형이 너무나도 탄탄하기에 파고들 수 있는 여지는 크지 않은 편이었다.

하지만 무모하더라도 공격을 해야만 했다. 뒤에서 유저들이 계속 밀려오고 있었기 때문이다.

"구멍이 뚫릴 것 같다. 마법사들은 동쪽 23번 구역으로 화력을 집중시켜라!"

"조금만 더 밀어붙입시다!"

"우린 해낼 수 있다!"

 중앙 대륙의 넘치는 군사력과 절반 이상의 북부 유저들이 정면충돌하게 되니 막무가내로 싸움이 벌어지는 게 당연했다.

 헤르메스 길드 유저들이 하벤 제국군의 지휘관으로 중간중간 배치되어 있었음에도 불구하고 적들이 너무 정신없이 빨리 몰려오고 있으니 일일이 명령을 내리기는 불가능했다.

 마법의 화력이 너무 막강하다는 점이 오히려 지휘에는 단점으로 작용하는 부분도 있었다.

 섬광을 일으키는 어마어마한 폭발이 계속 일어나기 때문에 무슨 일이 벌어지는지 넓은 시야를 확보하기가 힘들었다. 마법 파괴 지대를 벗어난 유저들이 갑자기 튀어나올 뿐만 아니라 계속 밀려오고 있었기에, 그저 부대를 지휘해 싸울 뿐이었다.

 북부 유저들 개개인의 능력은 애초에 파악이 불가능했다.

 풀죽신교에서는 몇 종류의 특색 있는 부대들을 제외하면 레벨과 직업에 따라서 나누지는 않는 편이다. 당장 옆에 있는 사람이 어디서 뭘 하던 사람인지도 모르고 무작정 한꺼번에 같이 뛰어간다.

 동료를 믿지 못하는 건 당연하고 자기 자신이 살아남는다는 희망도 가지지 않았다.

 마법 파괴 지대는 어떤 통솔도 힘들 정도로 전쟁에서는 절

대적인 무기였다. 그것을 메우기 위한 인해전술에는 달리는 속도 외에 다른 조건이 끼어들 여지 자체가 없었다.

그렇지만 하벤 제국군보다 북부 유저들이 전쟁에 적응하는 속도는 더 빨랐다.

역설적이게도 전쟁에 능숙한 하벤 제국군은 이미 높은 병력 운용 수준을 갖춰서 더 이상 해낼 게 없었다. 지휘관의 명령을 따라서 안정적으로 싸웠다.

반면에 북부 유저들은 전쟁 경험이 미숙하였지만 각자 조금씩이라도 자신이 할 일을 찾았다.

"이 앞으로 뛰시게 되면 치료는 불가능하니까요. 그리고 보호 마법을 걸어 드린다고 해도 제 실력으로는 금방 파괴되어 버릴 거라서…… . 대신 늑대의 열두 걸음이라는 축복 마법으로 단기간 이동속도를 늘려 드릴게요."

"그거면 충분한데요. 빨리 죽고 나서 친구와 맥주에 통닭이라도 먹으면서 텔레비전을 봐야겠군요. 고맙습니다."

"기사단! 기사단은 이쪽으로 말을 타고 모여 주세요. 우리 순서가 되면 적에게 닿는 가장 짧은 길을 전력으로 달려서 돌진합니다. 총원 2,000명까지 모집합니다."

"궁수 여러분, 이쪽으로 모입시다. 적들의 마법 공격 패턴을 수학적으로 분석해서 알아냈습니다. 시간이 부족해서, 신뢰도는 약 82% 정도 됩니다. 확률상 공격 범위로 들어가서 최대 일곱 번까지 화살을 쏠 수 있을 겁니다."

"오오, 역시 우리 북부 유저들 사이에도 똑똑한 분이 계시 군요. 혹시 뉴스에 나오는 천재 수학자 같은 분이세요?"
"아닌데요. 삼수생인데요."
"……."
유저들이 적극적으로 의견을 내고 스스로 뭉치고 싸울 방법을 찾았다. 전쟁의 승기를 가져오는 큰 역할을 하지는 못하더라도, 하벤 제국군 병사들을 조금이라도 더 해치우기 위한 노력이었다.
"으으으으, 정말 춥다."
"갑자기 너무 추워지는 것 같아."
어느 순간부터 세차게 내리는 비로 인하여 유저들은 한기를 느끼고 있다고 생각했다.
비의 중심에 있는 하벤 제국군이나 그들과 직접 싸우고 있는 유저들에게는 이만저만 매서운 추위가 아니었다.
"비가 온다고 해서 이 정도까지 추워져? 북부가 옛날에는 어땠을지 몰라도 베르사 대륙에서는 처음 느끼는 추위인데 말이야."
"하벤 제국 놈들이 마법으로 냉기라도 불러오는 것 아니야? 날씨가 갑자기 이렇게 변할 수가 있나."
따다다다다닥!
냉기 저항력이 낮은 유저들은 견디지 못하고 이빨을 마구 부딪쳤다.

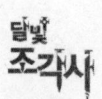

―심한 추위를 느끼고 있습니다.
신체 능력이 12% 저하됩니다.
포만감이 줄어드는 속도가 42% 빨라집니다.
추위를 극복하기 위해서는 두꺼운 옷을 입거나 불을 피우시길 권합니다.
심한 추위를 오랫동안 지속적으로 느끼실 경우 동사하실 수도 있습니다.

"이건 말로만 듣던 냉기 마법?"

입고 있는 갑옷의 어깨 부위와 투구에 살얼음이 얼기 시작했다. 비가 내리기 때문에 체온은 더욱 빨리 빼앗긴다.

유저들의 인해전술, 돌격이 훨씬 어려워졌다.

"더러운 헤르메스 길드 놈들! 이런 광역 마법을 완성시키다니!"

마구잡이 전투를 벌이고 있는 초보 북부 유저들에게는 치명적이었다.

꾸에에엑!

기세 좋게 나섰던 조인족들도 거센 빗줄기에 깃털이 흠뻑 젖어 다시 라비아스로 돌아가야 했다. 탈피까지 거친 고레벨 조인족들이 드물기 때문에 차갑고 굵은 빗줄기와 돌풍은 비행을 어렵게 만드는 요인이었다.

그렇지만 하벤 제국군 측도 곤란한 사정은 그와 비슷했다.

대규모 군대란 비가 쏟아지는 것만으로도 체력이 빨리 떨어지게 되어서 전체적인 전투력이 약간씩 줄어들기 마련이다. 화살과 마법의 공격 거리도 감소하게 된다. 하물며 이런 추위라면 병사들이 싸우는 데 상당한 지장을 겪게 된다.

 북부 유저들이야 알아서 돌격하고 죽으면 그만이지만, 하벤 제국군은 최소 몇 시간은 꾸준히 전투를 진행해야 한다.

 병사들과 기사들은 각자 소지한 보급품인 망토를 몸에 둘렀다. 그것으로도 어느 정도 몸을 따뜻하게 지킬 수 있었다.

 하지만 체온은 계속 낮아져 갔다. 새하얀 입김이 나올 정도를 지나서 몸의 열기를 빼앗고 금방 지치게 했다.

 "병사들을 지키기 위해 당장 체온을 올릴 수 있는 마법을 써 주십시오."

 "그럴 여유는 없습니다. 비가 온다고 해도 마법 공격을 계속해야 합니다. 놈들이 더 많이 몰려올 거란 말입니다!"

 "제대로 보십시오. 지금 놈들을 막고 있는 건 우리입니다. 병사들이 죽으면 안 됩니다."

 "자기 부대를 아끼는 마음은 알겠지만 우리 마법 공격이 잠깐이라도 중단되면 더 많은 적들이 옵니다. 그리고 이 많은 병사들에게 어떻게 전부 추위로부터 내성을 길러 주는 마법을 걸란 말씀이십니까!"

 지휘관 유저와 마법병단 소속 유저가 말다툼을 벌였다.

 하벤 제국의 군단장들은 각자 판단에 따라서 마법병단의 공격 마법을 적에게 향하게 할지 아군을 지키는 용도로 쓸지를 결정했다.

 그러나 기온은 믿기 힘들 정도로 떨어지고 있었다.

하늘에서는 새하얀 눈이 2분 정도 수북하게 내리더니 이윽고 얼음 조각으로 변해서 땅에 내리꽂히기 시작했다. 극도의 냉기를 머금은 바람도 병사들을 거세게 밀어붙였다.

쿠당탕탕!

병력 배치를 위해 이동하던 병사들이 단체로 땅에 쓰러졌다. 그러더니 멈추지 않고 연속으로 부딪쳐 가면서 10미터를 쭉 미끄러져 가는 것이었다.

헤르메스 길드 유저들은 당황도 되고 어이도 없었다.

"고작 이 정도의 바람에 병사들이 쓰러지다니, 어떻게 그럴 수가 있지?"

"바닥이 너무 미끄럽습니다. 완전히 빙판입니다! 이렇게 넓은 지역에 걸쳐서 기온이 변하다니… 이상합니다."

다소 느긋하던 군단장들도 얼굴빛이 완전히 돌변했다. 병사들이 넘어지고 쓰러지더니 일어나지를 못한다.

"빠르게 걷지 마라! 모든 군대는 가능한 제자리를 지킨다!"

헤르메스 길드의 유저라면 어디서든 대접을 받을 수 있을 정도로 레벨이 높은 축에 든다. 그만큼 사냥 경험이 많았음에도 불구하고 이러한 현상은 처음이었다.

비가 눈으로, 그리고 얼음과 빙판으로.

저주받은 금역이 아니고서야 이렇게 빨리 변화하는 지역이 어디에 있겠는가.

'아니, 이런 변화를 불러일으킬 수 있는 이유가 또 하나

전면 공격 143

있지.'

헤르메스 길드 유저들은 통신 채널을 통해 자신들이 예상한 그 사실을 알렸다.

레벨 430 제한이 걸려 있는 지휘관 전용 통신 채널이었다.

레미드미커드 : 재앙입니다! 여러 전조로 봐서 이건 위드가 조각술로 재앙을 일으키고 있는 것입니다.

홀슨 : 확실히 그것밖에는 답이 없습니다. 마법이나 신탁, 다른 어떤 것에도 가능성이 없는 이상……. 그리고 이렇게 넓은 지역에 영향을 미치는 건 재앙입니다.

맹커드 : 이번에는 추위를 일으키는 재앙인 것 같습니다. 모든 전투에 앞서서 재앙에 대비를 하여야 합니다.

네트 : 현재는 전투 중입니다. 그리고 다소 춥더라도 우리에게까지 피해를 주지는 못합니다.

할레거 : 얕보고 단순하게 생각할 문제가 아닙니다. 우리는 견딜 수 있지만 병사들은 목숨이 걸린 문제입니다. 살아남더라도 전투 능력을 많이 잃어버립니다.

길레드 : 냉기 계열 마법사입니다. 놈이 이러한 광역 공격을 하는 건 목숨을 빼앗기보다는 전투 능력 상실에 의미가 있다고 볼 수 있을 것입니다.

맹커드 : 저도 동의합니다. 위드의 얕은 수작을 경계해야 할 것입니다. 냉기 공격은 특성상 영향을 받는 것만으로도 일정 부분 몸

을 굳게 만들고 체력을 빼앗습니다. 냉기가 집중되어서 한 지역을 완전히 얼려 버리면 그 여파는 주변으로도 퍼집니다. 그럼에도 냉기 마법은 제약이 많아서 최대 위력이 강하진 못할 것입니다.

제2군단장 발바로.

그는 제1군단장 드라카와 함께 전군에 명령을 내릴 권한을 가지고 있었다.

드라카가 전방에서 전투를 지휘하고 있기에 그가 제국군의 지휘관들에게 통신 채널을 이용하여 명령을 내렸다.

발바로 : 군단장으로서 전군에 명령을 내립니다. 재앙의 위력에 대해서는 정보 부족으로 파악이 되지 않았으며 신뢰도가 높은 것은 아닙니다만… 우선적으로 헤르메스 길드의 모든 유저들은 재앙을 피하기 위해 냉기에 대한 보호 마법을 펼칩니다. 마법병단에서는 미리 지정된 부대들을 지키십시오.

헤르메스 길드의 명령 체계는, 상급자의 말은 불만이 있더라도 무조건 따라야 한다.

"불꽃의 옹호!"

"바람의 가림막!"

마법사들은 자신의 몸은 물론이고 전술적으로 지정된 부대들에 대해 보호 마법들을 지원했다.

전투가 벌어지고 있던 도중이었기 때문에 마나의 양은 한정되어 있었지만, 그렇더라도 보호 마법을 펼쳐 주는 것은 추위를 피하는 데 상당한 도움이 되었다.
 '재앙이라고 해도 이렇게 넓은 평지인데 무슨 일이 있겠어.'
 '약간의 피해는 반드시 있으리라고 생각했다. 그렇더라도 재수 없게 나를 덮치진 않겠지. 인생은 나만 아니면 되는 거잖아. 경쟁자들을 제거해 주면 더욱 좋겠군.'
 하늘에서 크고 작은 얼음 조각들이 떨어지고 있는데도 헤르메스 길드 유저들은 침착함을 유지했다.
 생명력이 낮은 마법사들은 서로를 향하여 겹겹이 보호 마법을 펼치며 방비를 했다.
 그에 비해서 북부 유저들은 맨몸이나 마찬가지였다.
 마법 파괴 지대를 간신히 벗어나서 적들과 싸우려고 하는데 한기가 뼛속까지 파고든다. 낮은 실력이나마 발휘하면서 정상적으로 싸우기도 불가능하였지만 가만히 있으면 얼어 죽을 정도의 추위였다.
 다행인 건, 하벤 제국군 측에서도 적극적으로 전투를 수행하기보다는 완전한 밀집대형 수비로 돌아섰다.
 바람이 불면서 내리는 비가 얼음 조각들로 변하여 갑옷과 방패를 마구 두들기고 있었다.
 "으아아아아아, 춥다!"
 "다들 피해라. 뾰족한 얼음덩어리가 떨어진다! 이건 분명

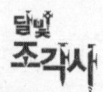

히 국왕 위드 님이 일으킨 재앙이야!"

"진짜 위드가 한 거 맞아? 이건 너무 심하네. 우리까지 이렇게 한꺼번에 공격해 버리는 건 인간적으로 너무한 것 아냐?"

전장에 나서서 싸우거나 돌격을 하기 위해 차례를 기다리던 북부 유저들 사이에서는 격한 불만의 소리도 나왔다.

그들은 아르펜 왕국을 지키기 위하여 헌신하고 있다. 그런데 위드가 전체를 공격 영역으로 삼아 버리라고는 생각지 못했다. 선의로 나섰던 그들 입장에서는 당연히 배반감을 느낄 만한 일이었다.

하지만 북부 유저들 사이에는 깊이 세뇌된 풀죽신교 원리주의자들이 있었다. 그들은 위드에 대한 커다란 호감을 가지고 있었기에 상황을 최대한 긍정적으로 이해하려고 애썼다.

"다들 회개합시다. 위드 님을 원망하는 기분은 마음속에 마귀가 들어 있기 때문입니다."

"풀죽의 은총을 믿으면 이 재난도 우리를 비켜날 것입니다! 마셔라, 풀죽!"

위드가 다단계나 부동산 사기를 친다면 당장 걸려들게 될 이들! 북부에 퍼져 있는 호감과 영향력 때문에라도 심각한 비난은 일어나지 않았다.

"우리 중에서 돌격하고 난 이후에 공적을 세우고 끝까지 살기를 바란 사람이 있습니까? 없을 겁니다. 우리는 이미 결과적으로 목숨을 버린 사람들입니다. 그리고 살아남을 가능성도 이미 없었고요. 목숨을 아까워하지 말고, 지금이 기회이니 싸웁시다. 이 재앙은 하벤 제국에 더 불리합니다."

"최소한 이 정도의 전장은 되어야지. 나 박카쓰가 목숨을 바치려면 말이야. 1명이라도 더 죽인다!"

"우린 쓰레기입니다. 적어도 저 헤르메스 길드 놈들이 우릴 바라보는 시선은 그렇습니다. 중요한 것이 무엇인지도 모르고 원망으로 시간을 낭비하면 정말 쓰레기가 될 겁니다. 이왕 죽을 목숨이라면, 처음의 결의대로 1명이라도 더 데리고 갑시다. 이 재난이 우리에게는 행복입니다!"

어차피 목숨을 바치기로 했고, 그 과정이야 어떻든 결과는 마찬가지가 된다. 그렇다면 하벤 제국군에 불리한 사건은 오히려 반겨야 마땅한 일이 아닌가.

"근데 진짜 위드가 재앙을 일으킨 건가? 확실한 거야?"

"그렇다면… 헤스티거의 등장도 그렇고, 확실히 위드 님이 여기 어딘가에 있는 거겠네."

"어쨌든 가만히 있는다고 해서 좋을 것도 없잖아."

"얼어 죽느니 싸우다가 죽어야지!"

이런 심리가 퍼지면서 잠시 우물쭈물하던 북부 유저들이 더욱 득달처럼 달려들었다.

"우유죽이여, 진격하라!"

"흑임자죽 부대여, 우리의 용맹이 독버섯죽에 뒤지지 않는다는 걸 보여 주자!"

"밥도둑 꽃게죽 부대여, 지금은 우리가 제철이다!"
"꽃게, 꽃게!"
"꽃게죽이여, 뜨겁게 달아오르자!"
"우오오오오, 꽃게탕보다 맛있는 꽃게죽!"

마법병단이 스스로와 주변의 병사들을 보호하는 사이에 마법 파괴 지대도 사라졌으니 무시무시하게 질주하는 들소 떼처럼 달려갈 수 있었다.

북부 유저들은 이 전투를 나서면서 같은 마음을 공유하고 있었다.

하벤 제국의 침략을 막는다.

스스로의 목숨을 바치기로 하였으니 잃을 것도 없다.

이는 지난 북부 전쟁에서의 교훈이기도 하였다.

아르펜 왕국은 발전한다. 그 속도는 살아가는 사람들이 매일 느끼고 있을 정도로 빠르다.

매번 도시를 방문할 때마다 거리의 풍경이 바뀌어 있고, 상점에 갈 때마다 새로운 제품들이 날개 돋친 듯이 팔린다. 직업적으로 상인이 아니더라도 생산력과 경제력이 발달하고 있다는 것이 온몸으로 확인될 정도다.

던전 사냥, 장거리 여행을 떠나더라도 도시들과 마을들이 하루가 다르게 개척되고 인구가 증가하고 있었다.

아르펜 왕국에 헌신하고 전쟁에 참여하면 국가 공적치가 쌓이고 명성이 남는다. 왕국을 위하여 투쟁을 하더라도 그

후에 아무 대가 없이 버려지지 않았다.
 '국왕 위드라면 아르펜 왕국을 지금보다도 훨씬 살아가기 좋은 이상적인 장소로 만들 수 있으리라.'
 이 모든 일들이 지나가고, 다시 자신의 삶을 찾기 위해서라도 다 함께 싸운다.
 북부 유저들은 이미 침략을 막아 내기로 결의와 공감대가 형성되어 있기에 흔들림이 생기지 않았다.
 방패를 머리 위로 들고 얼음 조각을 막으며 달려가지만, 땅은 미끄럽기 짝이 없어서 넘어져 수십 미터씩을 구른다.
 돌격하는 북부 유저들 중 절반이 넘게 미끄러져서 뒤엉키고 쓰러져서, 제대로 도달하는 이들이 드물었다.
 그런 우스꽝스러운 광경들을 대기하면서 뒤에서 보고 있던 유저들의 가슴에 울컥하고 뜨거운 무언가가 차올랐다.
 '아르펜 왕국이여…….'
 앞서서 달리는 사람들이 뒤에 따라오는 이들을 감동하게 만들었다.
 "추어죽이여, 우린 도대체 뭘 하고 있는 것인가!"
 "들깨죽의 용사들이여, 지금 머뭇거릴 시간이 없다. 가루가 되도록 산산이 부서져 보자꾸나!"
 "당근죽 부대, 생겨난 지 1달째지만 다른 풀죽신교 선배님들에게 우리 부대를 확실히 알릴 수 있는 기회입니다!"
 "당근!"

집단 세뇌가 연출하는 광기의 현장!

그러나 그런 뜨거움도 오래 유지되지 않았다.

전장으로 달려가던 유저들의 움직임이 뚝 멈췄다. 땅이 완전히 얼어붙어서 신발이 붙어 버린 것이다.

"얼레, 여기서는 전혀 움직일 수가 없어!"

"으으윽! 발도 떼어지지 않고, 얼음 조각들이 너무……."

유저들이 제자리에 멈춰서 할 수 있는 것은 주변을 돌아보는 것뿐이었다.

다른 동료들 역시 모두 당황하고 있었고, 특별히 힘이 강한 소수를 제외하고는 다리를 떼어 내어 움직일 수가 없었다.

샤먼들과 사제들은 스스로에게 보호 마법을 걸어 움직일 수 있도록 했다.

"저도 좀 도와주세요."

"이쪽요!"

인근에 있는 유저들을 결빙 상태에서 해제하는 동안에도 많은 이들이 날카로운 얼음 조각에 맞아서 목숨을 잃었다.

과거 견딜 수 없는 한기가 가득하던 북부로 되돌아간 것 같은 기온. 위드가 일으킨 엄청난 재앙이 저항력이 빈약한 초보들을 뒤덮어 버렸다.

쩌저저저적!

심지어는 온몸이 얼음으로 변해서 굳어 버리기도 하였다.

방어구가 좋고 마법의 보호도 받는 하벤 제국군 측에서는 급격하게 낮아진 온도로 인한 피해가 적었지만, 유저들에게는 결정적이었다.

"크흐흐, 바보들."

"진짜 미련해도 어떻게 저렇게 철저할 수가 있냐. 이렇게 어리석을 줄은······."

"그러게. 이 전투, 더 이상 해보나 마나 이겼다."

위드가 불러온 것이 틀림없는 대재앙. 그것이 오히려 북부 유저들을 대거 사망시켰으니 최악의 결과였다.

헤스티거와 그의 뒤를 따르는 유저들은 강자들로 구성되어서 여전히 어느 정도 날뛰고 있었다.

헤스티거의 칼이 휘둘릴 때마다 수십 명, 100여 명씩 목숨을 잃었으니 막는 것이 불가능.

초고열의 불의 힘을 다루기 때문에 역으로 이런 추위에서도 정상적으로 전투를 펼칠 수 있다.

그럼에도 그들이야 재앙이 끝나면 어떻게든 해치우면 되는 문제다.

"온도가 더 낮아질지 모르니 확실하게 여유를 가지고 대비를 하지요."

"대륙을 정복하는 데 앞서서 괜찮은 추억이 될 듯합니다."

"하벤 제국이 이번에도 승리했다!"

헤르메스 길드 유저들이 그렇게 느긋하게 떠들고 있을 때였다.

크르르르르르릉!

얼어붙은 땅에서 격렬한 떨림이 느껴졌다. 그리고 갈수록 심각해졌다. 발바닥에서부터 타고 올라오는 떨림은 몸 전체를 울리면서 퍼져 나갔다.

"이게 뭐야. 땅에서 무슨 몬스터라도 튀어나오나?"

"아니야. 이 진동은 지진과도 흡사한데……."

유저들의 의문은 순식간에 풀렸다.

동쪽, 멀리 호수가 있는 방향에서 산처럼 거대한 해일이 밀려오고 있었다. 대재앙의 자연 조각술에 의해, 대지를 적신 빗물로 더욱 크게 세력을 불린 호수의 물이 휩쓸고 왔다.

콰콰콰콰콰콰콰!

해일이 다가오는 속도 역시 무서울 정도로 빨랐다.

"해일이다!"

"육지에서 무슨 해일 같은 소리를 하고… 진짜 해일이다!"

얼음 조각들이 내리는 하늘로 인해 시야는 좁았다.

누군가가 해일이라는 말을 하고, 그 이야기는 옆으로 순식간에 퍼졌다. 그리하여 아직 눈으로 보지 못한 사람들도 해일이 온다는 것을 알게 되었다.

"침착하자. 해일이라고 해도… 조금 크고 빠른 파도에 불과할 뿐이다. 공격력은 그다지 강하지 않아. 우리를 죽일 수는… 으아아아아아!"

"마구 밀려온다. 피해!"

높이만 100미터가 넘는 초강력 해일이 하벤 제국군을 집어삼켰다. 갑옷을 입은 병사들이 해일에 떠밀려서 거침없이 휩쓸려 나가면서 마구 뒤엉켰다.
 무지막지하게 일어난 해일은 유저, 기사, 마법사 나눌 것 없이 한꺼번에 전부 휩쓸어 버렸다. 병사들을 몰고 전진하는 해일은 그 무엇으로도 막을 수가 없었다.
 빠르게 다가오는 해일, 그 안에 뒤섞인 유저들과 병사들은 막아 내거나 감당할 수 없는 재앙 그 자체의 위력!
 "몸을 숙이고 방패를 붙여라!"
 중장갑 보병들이 자신들의 무게로 버티려고 해도 무용지물. 마법사들의 쉴드 마법조차도 그대로 밀고 지나갔다.

 -드라카 : 해일이 확실합니까?
 -길레드 : 정말 해일입니다. 저에게도 오고 있는… 으아아악!
 -레미드미커드 : 이런 재앙이라니요. 역시 전쟁의 신 위드의 숨겨 놓은 계략이란…….
 -발바로 : 침착합시다. 해일이라고 해 봐야 큰 파도에 불과할 테니 밀쳐 낼 뿐이지 공격력은 별거 아닙니다. 위드가 하루에 두 번의 재앙을 일으켰던 적이 없는 것으로 볼 때 이게 전부입니다.
 -레미드미커드 : 직접 당하지 않으니 그런 한가한 이야기를 할 수 있는 것입니다. 전쟁의 신 위드의 능력은…….
 -맹커드 : 이미 알고 있는 위기는 위기가 아니지요. 위드가 숨겨

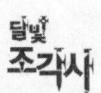

놓은 수작이 벌써 다 나왔다면 이제 차분하게 격퇴하면 됩니다.

쿠콰콰콰아아아아앙!

목숨을 잃은 병사들이 부지기수로 회색빛으로 변해서 사라지며 검과 창, 방패, 갑옷 등을 떨어뜨렸다.

떨어진 물건들이 부딪치면서 강철의 해일로 변화시켰다.

눈으로 보이는 광경은 신비로울 정도로 공포에 질리게 만들었다.

바닥이 빙판으로 변해서 움직이지도 못하는 병사들을 해일이 그대로 휩쓸고 지나간다.

"도망쳐라. 우워어어어!"

해일의 반대편으로 달려가던 병사들이 줄줄이 넘어지면서 진형이 엉켜 버렸다.

거세고 높게 몰려오는 해일은 초자연적인 위력으로 근원적인 공포심을 자아냈다.

그럼에도 실제 위력이 겉보기만큼은 강하지 않다.

해일에 휩쓸리더라도 모든 병사들이 몰살을 당하는 건 아니었다. 헤르메스 길드의 고레벨 유저라면 더욱 죽음과는 거리가 멀었다.

"으아아아아아악… 얼레?"

끔찍한 비명을 지르다가도 생명력이 삼분의 이 이상이나 남은 걸 확인하고는 본인이 놀랐다.

해일에 떠밀리는 충격, 잔해와 부딪치는 충격에도 불구하고 수백 미터 정도를 떠내려가다가 살아서 빠져나왔다.
"보기보단 약해."
"과연 나는 살아남았군."
해일은 그들을 수백 미터에 걸쳐 밀고 다녔다.
높고 빠른 물의 장벽, 비와 호수에서 수분을 끌어왔지만 그럼에도 물의 양이 부족해서 반경이 그다지 넓지 못했다.
잠깐 동안의 충격을 버텨 내고, 휩쓸렸던 이들 중에서 기사들을 포함하여 의외로 많은 이들이 살아남았다.
높은 레벨과 축복, 방어구의 도움이 있었지만 바다에서 일어난 해일이 아니기에 위력이 감소된 것이 결정적이었다.
대재앙으로 일어난 해일은 하벤 제국군 약 2할에 해당하는 병력을 뒤덮었다. 그리고 단 한 번 휩쓸고 지나간 이후로 허무할 정도로 곧바로 소멸했다.
"이 정도라면… 쉽게 견뎌 냈군."
"죽은 사람은 별로 없지 않았어? 뭐, 그래도 너무 밀집한 탓에 몇만 명 정도는 죽어 나갔겠지만."
"중앙 대륙에서는 전투 한두 번만 해도 패잔병들을 그 정도 거두어들일 수가 있었지. 만만한 점령지에서 강제징병을 해도 병사들의 머리 숫자는 금세 회복이 되니까."
헤르메스 길드의 유저들이 그렇게 생각할 때였다.
대재앙의 여파는 아직도 끝나지 않았다.

해일이 지나고 난 이후로도 계속 강추위가 이어지면서 갈 곳을 잃은 물이 급격하게 얼어붙기 시작했다. 거짓말처럼 빙하가 생성되면서 하벤 제국군의 젖어 있는 몸을 얼어붙게 만들었다.

더군다나 해일로 인해 떠밀린 병사들은 생명은 부지하였지만 잔해들과 함께 뒤죽박죽으로 쌓여 있었다. 1,000여 명이 말과 함께 서로 뒤엉켜 있기도 했고 쓰러져서 일어나지 못하는 사람들도 많았다.

NPC들로 구성된 기사들이 다급하게 외쳤다.

"군단장, 빨리 진형을 수습해야 합니다. 해일로 인하여 군대의 편성이 엉망진창이 되었습니다."

드라카는 딱딱하게 굳은 얼굴로 말했다.

"상당히 짜증이 나는군. 해가 지기 전에 대지의 궁전을 파괴할 수 있을 줄 알았는데. 어쨌거나 땅이 이렇게 된 이상 북부 놈들도 싸움을 걸어오진 못할 것이네."

군단장들은 최소 3만에서 최대 8만 정도의 병력을 잃었다고 생각했다.

위드의 대재앙이 대단하기는 하였고, 전혀 예측하지 못하던 순간에 발생하였다. 병력이 넓게 퍼져 있는 상태였다면 이만큼의 피해는 절대 일어났을 리가 없다.

밀집대형을 유지하는 동안 발생한 재앙은 영역 전체에 피해를 끼치기 때문에 엄청난 병력이 피해를 입거나 죽었다.

'헤스티거의 등장, 그리고 북부 유저들이 날뛴 것과 연계해서 재앙을 터트린 것은… 위드라면 충분히 그것까지도 계산을 했을 수 있다.'

군단장들의 가슴 한구석에 감탄이 어렸다.

전쟁이 벌어지기 전에는 누구나 머릿속으로 예상하거나 계획을 세울 수 있다. 그렇지만 그 계획을 정말로 실행에 옮기는 것은 전혀 다른 문제다.

통솔도 안 되는 북부 유저들을 어느 정도 큰 틀에서 보면 자기 뜻대로 움직이게 하고, 그에 맞춰서 전투를 벌이는 하벤 제국군을 재앙으로 쓸어버리다니.

'전쟁의 신 위드. 전투를 치르는 능력 하나만큼은 대단하군. 그렇지만 말도 안 되게… 자기편까지도 그렇게 같이 쓸어버릴 수가 있나?'

'한 개인이 이런 능력을 보유할 수 있다니……. 조각술이 예술과 관련이 깊은 만큼 오히려 반전의 능력을 가졌나? 소규모 전투에는 약하더라도 간접 지원에는 탁월한……. 뭐, 그래 봐야 실제 피해는 적겠지만.'

마법사들과 사제들이 병사들을 치유하고 있으니 10만여 명에 달하는 부상병들의 피해는 조만간 극복할 수 있을 것이다.

"땅이 미끄러워졌으니 적들도 덤비지 못하겠지. 전투가 잠시 소강상태에 접어드는 셈인가."

"병력을 수습하라. 마법 파괴 지대를 재건하고……. 뭐,

병사들의 전투력 회복이야 금방이니까. 우리 헤르메스 길드의 기사들이 지휘력을 발휘하면 손쉽지. 놈들은 오히려 공격하기가 더 힘들어졌을 것이다."

"그 전에 헤스티거 저 녀석을 표적으로 삼는 것도 좋은 방법이 되겠군."

헤스티거는 재앙 정도는 가뿐하게 여기면서 날뛰고 있었다. 그를 따르는 유저들도 재앙과 전투로 인해 절반 정도로 줄어들긴 했지만 여전하다.

정예 병력인 하벤 제국군이 그들 앞에서는 허무할 정도로 쉽게 죽어 나갔다. 제국군의 장기라고 할 수 있는 원거리 공격도 내부에서 휘젓고 다니는 데에는 사용이 불가능했다.

그렇더라도 100만이 넘는 대군이 있는데 헤스티거가 두려울 것인가.

"무모하군. 독 안에 든 쥐야."
"어비스 나이트 못지않은 먹잇감이 이렇게 들어올 줄은 몰랐는데."

헤르메스 길드 유저들의 눈동자가 욕심으로 번들거렸다.

어디 가도 꿀리지 않으며 승리만을 거둬 온 고레벨 유저들이다. 헤스티거만 죽일 수 있다면 전투 승리로 인해서 얻는 경험과 보상들은 일찍이 없었던 높은 수준이 될 것.

전사와 기사 유저들이 헤스티거에게 눈독을 들이고, 도둑들은 조용히 기습하기 위하여 몸을 감췄다.

포르칼 : 저 골칫덩이부터 없애 버립시다.

인스트리움 : 같은 마음입니다.

반롬멜 : 훌륭한 경쟁이 되겠군요. 세계를 구하는 용사라고 했나요? 용사를 벤 사람이라니. 후후후.

3군단장, 4군단장, 5군단장 또한 헤스티거가 자신의 부대에 난입하면 없앨 마음을 굳혔다.

기회가 왔고 명예를 얻을 수 있으며 보상은 매우 확실하다.

전투를 승리로 결정짓기 위해서도 헤스티거의 목숨을 거두어야 하니 다른 이들이 욕심을 내기 전에 먼저 행동에 옮기려고 했다.

그때 북부 유저들 사이에서는 상인들이 큰 목소리로 물건을 팔고 있었다. 그들이 타고 온 마차에는 북부 상계의 쌍두마차인 마판 상회와 가몽 상회의 문장이 그려져 있었다.

"자, 싸게 팝니다. 진짜 처음으로 상인으로서 양심을 걸고 진실을 이야기하는데, 한 푼도 안 남기고 원가에 팔아요. 쇠징이 박힌 부츠가 단돈 2실버! 단단한 얼음을 밟고 미끄러지지 않으며 전투를 치를 수가 있습니다!"

"아무 때나 탈 수 없는 개 썰매. 빙판에 최적화된 4인승 개 썰매를 믿을 수 없는 가격 5골드에 팝니다. 전투에 큰 공적을 세우고 싶다면 중형견으로 이루어진 개 썰매를 78골드 98실버에 구입하세요! 확실하게 치고 나가는 맛이 다를 뿐만

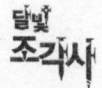

아니라 전투에도 도움이 되어 줄 것입니다. 딱 오늘만 쓸모 있는 썰매를 판매합니다. 그리고 절대 환불이나 반품은 불가능합니다!"

"저 쇠 징 부츠 주세요!"

"여기 부츠 300개 단체 주문요!"

"개 썰매 같이 타실 분요!"

상인들이 내놓는 물건은 날개 돋친 듯이 팔려 나갔다.

물건을 내놓는 즉시 사람들이 사 가는 광경에, 마차 부대를 이끌고 나타난 마판의 얼굴은 싱글벙글이었다.

"역시 이번에도 한밑천 제대로 잡겠군."

원가에 판다는 말은 당연히 거짓말. 개당 2실버에 팔면서도 최소 1실버 60쿠퍼씩은 남겨 먹었다.

정말 싼 가격이었지만, 오늘 이후로 쓸 일이 없을 테니 품질을 최하 등급으로 만들었다. 내구도가 형편없고 가죽도 폐기 직전의 물품이나 재활용품을 사용했다.

질 낮은 제품들을 대량생산하여 박리다매!

정보 제공 비용으로 위드에게 50쿠퍼씩은 상납해야 했지만 그럼에도 불구하고 이번 장사 역시 대박을 칠 수가 있었다.

"상인의 양심은 정말 비싸지. 로열 로드를 시작한 이튿날 팔아먹었는데 아직까지도 계속 팔고 있으니까 말이야."

이것으로 북부 유저들은 미끄러운 땅에서도 전투를 치를 수 있는 최소한의 준비를 갖췄다.

왈왈왈!

그리고 개 썰매단의 집단 진격!

수천 개의 썰매들이 일직선이 아닌 제멋대로의 곡선을 그리며 하벤 제국군을 향하여 돌진했다.

하벤 제국군이 자랑하던 마법 파괴 지대가 사라졌으며 철벽의 견고한 방어를 가진 중장갑 보병 부대 역시 제멋대로 흐트러졌다. 이때가 아니라면 언제 공적을 세울 수 있겠는가.

"풀죽, 풀죽, 풀죽!"

북부 유저들은 다시 빠르게 진용을 갖춰서 대대적으로 달려들었다.

당하는 입장에서는 이보다 더 지긋지긋할 수가 없었다.

"재출격이다. 쨱! 쨱! 쨱!"

하늘에서는 라비아스에서 황금새가 날아올랐다. 조인족의 영웅 울극도 창을 들고 지상으로 뛰어내렸다.

울극은 날개를 접은 채로 무서운 속도로 빙글빙글 돌면서 지상으로 추락했다. 그리고 땅에 가까워지자 활짝 펼쳐지는 날개!

"조인족들이여, 침략자들에 대한 공격을 시작하라!"

새들의 무리가 일제히 날개를 펼치면서 울극의 뒤를 따랐다. 하늘을 뒤덮은 조인족들의 군무 공격이 개시되었다.

위드의 노래

북부 유저들의 총공격!

조인족들의 하늘에서의 공격!

대재앙이 벌어지고 난 이후의 상황 변화였다.

하벤 제국군과 북부 유저들이 재앙에 휩쓸리면서 위드가 얻은 악명도 7만에 달했다. 대량 학살자, 살인을 즐기는 유명인, 적에게 자비를 베풀지 않는 자라는 호칭도 얻었다.

"하벤 제국군은 너무나도 강해. 외부의 공격에 의해서 쉽게 무너지지 않을 거야."

상황이 약간 바뀌었지만 위드는 이것으로도 모자라다고 생각했다.

상대가 몇 배의 병력으로 정면 승부를 걸어온다고 해도 하벤 제국군은 거뜬히 이겨 낼 수 있는 전력이었다.

그들은 중앙 대륙에서부터 어려운 전투에서 매번 압도적인 승리만을 거두었다. 그렇게 이겨 본 자들은 승리의 맛을 알고 어려움을 극복해 낼 줄 안다.

"북부 유저들이 덤비더라도 인해전술을 기반으로 하고 있는 만큼 한 방의 타격력이 너무나도 약하군."

많이 몰려가도 돌파하는 힘은 취약했다.

하벤 제국군 병사들이 학살당하거나 하는 것은 꿈속에서나 벌어지게 될 일처럼, 북부 유저의 돌격에도 견고하게 버티고 있었다.

하벤 제국군의 진형이 지금은 무너졌다고 하더라도 잠시 후면 북부 유저들을 밀어내면서 다시 군세를 구축할 수 있으리라.

대재앙으로 바꿔 놓은 지형 역시 자연적으로 회복이 될 테고, 마법사들이 빙판을 녹여서 활동하기 쉬운 전장으로 만들어 놓지 않겠는가.

전장이 너무나도 넓고, 많은 장소에서 전투가 펼쳐졌다.

하벤 제국군 내부에서는 수십 겹에 달하는 방어선이 유지되고 막대한 병사들이 대기하고 있었기에 승리는 아직도 요원했다.

"저것들까지 싹 무너뜨려야 되는데. 승리할 수 있는 방법은… 흠, 전투를 오래 끌지 않는 것이겠군."

위드는 와삼이의 목덜미를 찰싹하고 때렸다.
"원한다면 놀아 주지. 슬슬 내려가자!"
"꾸어어어어!"
와삼이는 불만스럽게 땅으로 향했다.
전쟁의 신 위드의 출진이었다.

째재잭!
"파열하는 얼음 기둥!"
"다연발 관통 화살!"
"천상의 끈끈이 거미줄!"
하늘에서는 조인족들이 불규칙적으로 비행을 하고 있었고 그들을 노린 화살과 마법이 솟구쳤다.
땅에서는 북부 유저들이 시체를 쌓아 가면서 덤벼든다.
"일어나라. 눈감지 못한, 잠들지 않은 원혼들이여. 여기 살아 있는, 그리고 너희를 죽인 자들에게 복수하라! 데드 라이즈."
쟌, 오템, 보흐람, 헤리안, 그루즈드, 바레나, 고슈!
불사의 군단 퀘스트를 함께하고 나서 북부에 정착한 네크로맨서들도 등장했다.
그들은 당시에도 성장이 빠른 네크로맨서 직업의 특성상

레벨이 400대에 달했다. 그 후부터 지금까지 계속 사냥을 한 만큼 쟌의 경우에는 레벨이 무려 460을 넘어섰다.

착용하고 있는 장비들 또한 녹이 슬고 구린내가 풀풀 나지만 이런 것이야말로 네크로맨서가 착용하기에는 최상급으로 쳐준다.

몇 가지 저주들이 걸려 있고 특수한 원한에 의해서 생성된 무기와 방어구야말로 언데드 소환의 마법을 극대화시켜 주는 것이었다.

위드는 퀘스트를 하느라 지속적으로 레벨을 소모해서 400대 초반에 여전히 쭉 머물러 있었다. 배가 아파서 당장에라도 복통으로 쓰러질 것만 같은 네크로맨서들의 성장!

위풍당당하게 나타난 네크로맨서들이 시체를 일으키고, 하벤 제국군 사이에서 대량으로 단체 뼈 폭발을 시전했다.

"막 죽이고, 다시 살려요!"

"갑시다. 저는 스켈레톤 위주로 소환을 하겠습니다."

"그렇다면 숫자는 적지만 저는 둠 나이트들로."

"쟌 님의 둠 나이트라면 확실하죠. 또다시 최고의 발광의 둠 나이트를 볼 수가 있겠군요."

전장의 네크로맨서들.

그들의 위력은 개인이 군대를 상대할 수 있을 정도로 엄청나다.

물론 하벤 제국군처럼 베르사 대륙에서 현존하는 최강의

군대를 상대로 네크로맨서 유저가 싸운다는 것은 아직은 불가능하다. 그래도 시체만 넉넉하다면 개인당 몇천 명씩은 맡을 수 있는 전력이었다.

네크로맨서들은 전투 초반에는 별다른 힘이 없다. 그러나 시체들이 조금 쌓이고 나니 서서히 모습을 드러냈다.

약한 시체들은 폭파시키고, 강한 시체들은 언데드로 만들어서 다시 일으켰다.

이곳에는 북부 유저들이 워낙 많이 있어서 병력의 모자람은 전혀 없었다.

게다가 네크로맨서가 퍼붓는 저주는 적들의 사제를 아주 귀찮고 바쁘게 만든다. 언데드들은 특유의 능력으로 적들의 사기를 낮출 수가 있었으며, 쓰러져도 계속 일어남으로써 심리적인 효과도 상당했다.

정신없는 난전을 만드는 데는 일품인 것이다.

"근데 지켜보고만 있자니 몸이 근질근질하군."

"흐음, 의외로 우리 북부 유저들이 잘 싸우기는 하는데 말이야. 그렇더라도 패전의 결과를 뒤집기는 힘들지 않겠나?"

"뭐, 그렇겠지. 이것저것 많이 시도하고 넉넉하게 모이긴 했어. 근데도 확실한 한 방은 없으니까 말이야."

북부 유저들 중에서도 레벨이 매우 높은 축에 속하는 유저들은 대지의 궁전에서 전투를 관망했다.

그들은 목숨을 잃으면 그로 인해 잃을 것이 너무나도 많았다.

 헤르메스 길드가 싫거나 북부를 모험하기 위하여 중앙 대륙에서 이주해 온 유저들.

 전문 분야나 높은 레벨로 인해 이름이 크게 알려져 있을수록 무모한 전투에는 참여하지 못하고 몸을 사리기 마련이다.

 풀죽신교에 소속된 이들은 인맥 때문에라도 체면상 전장에 나서지 않을 수 없었다. 하지만 그저 지켜보는 유저들도 만만치 않게 많았다.

 "전투의 규모가 정말 장엄하군. 기대하지도 못했어. 이토록이나 기가 막힌 전투라니 말이야. 정말 역사의 한 페이지에 기록될 만한 그런 규모에, 베르사 대륙의 운명을 좌우할 만하지 않은가."

 "싸우고 싶지만… 우리까지 나설 수는 없겠지."

 다크 게이머들도 대지의 궁전에 있거나 전장에서 멀리 떨어져서 구경만 하고 있었다.

 이런 대단한 사건을 직접 눈으로 보지 않고 있을 수는 없다.

 하늘은 어느새 날씨가 맑게 개어 가고 있었다.

 공중을 가득 채운 것 같은 조인족들, 지상에서 끝과 끝을 모르게 계속되는 전투.

 이런 영상은 일부러 만들려고 해도 해내지 못하리라.

 다크 게이머들에게는 대단히 감명 깊은 일이었고, 가능하

면 하벤 제국군이 패배하기를 바랐다.

 그렇더라도 북부 유저들을 도와서 승산 적은 전투에 끼어드는 도박만큼은 사양이었다.

 그들에게 제일 소중한 것은 자신의 몸.

 죽음으로 잃어버리는 레벨과 스킬 숙련도는 복구하기가 힘이 들 뿐만 아니라 상당히 오랜 시간이 걸린다. 사냥과 퀘스트 완료로 인한 돈벌이에 적지 않게 지장을 받았다.

 몇몇 다크 게이머들은 외곽에서 헤르메스 유저나 하벤 제국 기사들을 상대로 전공을 세우기도 했지만, 그런 시도는 위험부담이 너무 컸다.

 그러면서도 미련이 남아서인지, 다크 게이머들 누구도 차마 이곳을 떠나지는 못하고 있었다.

"으흠, 만약에라도 하벤 제국이 조금이라도 무너질 것 같으면……."

"그때는 우리가 매우 바빠지겠지요."

하늘에서 커다란 노랫소리가 들리기 시작했다.

창문이 흔들리고 천장에서는 빗물이 뚝뚝뚝
비가 몰아서 내리고 찬 바람이 불지

천둥이 우르르 쾅 하고 내려치네
집이, 집이 흔들려
우겔겔겔겔 우우겔겔겔

 귓가를 강하게 울리는 중고음의 쇳소리!
 "음정, 박자, 가사까지 엉망인 이 노래는……."
 "중간에 들리는 연속 음 이탈이야말로, 누구도 따라 할 수 없는 전쟁의 신 위드다!"
 지상에서 싸우던 유저들은 소리가 들리는 하늘을 올려다보았다.
 수없이 많은 조인족들이 날아다니고 있었지만 와이번을 타고 내려오는 한 사람이 있었다.
 드래곤의 검 레드 스타를 뽑고 위풍당당하게 서 있는 위드!
 물론 레드 스타를 자유롭게 쓰기 위해서 조각 변신술을 써서 혼돈의 대전사가 되었다.
 그러나 혼돈의 대전사가 가진 최소한의 특징들을 감안하여 종족을 바꾸었을 뿐 덩치가 커지거나 하진 않았다. 근육과 덩치를 키우면 힘을 높일 수 있지만 민첩성이 하락하고 수비해야 할 곳도 훨씬 많아지기 때문이다.
 맞을 곳이 적어야 덜 맞는다는, 방어의 기본 원리!
 '훔친 검이라서 항상 신경이 쓰이는군. 이번에도 레드 드래곤이 나타나진 않겠지.'

레드 스타는 검의 원래 주인인 드래곤이 출현할 가능성이 있기 때문에 사냥용으로 쓰기에는 무리가 있고 퀘스트나 큰 전투를 위주로 사용할 수밖에 없는 무기였다.

위드가 사자후를 터트렸다.

> 아이고 춥네. 온몸이 쑤시네
> 비가 와서 쑤시고 바람이 불어서 안 아픈 곳이 없어
> 전기장판을 켜 볼까. 보일러를 틀어 볼까
> 아이고 전기세, 가스비. 날강도가 따로 없네
> 우겔겔겔 우우겔겔겔겔
> 젊어서는 모르지. 너희가 한 것은 고생도 아니야

뜬금없이 젊은이들에게 경종을 울리는 가사.

> 이놈의 인생에는 고생문만 수백 개
> 내 밥그릇은 도대체 어디에 있나
> 우겔겔겔 우우겔겔겔겔
> 이 땅을 일구고 씨를 뿌렸더니 다른 놈이 주둥이를 쩌억
> 나는 아직 숟가락도 들기 전인데
> 우겔겔겔 우우겔겔겔겔

지상의 바드들은 직업의 자존심을 걸고 늘어지는 박자와

연관성이 없는 가사를 이해하려고 애썼다.

"아, 안 돼. 불가해야."

"고대 리자드맨의 노래보다도 복잡한 음률이라니. 이건 음률이 있는 것도 아니고 없는 것도 아니야."

"시, 시적인 구절들인가. 뭔가 촌스러우면서도 현실의 세태를 여러 가지 담고 있어. 자연환경부터 시작하여 육체적인 고통을 담아내고 그다음에는 노인과 복지 문제, 소득 불평등과 노동으로 자연스럽게 이어지는 이 단순하면서도 복잡한 가사들은… 아아악!"

머리를 쓰면서 들으면 더욱 어려운 위드의 노래!

이윽고 바드들이 외쳤다.

"우겔겔겔 우우겔겔겔겔!"

의미도 모르면서 따라 부르는 노래.

북부 유저들이 일제히 합창했다.

"우겔겔겔 우우겔겔겔겔!"

뭔가 영문은 몰라도 따라 하지 않으면 유행에 뒤처질 것 같은 불길한 느낌이 들었던 것이다.

전매특허와 같은 노래를 부르면서 위드 등장!

조인족들은 위드를 중심으로 하여 넓게 퍼졌다. 그 광경이 마치 창공의 군대를 데리고 내려오는 것만 같았다.

위드는 이미 조각 파괴술로 모든 스텟을 체력으로 바꿔 놓았다. 생명력을 증가시키기 위해서였다.

아쉽기는 해도, 눈먼 화살에 맞아서 죽는 일은 없어야 하지 않겠는가.

"하벤 제국. 북부의 땅을 밟은 너희는 1명도 돌아가지 못하리라!"

거듭된 사자후에 헤르메스 길드 유저들의 눈빛도 바뀌었다.

위드가 나타난 이상 북부 정복 전쟁은 여기서 완전히 끝날 수 있었다. 북부 유저들을 물리치고 위드의 목숨까지 빼앗는다면 더 이상 싸워 볼 필요도 없이 승리를 결정짓게 된다.

마법사들은 양손을 휘저었다.

마나를 모아서 양손으로 수인을 맺으니 푸르고 붉은 기운이 손에 맺혔다.

"기회를 놓칠 수 없지. 가라, 꿰뚫는 창염!"
"놈만 잡으면 된다. 최고의 사냥감이다. 블래스터 웨이브!"

하벤 제국군 진영에서 수백 줄기의 마법들이 치솟았다.

위드는 코웃음을 쳤다. 이 정도에 당할 거면 나타나지도 않았다.

"훗. 우습지도 않군. 와삼아, 이 정도는 피할 수 있지?"
"끄어어어어!"

와삼이는 숨넘어가는 신음을 흘릴 정도로 전혀 자신이 없었다.

뻔히 위험한 줄 알면서 왜 이렇게 땅에 가까이 내려왔단

위드의 노래 175

말인가.

 불만으로 가득한 마음을 뒤로하고 날개를 활짝 펼치며 고속 기동에 들어갔다. 마구 솟구쳐 오는 마법 공격들을 날면서 스치듯이 지나갔다.

 "우와아아아아!"

 북부 유저들의 함성 소리가 평원을 가득 덮었다.

 위드의 바로 옆에서 폭발하는 마법들은 갑작스러운 등장에 이어서 화려한 효과를 자아냈다.

 공중에서의 움직임이 빠른 와이번이기에 충분한 거리만 있다면 마법에는 호락호락하게 당하지 않는다.

 헤르메스 길드에 속해 있는 유저 마법사들이 계속 위드를 향한 마법 공격을 했지만 거리가 멀어서 상당수가 닿지도 못했다. 나머지는 비슷한 경로로 날아오다가 서로 부딪쳐서 폭발하거나 와삼이가 재빨리 피해 버렸다.

 마법 공격을 상대로 펼치는 멋진 공중전!

 마법병단의 관심을 끈 것만으로도 지상의 전투에 조금이나마 도움이 되었으리라.

 "째재잭, 위드 님, 같이 싸워요."

 "독수리로 살아가는 라홀렛, 함께할 수 있어서 영광입니다."

 위드의 곁으로 조인족들 중에서도 전사라 부를 수 있는 이들이 다가왔다.

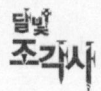

조인족 유저들도 당연히 위드의 곁에서 함께 전투를 펼치고 싶어서 모여들었다. 자기 스스로가 강하지 못하더라도, 등에 풀죽 하늘부대 전사들을 몇 명씩 태운 조인족들도 가까이 다가왔다.

하늘에 있는 위드를 중심으로 수천 이상의 병력이 모이고 있는 것이다.

위드의 눈이 빠르게 하벤 제국군을 훑었다.

'음… 일반 병사들은 맛이 없고. 기사단은 탐나기는 하지만 싸우는 데 성가시겠지. 헤르메스 길드 유저들은 레벨이 기본으로 400 이상이라고 하니 나보다 높은 이들도 아주 많을 거야.'

레벨이 강함의 절대적인 척도는 아니다. 그렇더라도 최소한의 기준은 되는 만큼, 조각 부활술이나 생명 부여 스킬을 사용하며 잃어버린 레벨은 언제나 아까웠다.

'내가 갈 만한 곳은… 마법사에게 접근하긴 힘들겠군. 놈들이 아주 벼르고 있을 테니 저것들은 아껴 두었다가 나중에 먹어야지. 우선은 안전한 헤스티거 주변이다.'

위드는 큰 소리로 외쳤다.

"와삼아, 위험에 빠진 헤스티거를 어서 돕도록 하자!"

"꾸아아아악!"

와삼이는 괴성을 지르며 헤스티거가 있는 자리로 향했다.

용암이 솟구치고 화염이 반경 수백 미터에 걸쳐 활활 타올라서 시키면 연기를 내뿜고 있기에 그가 싸우고 있는 장소를 알아보긴 쉬웠다.

헤스티거는 뒤를 따르는 유저들과 함께 파죽지세로 하벤 제국군을 돌파하고 있었다.

한마디로 숟가락을 얹겠다는 속셈!

"간다."

위드는 약 600미터 높이를 날고 있는 와삼이의 등에서 뛰어내렸다.

땅으로 추락하는 동안 그를 향하여 몇 개의 마법과 수천 발의 화살이 빗발치듯이 쏟아졌다. 하벤 제국군이 어디서든 위드를 주시하고 있다는 증거였다.

"환영 인사 한번 거창하군."

위드는 공중에서 떨어지면서 고대의 방패를 꺼내서 몸을 가렸다.

수리가 안 되지만 엄청난 방어력을 자랑하는 유니크 방패였다. 던전 사냥에서는 꺼내지도 않을 정도로 애지중지 아꼈지만 지금은 너무나도 중요한 전투라서 꺼낸 방패.

마법과 어마어마한 양의 화살이 그를 향하여 쏟아졌지만 대부분 고대의 방패에 의해 가로막혔다.

―고대의 방패 내구력이 1 하락하였습니다.

"크으윽."

위드의 생명력이 짧은 순간 14%나 감소했다. 그렇지만 피 같은 방패의 내구도가 16밖에 남지 않았다는 사실이 더 마음이 아팠다.

그래도 갑작스러운 추락이기에 마법사들도 마법을 완전히 준비하지는 못한 덕에 그 정도의 피해만 입고 지상이 가까워졌을 때는 라비아스에서 구입한 가벼움의 깃털을 사용했다.

과거에도 쓴 적이 있는, 충격 없이 땅에 떨어지게 해 주는 가격 대비 최고의 성능을 갖춘 50실버짜리 아이템.

위드가 사뿐히 땅에 내려앉았을 때 이미 헤스티거는 저만치 앞을 달려가고 있었다.

그사이에 약 100여 명을 격파하고 전진을 한 것이다.

헤스티거를 따르던 다른 유저들이 위드의 곁으로 모여들었다.

"오오, 위드 님이시다. 이렇게 가까이에서 뵙게 되니 대단히… 평범하시네."

"반갑습니다. 제 이름은 쟉슨입니다. 호레몽 마을의 영주로서……."

"아이언핸드에서 온 드워프 워리어입니다. 마을에 있는 드워프 친구들로부터 조각술, 대장장이 스킬 모두가 대단하시다는 이야기를 쭉 들어 왔습니다."

위드는 주변에 있는 유저들을 둘러보았다.

아르펜 왕국에서는 보기 힘든 다양한 고급 장비들을 착용하고 있는 유저들. 이들은 헤스티거의 뒤를 따라 하벤 제국군과 싸우고 있다는 점만으로도 아르펜 왕국에서도 꽤나 실력자로 불릴 만했다.

'앞으로 내 인생의 물주들. 단골로 삼아야 할 고객들이지.'

전장에서 얼굴을 마주치면서 1명 1명 인사를 나누기에는 무리다.

"모두 반갑습니다."

위드가 레드 스타를 들어 올렸다.

그 뜻을 안 유저들 역시 자신들의 무기를 들었다.

촤차차차차창!

유저들이 들고 있는 무기에 레드 스타를 스치면서 지나가는 위드!

전쟁이 시작되기 전 기사들이 병사들의 사기를 높이기 위해서 하는 행동이었는데, 상당히 멋졌다. 그것을 따라 한 것이었다.

'역시 남자는 멋이지.'

위드는 그대로 무기를 부딪치면서 전진하며 헤스티거의 뒤를 따라갔다. 그리고 남은 유저들은 불만으로 구시렁거렸다.

"이거 뭐야. 검 내구도가 7이나 내려갔어."

"난 검날이 완전히 나가서 공격력까지 감소했다고."

"젠장. 아끼는 무기인데!"

레드 스타에 부딪친 피해로 인해서 울상이 된 유저들.

어떻게 여기까지 온 것인지는 모르지만 유저들 중에 소수이지만 사제들도 있어서 위드에게 축복을 걸어 주었다.
"잘 싸우십시오, 위드 님!"
이런 축복 역시 같은 편 유저들과 함께 싸우는 재미.
로열 로드에서 생명력을 채워 주는 사제의 존재는 매우 귀하다. 여자 사제였다면 눈이라도 마주쳐 주었을 테지만 위드는 그냥 앞으로 달려갔다.
"헤르메스 길드의 드렌킬이다. 헤스티거, 너에게 기사로서의 승부를 청한다."
"전투에서 말이 길 필요는 없다. 실력으로 말하라."
헤스티거는 단 두 합만에 드렌킬이라는 유저를 베었다.
기본적인 방어 스킬에 사제의 축복을 받고 명품 갑옷을 착용하고 있을 텐데도 단숨에 불에 타서 숯덩이가 되어 버리는 헤르메스 길드의 유저.
'과연 탁월한 선택이었어. 인생은 끊임없이 줄을 서고 잘 빌붙어야 편한 법이지.'
위드는 헤스티거의 옆으로 다가갔다. 그러자 헤스티거가 위드를 향해 시미터를 휘두르다가 멈췄다.
"주군, 오셨습니까!"
"…그래, 헤스티거야."
위드는 놀란 가슴 정도는 태연하게 감출 수 있었다.
순간적으로 헤스티거의 공격에 의해서 큰 부상을 입거나

위드의 노래 181

죽었다면 정말 모양 빠지는 일이 되었으리라.

"전투를 원활하게 이끌지는 못하였습니다. 이들은 정말로 많군요. 저에게 명령을 내려 주십시오."

헤스티거는 용사이며 레벨이 높음에도 불구하고 위드의 지휘를 인정했다.

"딱히 지금으로서는 아직 방법이 없다. 앞으로 돌진하며 눈에 보이는 적들을 전부 해치워라."

"알겠습니다. 그럼 주군께서는 예전에 하시던 대로 저보다 앞장서서 싸우시겠습니까?"

"…아니다. 내 언제까지 너희에게 길을 열어 주어야 되겠느냐. 너도 이제 자신의 몫은 다 할 수 있게 되었으니 네가 앞장서도록 해라."

"옛!"

위드는 헤스티거의 뒤를 따라갔다.

헤스티거는 한번 땅을 박차면 10미터, 20미터씩을 뛰어넘으면서 주변의 병사들을 넘실거리는 화염 각인으로 몰살시킨다. 헤르메스 길드 유저들 여럿이서 막기 위하여 나서더라도 막강한 불의 칼을 휘두르면서 상대를 격파한다.

"크으으, 어마어마하게 강하다. 이런 무력을 가진 존재가 있다니……."

"넌 내 몫이다."

헤스티거의 공격을 받고도 간신히 살아남은 이들은 위드

의 차지!

- —시오드람의 은빛 투구를 획득하셨습니다.

- —커다란 영광의 벨트를 얻었습니다.

"짭짤하군!"

일반 몬스터를 상대로 하는 게 아닌 유저와의 전투는 경험치와 아이템, 양쪽 모두에서 보상이 컸다.

레벨 400대 이상의 유저가 착용하고 있는 아이템을 하나만 빼앗더라도 대박!

헤르메스 길드 유저들은 악명이 높기 때문에 더욱 귀중한 물건을 얻을 확률이 높았다.

"이 맛이었어."

헤스티거의 돌파력은 너무나도 대단해서 하벤 제국 기사나 헤르메스 길드 유저도 속절없이 박살이 난다.

직접 공격의 대상이 아닌 자들은 목숨은 건졌지만 위드가 즉시 마무리를 지었다.

위드도 놓친 유저들은 뒤를 따르는 북부 유저들이 해치웠다. 그들도 짭짤한 맛을 제대로 본 뒤라서 눈에 불을 켜고 따라오고 있었다.

"역시 세상이란 이렇게 돌아가는 거지."

위드는 순진하게도 북부 유저들이 호의만으로 위험을 무

릅쓰고 헤스티거를 따라나섰다고 잠시나마 착각한 걸 반성했다.

이들도 다 얻는 게 있었다.

전쟁터에서 주워 먹는 것이야말로 고소득 꿀 알바!

"아무튼 썩을 대로 썩었어. 세상이 이 모양이라니까."

순수한 마음으로 나선 이들까지 욕심에 눈이 먼 사람으로 도매금으로 넘겨 버리는 위드였다.

"저자가 위드다."

"전쟁의 신! 너의 목은 내가 따 주마!"

희귀한 갑옷을 입은 기사 유저 셋이 위드를 향하여 달려왔다.

대충 눈으로만 견적을 뽑아 보더라도 전부 레벨 430대 이상. 레벨만 놓고 본다면 위드보다 높았다.

"이놈의 인기란. 벌써부터 노골적으로 피하기도 곤란하고."

위드는 적들이 적극적으로 덤벼드는 것이 매우 성가셨다.

기사 셋을 상대해서도 지리라는 생각은 들지 않았지만 붙잡혀서 시간을 빼앗기게 되리라.

전장에서 어떤 위기가 생겨날지 모르는 판국에 헤스티거를 가능한 가까이 따라다녀야 하는 입장이라 상당히 곤란했다.

그때 하늘에서부터의 기습이 시작되었다.

만 마리 이상의 조인족들이 위드를 따라서 지상에 낮게 내

려왔다. 하벤 제국군과 헤르메스 길드 유저들을 창으로 찌르고 부리로 쪼는 등 공격을 하는 것이다.

3명의 기사 유저들도 조인족들에 의해서 뒤덮였다.

"흠, 너희는 아직 내게 도전할 수준은 못 된다. 블링크!"

위드는 혼돈의 대전사 특유의 능력을 발휘하여 단거리 순간 이동으로 사라졌다. 그리고 헤스티거의 옆에 바짝 붙어서 전투를 펼쳤다.

-레드 드래곤 젠페스트가 만든 검 레드 스타가 주변에 흐르는 불의 기운을 흡수합니다.
힘과 민첩, 체력이 크게 늘어납니다.
신체 상태가 최상이 되었습니다.

혼돈의 대전사는 사막의 전사와 비슷하게 불을 지배하고 이를 통해서 능력을 강화하는 특성을 가졌다.

헤스티거와 가까이 있는 것만으로도 레드 스타에 의해서 공격력이 2배로, 그리고 종족 특유의 성향에 의하여 전체적으로 30% 정도는 추가로 강해졌다.

"화염 폭발, 화염 소멸, 지옥의 겁화!"

마나를 아끼지 않고 레드 스타를 통해 사용할 수 있는 강력한 스킬들을 남발!

헤스티거와 함께 정면으로 돌파했다.

-창술의 새로운 경계에 다가가고 있던 기사 젠너의 목숨을 거두었습니다.

-검술의 숙련도가 증가합니다.

-울름 기사단을 격파했습니다.

-명성을 498 얻었습니다.

-힘이 1 증가합니다.

 가을 추수에 낟알들이 떨어지는 것처럼 아이템들이 우수수 떨어진다.
 진정한 숟가락 얹기의 달인 경지!
 헤스티거의 능력이 워낙에 뛰어나기도 했지만, 위드의 전투 능력도 얕봐서는 안 될 수준이기에 차려진 밥상 위에 밥주걱 수준으로 얹을 수가 있었다.
 다른 유저들이 어쩌다 한번 숟가락을 얹고 나서도 기쁘고 행복해한다면, 위드는 역사와 전설에 기록될 수 있을 법한 수준이었다.
 하지만 전투의 선두에 선 것만으로도 하벤 제국군과 헤르메스 길드 유저들의 더 중요한 표적이 되었다.
 "저자가 아르펜 왕국의 국왕이다. 하벤 제국을 위하여 목을 베어라!"
 "전쟁의 신 위드! 오늘로 그 허명도 끝장이다!"

NPC나 유저나 할 것 없이 위드를 노리려고 든다.

위드는 티가 나지 않도록 슬그머니 한 걸음 정도 물러났다. 그럴 때면 따로 도움을 청하지 않더라도 헤스티거가 먼저 처리를 해 주었다.

"대제왕에게 가기 전에 나부터 넘어야 할 것이다."

위드를 향하여 몰려들던 유저들이 헤스티거의 검에 의해서 10명 이상씩 한꺼번에 사망했다.

큰 피해를 입은 유저는 위드의 이어지는 공격에 의해서 쓱삭!

-악명이 높은 캐노피의 학살자 초록돼지를 안식으로 이끌었습니다.
대량의 경험치를 획득했습니다.

헤르메스 길드 유저들은 악명이 높아서 얻는 숙련도와 경험치도 이만저만이 아니었다.

무사히 살아남기만 한다면 전쟁터만 한 사냥터는 어디에도 없었다.

헤스티거가 미남 특유의 가지런한 이를 드러내며 환한 미소를 지었다.

"주군. 과거에 사막을 떠돌아다닐 때가 떠오릅니다. 그때에도 이런 전투를 자주 했지요. 탐욕스러운 왕들을 처리할 때도 이런 전투를 했습니다."

"그래, 그 추억이 떠오르는구나. 그때도 너한테 공적을 빼앗기지 않기 위해 안간힘을… 아니, 우리가 함께 있어서 든 든했지."

위드는 대충 헤스티거의 말상대를 해 주는 한편 부지런히 아이템들을 수거했다.

-자잘한 단검을 얻었습니다.

-자잘한 단검을 버렸습니다.

너무나도 많은 아이템들을 건질 수 있었기에 잡템을 버리는 끔찍한 만행까지 저질렀다.

위드도 이런 경우는 굉장히 드물어서, 잡템을 버릴 때마다 흰머리가 돋아나는 것처럼 느낄 정도로 스트레스를 심하게 받았다.

"콜 데스 나이트 반 호크! 콜 뱀파이어 로드 토리도!"

푸슈슈슉!

검은 연기가 사방으로 일어나면서 반 호크가 등장했다.

어비스 나이트가 되었던 이후로 미세하게나마 조금 더 강해져 있었다. 데스 나이트로서 성장의 정점에 달하여 보다 상위 계열의 스킬들을 익히고 있는 단계였다.

물론 그렇다고 해도 다시 어비스 나이트가 되려면 매우 긴 시간을 필요로 했다.

토리도의 경우에는 땅속에서 솟구쳐 나오며 등장한 후에

바로 망토로 몸을 감쌌다.

뱀파이어 로드의 품위와 권위가 있는 등장!

"이 무능한 놈들!"

"……."

반 호크와 토리도는 할 말이 없었다.

위드의 갈굼이야 매일 반복되는 것이라지만 어비스 나이트가 되고서도 뚜렷한 활약을 못한 반 호크는 침묵을 지켜야 했다.

토리도는 초반에는 매우 강했지만 그 이후로 뱀파이어 로드로서 제대로 체면을 세우지 못하고 있었다. 반 호크가 자신을 능가했던 것은 상당한 정신적인 충격이기도 했다.

위드는 이럴 때일수록 부하들의 사기를 고려하여 다독여 주어야 한다는 점을 잘 알았다.

"반 호크, 넌 언데드들이 있는 곳으로 가서 그들을 통솔해라."

"알겠다, 주인."

"또 멍청하게 정면으로 덤벼들지 말고 알아서 잘 싸워라. 밥값도 제대로 못하는 일이 또 벌어지면 안 돼."

"명심하겠다."

"토리도, 넌 약하니까 적당히 싸워라. 뚜렷하게 뭘 하려고 하기보다는 전투가 끝날 때까지 살아남아서 사람들 피나 잘 빨아 먹어."

"그렇게 하겠다."

부하라고 둘이 있었지만 이런 규모가 큰 전투에서는 영 믿음이 안 갔다. 언데드 계열이라서 신성 마법에 의하여 쉽게 몸이 타 버리거나 녹아내린다는 단점이 매우 컸다.

그렇지만 반 호크의 지휘력이나 토리도의 은밀한 습격과 세뇌를 통한 피의 노예 생성은 그럭저럭 유용하게 쓰일 가능성도 매우 컸다.

위드의 곁에서 싸우다 보면 적들의 공격이 집중되어서 오래 버티기가 힘들다. 차라리 스스로 활약을 하도록 기회를 주었다.

반 호크와 토리도는 연기를 퍼뜨리며 빠르게 사라졌다.

"놈들만 죽이면 끝난다."

"모두 덤벼들자!"

위드와 헤스티거에게 적들은 갈수록 더 많이 몰려들었다.

전쟁의 신 위드의 이름값은 헤르메스 길드에 더 퍼져 있다고 할 수 있다. 길드 채팅이나 지휘관 통신 채널에서도 위드와 헤스티거에 대한 경계와 척살하라는 명령이 계속 떨어졌다.

실질적인 북부 정복의 종착점과도 같은 대상을 없애기 위하여, 진형을 무시하고 경쟁하듯이 나타난다.

전술 대형이 도미노처럼 무너지고 있었음에도 지휘관들조차 정신을 차리지 못했다.

전체적인 국면은 중요하지 않았다.

헤르메스 길드 유저들이 언제 자신의 손으로 전쟁의 신 위드를 죽일 기회를 얻겠는가.

그리고 그 기회가 베르사 대륙 정복 전쟁의 종결을 말하는 것이라면.

"크흐흐, 내 눈에 띈 이상 절대로 벗어나지 못하리라. 억겁의 쇠사슬."

"끝났다, 멍청한 놈. 분신 단두대!"

위드를 향하여 피하기 힘든 범위형 저주 마법들이 마구 날아왔다.

강자가 우대받는 헤르메스 길드에서는 힘만 얻을 수 있다면 어떤 형식이든 가리지 않는다. 제물을 바쳐서 능력을 개발하는 흑마법사들도 다른 길드에 비하여 압도적으로 높은 비율을 차지했다.

고위 흑마법들이 위드와 헤스티거를 목표로 시전되었다.

-여신의 기사 갑옷이 흑마법을 소멸시킵니다.

-레드 스타가 상태 이상에 대해 면역 효과를 발휘합니다.

-소유하고 있는 대륙의 지배자의 도장이 해로운 마법에 대해 저항합니다.

사막의 대제왕 시절에는 신체 능력을 약화시키는 저주에

대해서 과민할 정도로 두려워했다.

상대가 극악한 신성 저주를 퍼붓는 엠비뉴 교단이었다.

또한 빠른 성장에 비해 부족한 퀘스트 시간으로 인해 다양한 아이템을 가지지 못한 것도 이유였다. 전쟁의 시대에는 튼튼한 방어력을 갖춘 방어구는 많아도 신성력과 관련된 물건들은 유난히 부족했다.

그러나 지금은 신의 금속 헬리움으로 만든 갑옷에 드래곤의 검, 대륙에 하나뿐인 지배자의 도장까지 가졌으니 저주 회피를 위한 아이템 삼종 세트를 완비한 셈!

저주만큼은 겁이 날 게 없었다.

헤스티거는 세계를 구하는 용사로서, 그리고 스스로의 능력으로 저주를 이겨 냈다.

"음, 과연 완벽하군. 제대로 풍년이야."

위드는 평소처럼 전쟁터에서 넓은 시야를 유지했다.

조인족들이 위드를 돕기 위하여 땅으로 가까이 내려오다가 공격을 당해서 목숨을 잃고 있다. 하벤 제국군을 파고들며 따라오는 유저들도 뒤처지거나 목숨을 잃어서 줄어든다.

나타나는 적들의 수준이 갈수록 높아지고 있었음에도 불구하고, 위드는 여유가 있었다.

밥주걱을 제대로 올려놓은 헤스티거의 옆에만 있다면 갑자기 죽는 일이란 절대로 발생할 수가 없기에!

콰과과과광!

앞만 신경 쓰고 있던 위드의 뒤통수에서 강한 폭발이 일어났다.

> -도둑 스네거의 암습에 당했습니다.
> 치명적인 일격으로 생명력이 13% 감소합니다.
> 부상으로 신체의 균형 능력이 일시적으로 감소합니다.

도둑 스네거!

그는 소매치기나 도굴보다는 헤르메스 길드의 전투 요원으로 더욱 유명했다.

전쟁이 벌어지면 은신술을 펼쳐서 적진 깊숙하게 잠입을 한 후에 상대를 기습으로 죽이고 도주한다.

암살자와 비슷한 형태의 싸움을 좋아했지만 도둑의 장점으로 더 높은 체력과 정면에서의 직접적인 전투 능력, 약간 더 빠른 몸놀림을 갖췄다. 적이 당황하는 사이에 약점을 노려서 연속 공격을 퍼부을 수가 있는 것이다.

위드도 습격을 당하기 전까지는 접근을 조금도 느끼지 못했다. 그럼에도 조각 파괴술을 통해 늘려 놓은 생명력까지 위기로 빠져들 정도는 아니었다.

'잘됐다. 스네거라면 유명한 녀석이고, 도둑은 나름 인기 직업이지. 놈이 착용한 아이템이라면······.'

위드가 재빨리 뒤돌아 스네거를 상대하려고 할 때였다.

"주군, 위험합니다. 불의 재림!"

"크에엑!"

도둑 스네거의 몸에 치유 마법을 받기 전에는 꺼지지 않는 불이 붙었다. 헤스티거가 칼을 한번 휘두르는 것만으로 지역 전체의 적들에게 영향을 미치는 광범위 공격 스킬을 사용한 것이다.

높은 레벨을 가진 스네거는 몸에 불이 붙은 채 다른 기사들 틈으로 재빨리 도주했다.

-불의 기운을 흡수하여 생명력을 회복하고 있습니다.

위드의 몸으로 가까이 있는 불길이 빨려 들어갔다.

치료 마법을 받는 것만큼은 아니라도 휴식을 취하는 것과 비교해서 생명력을 수십 배 빠르게 보충할 수 있었다.

'스네거는 놓쳤지만 헤스티거에게 붙어 있는 건 역시 탁월한 선택이었어. 밥주걱 하나는 기가 막히게 올렸군.'

위드는 갈수록 많아지는 헤르메스 길드 유저들을 보며 군침을 삼켰다.

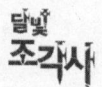

질 수 없는 전쟁

드라카는 하벤 제국군을 이끄는 군단장이기 전에 인간이었다.

"지휘도 통솔도 되지 않는다. 그냥 막아 내기만 하다가 이렇게 끌려다니는 전투는 내가 원하던 게 아니다."

터전을 지키기 위한 북부 유저들의 결사적인 항전은 어떤 감동도 없었다.

베르사 대륙은 성숙도가 높은 시민사회가 아니다.

약자들이 가진 것을 빼앗고 죽이는 건 너무나도 당연했다. 강자가 되기 위해서 노력을 하고 그 결실로 얻는 당연한 결과에 불과한 것이다.

위드가 일으킨 재앙과 그를 돕는 헤스티거에 대한 불만도 갖지 않았다.

 능력이 있다면 사용을 하는 것이 당연했다.

 이런 대량 파괴 능력을 가지고 있다면 자신도 적극적으로 활용을 했을 테고 쓸 수 있는 한도 내에서 최대한 써먹었을 것이다.

 드라카가 가지는 불만은 대부분이 수뇌부의 명령에 따라 하벤 제국군의 북부 정벌군을 통솔하는 자신에 대한 것이었다.

 "지휘관으로서 너무도 무력하다. 이런 역할을 하는 게 기사이고 지휘관이란 말인가?"

 라페이와 헤르메스 길드에서는 불패, 무적의 전법을 수행하도록 지시했다. 170만여 명의 최강 병력이 밀집대형을 유지한 채로 덤비는 적들을 족족 처리해 버리는 것이다.

 탁월한 병력 구성 덕에 그 어떤 군대라고 해도 훨씬 더 크고 강력한 힘으로 맞부딪치지 않는 한 와해시킬 수 있었다.

 하벤 제국군 내부로 들어온 위드와 헤스티거가 대활약을 벌이고 있어도 그들이 상대해야 할 적은 무한대라고 불러도 좋을 만큼 많다.

 그들이 헤르메스 길드 유저들을 상당히 죽였으며, 그보다 십몇 배에 달하는 유저들이 공적을 탐하며 휘하 병력을 지휘하지 않고 자리를 이탈하더라도 하벤 제국군은 붕괴되지 않는다.

 모든 군대가 밀집대형을 유지하고 있는 이상 전체적인 국

면을 바꿔 놓을 수 있는 정도는 절대 아니다.

"그렇지만 적의 의도대로 끌려다니기만 하면서 피해를 입고 수비만 하며 전투를 승리했다고 할 수 있는가."

드라카는 짙은 회의가 들었다.

이것은 그가 지금까지 치러 온 전쟁이 아니다.

북부가 막을 수 없는 병력을 보내서 덤벼드는 적들을 제거한다.

효율을 중시하는 수뇌부의 의도는 알겠지만 이것은 지휘관의 입장에서는 너무 굴욕적인 싸움이었다.

지휘관은 허수아비처럼 어떠한 판단도 내리지 않아야 했다.

"절대 패배하지 않을 병력을 가지고 수비 진형만 취하고 다가오는 적들만 치라니. 당당함이 조금도 없지 않은가."

중앙 대륙에서는 이렇지 않았다.

때때로 숫자나 지형에서 불리함을 안고 싸웠다. 기사단을 활용하거나 지휘관의 능력으로 더 좋은 결과를 내거나 극복한 경우도 많았다.

하벤 제국의 북부 정벌군은 겉보기에는 대단하였지만 지휘관의 권한과 자존심으로 보면 형편없는 군대다.

당당하게 싸우지 못하고 그 자리에 웅크리고 있는 거대한 군대.

드라카는 군대의 지휘관으로서의 명예와 긍지 따위는 찾

아볼 수 없을 정도로 너무나도 모욕적이었다.

 사실 기분이 상했다기보다도 욕심이 마음속에 더 크게 작용하고 있었다.

 패배할 수 없는 막강한 군대를 가지고 있다. 전술을 보다 적극적으로 활용하여 자신의 손으로 더욱 완벽한 승리를 이루어 내고 싶은 총사령관으로서의 욕망!

 "이렇게 이긴 승리도 승리라고 부를 수야 있겠지만… 전투가 아니라 단순한 작업일 뿐이다."

 드라카는 2군단장 발바로에게 귓속말을 전달했다. 절친한 친구 사이이면서 막강한 무력과 지휘력을 가진 동료이기도 했다.

 -그쪽의 상황은 어때?

 -여긴 최전선이야. 북부 놈들이 미친 듯이 덤벼 오고 있고 조인족들이 전후방을 가리지 않고 귀찮게 하는군.

 -피해는?

 -재앙 때문에, 병사들이 많이 죽은 건 아니지만 진형이 엉망진창이 되어 버렸지. 조금씩 다시 추스르고 있으니 막아 내는 데는 문제가 없어.

 -이 전투… 어떻게 될까?

 -승패를 물어보는 것인가?

 -일단은 그래.

 -당연히 우리의 승리지. 너도 알다시피 이런 전투는 질 수가

없는 것 아닌가. 그래도 하루를 꼬박 싸우지 않고서는 결정이 나지 않을 것 같군. 북부 놈들의 저항이 워낙에 거세서 말이지. 공성 병기들이 부서져서 귀찮게 됐군.'

드라카는 전황을 알아보기 위해 3군단장 포르칼에게도 귓속말을 보냈다.

-현재 상황은?

-궁수단과 마법병단을 복구하려 하고 있지만… 하늘에서 적들이 계속 떨어지고 있습니다. 조인족들이 사람을 실어 나르는데, 골치 아프군요.

-위드와 헤스티거는?

-포위망을 구성했습니다. 마법병단의 공격을 집중시킬 기회를 노리고 있는데 돌파력이 너무 좋아서 잡을 수 있다는 보장은 없습니다. 놈들도 나중이 되면 지칠 테니 조금 더 싸워 봐야지요.

드라카는 잠시 동안 심사숙고했다.

'북부 대륙을 지키기 위해 모인 많은 유저들이 물러나지 않는다면 전부 죽을 때까지 밤새도록 싸우게 될 것이다.'

베르사 대륙에서 벌어진 전쟁 중에 규모 면에서 이보다 컸던 전투는 없었다. 위드가 등장한 이상 북부 대륙의 운명이 걸린 일전이기도 했다.

드라카의 눈이 날카롭게 빛났다.

"현재의 방식을 고수한다는 것은 강력한 하벤 제국군의 장점들을 하나만 제외하고 모두 버리고 싸우는 것과 같겠지. 진짜 승리를, 전쟁을 전쟁답게 치르고 나 드라카의 이름으로 완벽한 승리를 얻어 내겠다."

드라카는 군단장과 하벤 제국군의 중간 지휘관들이 듣는 길드 채팅 창에 외쳤다.

드라카 : 전군 지휘관들에게 총사령관으로서 명령을 하달한다. 각 군단별로 진격을 개시, 모든 병력은 기다리지 말고 적극적으로 돌격하여 적군을 분쇄하라!

인스트리움 : 진심이십니까? 수뇌부에서 결정한 전술은 그것과는 다릅니다.

발바로 : 현재의 전투를 지속하더라도 무리는 없지 않습니까?

드라카 : 모든 책임은 내가 진다. 총사령관으로서 명령권은 나에게 있지만 여러분에게 억지로 강요하지는 않겠다. 소인배처럼 그냥 이기는 전투를 하고 싶다면 따르지 않아도 된다. 그러나 영웅이 되고 싶다면 이제 우리의 전쟁을 시작하자.

"1군단 진격!"

드라카가 지휘하는 1군단이 수비 진형을 풀고 진군을 개시했다. 북부 유저들이 떼를 지어서 덤벼드는 것을 정면에서 격파하며 돌진하는 것이었다.

기사단과 기병대가 움직이면서 유저들을 돌파하고 보병들

이 뒤를 따른다.

"가라. 전부 죽여라!"

드라카는 개인적인 무력도 걸출하지만 그 이상으로 유능한 지휘관이었다.

병력을 통솔하는 능력이 걸출하지 않았다면 북부 정벌군을 지휘하는 임무도 주어지지 않았으리라.

"드라카가 간다면… 나도 간다. 2군단도 진군!"

발바로도 병력을 움직이기 시작했다.

1만, 3만 단위의 병력으로 편제를 나누어서 줄줄이 빠른 진군을 개시했다.

각 지휘관들에 따라서 휘하 병력도 특성에 약간씩 차이가 있었다.

발바로의 장기는 군단 전체의 기동성이었다.

그는 전쟁 경험을 통해 기사로서 얻은 특수한 능력 '신속한 발걸음'을 군단에 부여할 수 있었다.

군단장의 능력을 최대 레벨까지 발전시켜서 전군의 진군 속도가 17% 빨라지고, 장거리 진군으로 인한 피로가 62% 감소한다.

군단 훈련 과정에서도 기동력을 높이는 부분에 중점을 두어 일반 보병이라고 하더라도 속보로 걸으면 상당히 빠르다.

2군단은 순식간에 15개 이상의 부대로 나뉘어서 북부 유저들을 제압했다.

느긋한 거북이처럼 잠잠할 때에는 다가오는 적들을 해치웠을 뿐이다. 하지만 적극적으로 움직이기 시작하니 맹수처럼 뛰쳐나가서 적들을 학살하는 2군단이었다.

 3군단과 4군단, 5군단, 6군단도 뒤늦게 움직였다.

 각 군단장들은 드라카의 명령을 듣고 그 기분을 십분 이해했다. 그들 역시 마찬가지였기 때문이다.

 전투 상황에서 드라카의 명령이 몰고 올 변화를 생각해 보고는 충분히 합리적이고 적극적으로 유리한 장점들을 활용할 수 있다고 생각했다.

 "북부 정복의 깃발을 자신의 손으로 꽂고 싶은 것인가? 군단장의 마음이 이해되는군. 이 전쟁은 질 수가 없으니까 나 역시 조금은 욕심을 내 볼까."

 "답답하긴 했지. 어차피 질책은 드라카가 받게 될 테니 총사령관의 명령을 우선 존중하는 것으로 포장해도 모습이 나쁘지 않겠지. 그리고 위드를 죽이는 것과 대지의 궁전 정복은 우리 군단이 해낸다."

 "전면 전쟁으로 자유롭게 진행되면 공적 대결로 이어지게 되려나? 어느 군단이 가장 많은 적들을 죽이는지를 따진다면 5군단이 밀려서는 안 되겠지. 전군 돌격!"

 "우리 6군단은 마법병단의 비중이 높은 만큼 직접 전투에 약하다는 편견이 있었지만… 최근에 양성한 마법 기사단 전력이 어떤 능력을 가졌는지 똑똑하게 보여 주지."

하벤 제국군이 극적인 움직임을 보이고 있었다.

거대한 무리 전체가 대지의 궁전과 사방에 있는 북부 유저들을 향하여 몰아쳤다.

"과연 명불허전이군요. 로열 로드에서 저토록 어마어마한 군세를 양성하기까지의 노력이 이만저만이 아니었겠습니다."

"약간의 어려움을 극복해 가는 과정은 성취욕과 함께 즐거움을 안겨다 줍니다. 느긋하게 보시지요. 하벤 제국에서 현재 개발하고 있는 군사 전력은 현재 보시는 화면과는 비교할 수가 없습니다만… 대륙 정복은 저 정도로도 충분할 것입니다."

바드레이와 라페이, 헤르메스 길드의 핵심 수뇌부는 하벤 제국의 황궁에서 북부 전쟁을 지켜보고 있었다.

벽 전체를 장식한 마법 수정으로 영상이 생생하게 전달된다. 군단장들과 중요 유저들이 눈으로 보는 영상, 방송국들의 중계 화면도 함께 시청이 가능했다.

그 자리에는 24명의 헤르메스 길드 소속이 아닌 유저들도 있었다.

이들이야말로 전 세계 경제계의 자산가들.

헤르메스 길드와 하벤 제국에 투자를 결정하고 직접 만나서 세부 협의를 마쳤다.

실무적인 절차가 몇 가지 남아 있었지만 투자 조율은 이미 끝이 났고, 북부 전쟁을 보기 위하여 황궁으로 초대를 받은 것이었다.

붉은 얼굴을 하고 있는 드워프가 물었다.

"놀랍습니다, 하벤 제국군은……. 저 역시 로열 로드를 하고 있지만 특별히 강해지는 비결이라도 있을까요?"

바드레이는 가볍게 웃었다.

"전투를 잘하면 됩니다. 그렇지만 그 과정은 몇 마디 말로는 설명드리기가 참 어렵지요."

"역시 막연한 대답이로군요. 하기야 모든 이치가 다 그렇습니다만. 대륙에서 가장 강하고, 가장 큰 세력을 통치한다는 점에서 범상치 않은 부분이 한둘이 아니겠습니다."

"헤르메스 길드에서 여러분의 성장을 보조해 줄 것이니 그런 염려는 하지 않으셔도 될 겁니다. 원하신다면 황궁 기사 몇 명을 붙여 드릴 수도 있지요."

"허허허, 그 제안은 정말로 고맙게 받아들여야 되겠군요."

그는 중동의 부호였는데, 워리어 직업을 선택해서 활동하고 있었다. 드워프의 장점으로 대장장이 스킬을 기본적으로 쉽게 익힐 수가 있어서 여러 물품들을 만들어 보았다.

대부분의 자산가들도 예전부터 로열 로드를 해 왔다.

새로운 것에 대한 흥미, 텔레비전과 뉴스, 정보망을 통해서 매일 들어오는 로열 로드의 경제적인 확장에 있어서 관심

이 가지 않을 수가 없었던 것이다.

첨단 기술에 대한 불신이 큰 자산가들도, 자식들의 추천 등에 의해 로열 로드를 경험하는 경우가 많았다.

'이 투자는 향후 무궁무진한 대가를 안겨다 줄 수 있을 것이다.'

'새로운 세상에 내 지분과 권력을 가질 수 있다는 장점만으로도 투자할 만하다.'

'휴양 부분만 더 개발되더라도……. 하벤 제국 정도의 자본과 땅, 기술력을 가지고 있다면 리조트와 호텔 사업을 독점적으로 진행하게 된 이후로 거두는 이익은 끝이 없을 것이다. 관광객들이야 끝없이 공급되고 있고 현실처럼 복잡한 정치권의 인허가 과정이나 건축 시간과 비용, 구조에 대한 제한도 생기지 않는다. 지상낙원으로 바꾸어 놓을 장소들이 이 대륙에는 얼마든지 있지.'

자산가들은 투자를 하고 그 결실을 함께 나눈다.

바드레이와 수뇌부는 인생을 바꿀 돈방석에 앉게 되었으니 서로가 이득을 보는 거래.

자산가들은 정기적으로 보고를 받고 사업이 원활하게 진행되는지를 확인하면 된다.

"오래 보다 보면 조금 지겨우실 테니 요리라도 드시지요."

"황궁 요리들은 어떤 음식들이 나오는지 먹어 보도록 할까요?"

산해진미를 차려 놓고 먼 곳에서 벌어지는 전투를 시청했다.

'남자로서 이렇게 살아 보고 싶었다.'

바드레이는 이 자리에 모인 사람들을 보며 권력의 정점에 오른 기분을 만끽했다.

현실 세상에서도 막강한 자본과 영향력을 가진 인물들이 그를 존중하고 큰돈을 투자했다.

'나는 더 이상 평범한 인간이 아니다. 하벤 제국의 황제로서 영원불멸의 새로운 신화를 써 가는 것이지. 가상현실과 실제 현실 모두에서 이전에도 없었고 앞으로도 없을 권력자가 되었다.'

바드레이와 라페이의 눈빛이 의미심장하게 마주쳤다.

'우리는 정말 큰 사업을 성공시켰어.'

'앞으로 거두는 모든 이익이 우리의 것이 될 겁니다.'

하벤 제국을 탄탄한 반석 위에 올려놓고 로열 로드의 세계를 오랜 기간 완벽하게 지배하리라.

라페이는 아르펜 왕국을 지키기 위해 모여든 북부 유저들이 밉지만은 않았다.

'로열 로드가 인기가 있을수록 우리가 얻을 이윤도 갈수록 커지게 되지. 저들이 원하든 원하지 않든 하벤 제국의 신민이 되어 줄 것이다.'

베르사 대륙을 정복하기 위한 염원만으로 가득하던 시절

을 지나서 로열 로드에 대한 뉴스 자체를 챙겨 보기 시작했다. 로열 로드에 신규 유저가 얼마나 되는지, 인기도가 계속 상승하고 있는지를 확인한다.

휴가철이면 사람들이 산과 계곡으로 떠나지 않고 로열 로드에 접속한다는 뉴스도 그들을 즐겁게 해 주었다.

그들은 누가 뭐라고 해도 또 다른 하나의 세상, 이 가상현실의 절대 군주였으므로.

그때 하벤 제국군의 움직임이 빠르고 격렬해지기 시작했다. 군단별로 흩어져서 북부 유저들을 제압해 나가는 것이었다.

"과연… 중세의 전쟁을 보는 기분입니다. 마법사도 그렇지만 기사단의 출격이란 위압감이 엄청나군요. 어릴 때부터 전쟁에 관심이 있어서 남북전쟁 시절의 무기들을 수집했는데 그러한 취미도 로열 로드 앞에서는 무용지물이 되는 것 같습니다."

미국의 부동산 재벌이 하는 말에 라페이는 부드럽게 웃었다.

"마음만 생기시면 영주가 되어서 직접 저런 기사단을 거느리실 수 있을 겁니다."

"저는 로열 로드에서만큼은 통치를 위하여 복잡하게 머리를 써야 하는 영주보다는 직접 몸으로 싸우고 모험을 하며 돌아다니는 편을 좋아하지요. 아직도 이 가상현실에만 들어오면 피가 끓는 젊음처럼 느껴지니……."

"무엇이든 원하시는 대로 되겠지요."

라페이는 미소를 가득 지으면서 테이블에 놓여 있는 와인을 한 모금 삼켰다.

그러나 벽의 영상을 보는 수뇌부는 순간 초조해하는 기색들이 역력했다.

―이것이 어떻게 된 일입니까?
―드라카 총사령관의 독자적인 결정 같습니다.
―우리가 적극 공세를 허용했던가요?
―그런 적은 없습니다. 우리의 관리를 벗어난 것입니다.

길드 수뇌부에서 결정하여 북부 정벌군에 내린 방침이 거부된 것이다.

일선의 전쟁 지휘관들이 독자적인 작전권을 행사하더라도 위급한 상황이 아닌 한 먼저 허락을 받아야 마땅하다.

수뇌부의 입장에서는 북부 정벌군처럼 커다란 군대는 확실한 관리의 대상으로 삼기를 원했다. 또한 철저하면서도 완벽한 승리를 위해서 그들이 지시한 전쟁 방식이다.

재산가들이 한마디씩 했다.

"호오, 저런 전쟁에 참여하는 기분은 어떤 것일까?"

"아마 우린 제대로 겪어 보지도 못하고 몇 분 되지도 않아

서 목숨을 잃어버리지 않겠습니까?"

"별장에서만 지냈는데……. 전쟁을 위해서라도 육체를 단련해 봐야겠습니다."

북부 정벌군이 접근을 허락하지 않는 전쟁 방식에서 적극적인 전면 돌격으로 전술을 바꾸면서 전황은 더욱 볼만해지고 있었다.

기사단이 일제히 질주를 하고 보병들이 힘껏 달려 나가서 유저들을 맞이한다.

라페이의 머릿속이 영상을 보며 분주하게 돌아갔다.

'방식은 다르지만 승리를 위해서 나쁘지는 않겠지. 승리의 방법은 하나만은 아니다. 오랫동안 싸워서 이기기보다는 짧은 시간의 승리가 힘을 과시하기에는 더 좋은 수단.'

하벤 제국군의 1군단과 3군단, 4군단의 깃발이 대지의 궁전으로 향하였다.

가장 많은 유저들이 뭉쳐 있는 지역을 격파하고 돌격하고 있다.

북부 정벌군이 대지의 궁전을 목표로 삼아서 먼저 초토화시키고 잔당을 제압하는 형식의 전쟁이 되더라도 모양새는 오히려 좋았다.

라페이와 수뇌부가 수비적인 진형을 취하도록 한 것은 상대가 위드이기 때문이다. 어지간히 불리하더라도 이 전쟁에서 북부 유저들이 쉽게 물러나지 않을 것을 알기 때문에 그러한 명령을 내렸다.

만의 하나를 대비한 작전.

위드에게 휘말려서 어처구니없는 실패가 나와서는 절대로 안 된다.

차후 북부의 통치까지 감안하여, 최소한의 피해로 걱정거리 없는 완전한 승리를 거두기를 원했다.

그러나 모든 일에 만일의 가능성까지도 염두에 둔 완벽한 계획이란 없다.

'나쁜 방식은 아니야. 드라카가 그런 결정을 내렸다면 지금은 말리지 않고 존중해 준다.'

일선 지휘관의 명령에도 불구하고 라페이가 길드의 지휘 통신 채널을 통하여 북부 정벌군을 다시 원점으로 되돌릴 수도 있었다. 그렇지만 혼란을 우려한 그는 그러한 권한을 행사하기를 포기했다.

'북부 정복을 다 끝내고 나면… 드라카와 몇 명에게는 본보기를 보일 필요가 있다. 그들이 아니더라도 사냥개는 많이 있으며 정복 후에는 명령을 잘 듣는 인물들이 필요하므로.'

라페이와 수뇌부의 얼굴은 다소 굳었지만 전쟁에서 패배한다는 생각은 꿈에도 하지 않고 있었다.

이것은 너무나도 현격한 전력의 격차가 있는, 질 수가 없는 전쟁이었으므로.

"막아라!"

"으아아아악! 너, 너무나도 강하다."

"전투 마차가 진형으로 난입한다앗!"

하벤 제국군이 공격으로 나서면서 전투부대들이 속속 등장했다.

평원에서 절대적인 활약을 보이는 전투 마차들은 기본이고, 몸이 강철로 이루어진 10미터짜리 골렘 부대, 명령에 복종하는 키메라로 구성된 몬스터 군단까지 돌파를 개시했다.

1군단 드라카의 주력군 병사들의 수준은 최고에 달했다. 군단장이 전쟁터를 전전하면서 살아왔으니 매번 승전을 거둔 병사들도 믿을 수 없는 정예였다.

3군단은 일반 병사 전력은 비교적 약하지만 헤르메스 길드에서 연구한 각종 키메라들이 대거 포함되어 있었다.

소속된 마법사들도 단순하게 원거리 공격 마법만을 사용할 때가 다행이라고 생각이 들 정도로 각종 소환물들과 흑마법을 사용하기 시작했다.

4군단은 전투 병기들을 전문적으로 다루었다.

전투 마차, 전투 골렘을 가지고 적진을 밀어붙이며 무자비하게 뭉갰다.

하벤 제국군의 3개나 되는 군단이 대지의 궁전으로 진격을 하고 있었다.

 북부 유저들은 수비를 하려고 했지만 앞사람이 죽는 것을 알아차리기가 무섭게 자신의 목숨이 위태로워졌다. 하벤 제국군이 방어 진형에서 발휘하는 공격력과 목표를 잡고 돌격을 할 때의 파괴력은 완전히 달랐다.

 그렇지만 북부 유저들도 나름 멍청하지 않았다.

 "정면으로는 승산이 없지만 옆구리나 뒤를 노려 봅시다!"

 "우리가 믿을 것은 숫자밖에 없어요. 다들 겁먹을 필요 없어요. 기회는 옵니다. 놈들이 내부로 들어오면 둘러싸서 공격을 하면 돼요!"

 "어디 낙오되는 놈 하나만 걸려라!"

 군단들의 돌격은 더 많은 북부 유저들에게 싸움의 기회를 주었다.

 마법 파괴 지대가 사라지자, 여전히 절대 다수가 저항도 제대로 못해 보고 목숨을 잃긴 했지만 그래도 꽤 싸울 수 있는 유저들이 하벤 제국군과 붙을 수 있었다.

 "돌파, 돌파하라!"

 "이런 것들 따위에 시간을 끌지 마라."

 1군단, 3군단, 4군단 사이에서는 미묘한 경쟁이 붙었다.

 어느 군단이 먼저 대지의 궁전을 함락시키느냐에 따라서 결정적인 공적이 달라진다.

 드라카의 입장에서는 총사령관으로서 당연히 목적을 달성

해야 했고, 3군단, 4군단의 대표 역시 야망을 가지고 있었다.

이 전쟁이 완벽하게 끝나지 않을 경우 드라카의 지위가 위태롭기에 잘하면 북부의 총독 자리를 노릴 수 있다는 생각으로 더욱 기를 써서 대지의 궁전으로 진군했다.

"전속력으로!"

"기동력을 더욱 높여라. 일직선으로 전부 꿰뚫는다."

"우리가 먼저다. 기사단은 출동하여 앞쪽의 길을 터라!"

하벤 제국군의 막강한 돌격력 앞에 북부 유저들은 짚단처럼 쓰러졌다.

하지만 중심부를 꿰뚫고 지나가는 제국군을 향하여 화살과 마법도 엄청나게 날아온다.

제국군이 지나간 자리는 북부 유저들로 다시 채워져서 전투가 격렬하게 벌어지고 있었다.

"뭔가 움직임이 수상해졌는데."

위드는 주변을 둘러보고 나서 하벤 제국군의 이동을 알아차렸다. 제국군 한복판에 있었기에 오히려 몇몇 개의 군단이 빠져나간 것을 약간 늦게 알아차린 것이다.

"이놈들이 빨리도 움직이는군. 다른 곳의 전투는 그렇다 치더라도 대지의 궁전을 막을 수는 있을까?"

대지의 궁전은 북부 유저들만이 지키고 있다.

위드가 직접 방어군을 통솔하는 게 아니라서 그들 중에서 고레벨 유저들이 몇이나 되는지도 모르고, 싸울지 말지를 결정하는 것도 개인의 의사에 달렸다. 다만 엄청난 숫자의 군대가 대지의 궁전으로 향하고 있었기에 무사히 막아 낼 수 있으리라고는 생각하기 어렵다.

위드는 핏기 한 점 보기 어려울 정도로 얼굴이 창백해졌다.

"크으으, 자칫하다가는 그 계획까지 실현될지 모르겠군."

떠올리는 것만으로도 심장병과 고혈압, 수명 단축이 이루어질 수 있는 무자비한 계획!

하벤 제국군에게도 괴멸적인 타격이 발생할 수 있겠지만 아르펜 왕국, 나아가 위드의 호주머니에도 심대한 피해가 발생하는 계획이 실현될지도 모른다.

위드는 잠깐 동안 그것을 떠올리는 것만으로도 헌혈을 하고 빵을 타러 갈 때처럼 현기증이 오는 것만 같았다.

"그렇더라도 당장은 어쩔 수 없지. 지금은 나와 헤스티거가 놀 수는 없으니까."

위드와 헤스티거는 파죽지세로 하벤 제국군을 휘어잡고 있었다.

적어도 이 부근에서만큼은 하벤 제국군이 북부 유저들을 쉽게 죽이는 것과는 완전히 정반대의 상황이 벌어지고 있다. 물론 그것은 헤스티거의 대활약 속에 밥주걱을 단단히 올려

놓은 위드 때문이기도 했다.

"변화를 알아차렸나? 그렇지만 이미 늦었다, 위드!"

위드와 헤스티거가 싸우는 전장에 6군단장 드롬이 나타났다.

하벤 제국군은 목숨을 잃어서, 혹은 명령을 받아서 주변에서 빠져나갔다. 위드와 헤스티거가 있는 자리는 곧 넓은 공터로 변했다. 이런 넓은 자리를 6군단의 최고 정예 병력으로만 가득 메우고 있었다.

마법 기사단.

독특하게 덩치가 크게 개량된 말에 기사와 마법사 1명씩이 동시에 탄다. 마법사가 마법 공격을 하고, 그 틈을 노려서 기사가 적의 숨통을 끊으며 돌파하는 전투 방식.

유치하고 조잡한 방식이라고 할 수도 있지만 의외로 전투에서의 성과는 엄청났다. 원거리와 근거리를 동시에 모두 타격할 수 있으며 생존력도 월등히 향상되었던 것이다.

위드의 표정은 겉으로는 어떤 내색도 없었지만 눈동자가 빠르게 움직였다.

몬스터라면 모르지만 군대를 상대로 해서는 장단점을 확실하게 파악해야 한다.

'이건… 상대하기가 마땅치 않군. 그냥 나 혼자 싸운다면 손해가 심할 수밖에 없겠어.'

6군단의 최정예.

NPC 기사들의 레벨이 기본적으로 300대 후반에 달하고, 중간중간 섞여 있는 헤르메스 길드 유저들은 430을 넘는 경우도 허다하다. 그들이 착용하고 있는 장비마저도 호락호락하지 않았으니 굉장한 강자들인 셈이다.

　개개인이 강자들로 구성되어서 집단 전술을 쓴다면 전력은 몇 배로 늘어나게 된다.

　"위드, 너의 목숨은 우리 6군단의 몫이 되었다."

　"그렇군."

　"마지막으로 남길 말은 없는가?"

　드롬은 전투에 앞서서 말을 걸고 있었다.

　위드의 앞에 나타난 직후부터 수많은 방송국에서 자신의 모습이 중계가 되리라 생각하고 있었으니 자연스럽게 멋진 모습을 보여 주고 싶었다.

　북부 정벌군의 군단장이란 직위가 높기는 해도 전쟁과 관계없는 일반 유저들에게까지 인지도가 높진 않았던 것이다.

　위드도 적당히 그를 상대해 주길 원했다.

　적으로 싸우고는 있지만 방송 출연료를 받는 동업자 정신이 갓 태어난 송사리만큼은 있었다.

　"북부의 땅을 침범한 너희는 시체만을 남기고 돌아가게 될 것이다."

　"크하하하하!"

　드롬이 말 위에서 호탕하게 큰 소리로 웃었다.

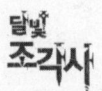

사실 그렇게 우스운 말은 아니었지만 텔레비전 중계를 과하게 신경 쓰고 있었다. 또한 아마도 영웅 영화를 많이 본 모양!

드롬이 뚝 하고 웃음을 그쳤다.

"아르펜 왕국의 국왕으로서 마지막으로 남기는 말치고는 지독하게 현실을 외면하고 있군. 뭐, 좋다. 그런 희망을 안고 싸우다가 죽는 것도 자유겠지. 시작하라!"

위드와 헤스티거를 중앙에 놓고 마법 기사단이 커다란 원을 그리며 빙글빙글 돌았다.

마법 기사단에 속해 있는 숫자는 1,000명.

다른 군단의 최정예 병력에 비해서 레벨은 다소 낮지만 그 부족함을 병력의 숫자로 채웠다.

마법사까지 포함하면 총 인원은 2,000명에 달한다.

위드는 포위망부터 돌파해야 한다고 여겼다.

"헤스티거, 너부터 앞장서라."

"예, 대제!"

위험하고 힘든 일은 부하 먼저!

헤스티거는 대지를 박차고 마법 기사단을 향하여 쏜살처럼 뛰쳐나갔다.

"옴짝달싹할 수 없는 굴레에 엮이거라!"

"공기의 거센 저항!"

"몰아치는 강풍으로 후려쳐라!"

콰과과과과!

전진을 힘들게 하는 마법들을 종잇장처럼 찢어 버리면서 돌파하는 헤스티거.

"참회의 타오르는 화염 폭풍!"

그가 칼을 휘두르자 마법 기사의 일각이 그대로 무너지며 16명이 단체로 떼죽음을 당했다.

"폭풍의 연격!"

헤스티거가 질풍처럼 휘두르는 칼에 의하여 화염 폭풍은 더욱 거세지면서 마법 기사단을 몰아쳤다.

넘실거리는 화염 각인으로, 가까이 있는 기사들은 멀쩡하더라도 말과 마법사들의 몸에는 불이 붙었다.

"끄아아악!"

"살려 줘! 몸에 불이 났다!"

"불이 꺼지지 않는다. 마법을 거슬러서 더욱 타오른다!"

순식간에 비명 소리가 가득했다.

"아니, 이럴 수가!"

드롬의 얼굴도 창백해졌다.

언뜻 이해도 가지 않는 상황!

자신 있게 나타난 그들이 의외로 너무도 쉽게 무너지고 있는 것이다.

실제 드롬은 전장의 동쪽에 위치해 있었기에 위드와 헤스티거에게 피해를 입지도 않았고 활약상도 제대로 보지 못했

다. 고작 몇 사람이 군대에 난입을 해 봐야 얼마나 강하겠느냐는 인식을 그대로 갖고 있었다.

각 군단이 자유롭게 전투를 벌이다 보니 이것저것 재 보지도 않고 곧바로 위드를 처리하기 위하여 달려왔던 것이다.

"음, 특별한 녀석들은 아니군."

위드는 잠깐 동안 가만히 지켜보았다. 도대체 드롬이 무슨 자신감을 갖고 쳐들어온 것인지를 확인하기 위해서였다.

그렇지만 헤스티거에게 거의 속수무책으로 당하고 있었다.

동네 양아치들이 전직 국가 대표급 유도 선수에게 눈 깔라고 시비를 걸었다가 패대기쳐지는 전형적인 상황!

상황을 확인하자마자 위드는 곧바로 헤스티거에게 달라붙어서 마법 기사단을 상대로 전투를 개시했다.

'뭐, 우리에게도 약점이 없는 건 아니지만.'

헤스티거의 특출나게 뛰어난 무력에도 불구하고 그도 사람인 이상 언젠가는 지치게 되기 마련이다.

그럼에도 쉽게 그런 생각을 떠올릴 수가 없는 이유가 있었다.

헤스티거가 너무나도 강력하고, 그에게 붙어 있으면서 화염의 기운을 전달받아서 위드도 그를 보완하듯이 놀라운 전투력을 발휘하고 있었다.

헤스티거에게 잘 달라붙어 화염의 속성을 최대로 활용하는 위드는 강적, 그 자체!

드롬은 잠시 당황했지만 곧 정신을 차리고 외쳤다.

"마법 기사단은 놈들의 발목을 묶어라! 이 자리를 벗어나지 못하게 하라. 6군단은 필멸의 공격을 이곳으로 개시!"

마법 기사단에 속해 있는 헤르메스 길드 유저가 즉각 반발했다.

"뭐요, 군단장? 그러면 우리를 전부 죽일 거란 말이오?"

"놈들을 잡으려면 그 방법밖에 없어! 아무 말 하지 말고 싸워. 더 이상 반발하면 명령 불복종으로 다스린다. 그리고 성공만 한다면 보상은 톡톡하게 할 테니… 이 정도의 피해라면 위드를 잡기 위해서는 감당할 수 있는 수준이 아닌가?"

"빌어먹을."

얼마나 급했던지 귓속말이 아니라 고함을 쳐서 대화를 나누었다.

눈치 빠른 위드는 돌아가는 상황을 대충 짐작했다.

대체로 조직이란 목표를 달성하기 위해서 어느 정도 손실쯤은 기꺼이 감수하기 마련이다.

'마법 기사단이 우리를 붙잡고 있는 사이에 원거리 공격을 집중적으로 퍼붓겠다는 거지.'

위드와 헤스티거는 과도하게 밀집해 있는 제국군 내부를 자유롭게 휘젓고 다녔다.

내부로 원거리 공격을 하기에는 부적절한 상황이었지만, 하벤 제국군이 전면 공격에 나서면서 분산되어 넓게 퍼지게

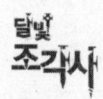

되었다. 제국군을 인질로 잡는 효과가 약해져서 위드와 헤스티거를 향한 무차별 공격을 실행할 수 있게 된 것이다.

그렇다고 해서 그런 뻔한 수작에 당해 주기에는 위드가 인생을 남을 믿거나 의지하며 평화롭게 살아오지 않았다.

또한 조직에서 말단은 얼마든 희생시키더라도 윗대가리들은 자신들의 안전을 추구하는 법이었다.

"헤스티거, 저놈이 목표다. 같이 치자!"

"알겠습니다, 주군!"

위드와 헤스티거가 동시에 드롬을 향하여 덤벼들었다.

"어림없다. 타락의 파열궁을 맛봐라!"

군단장의 친위 부대가 화살을 쏘며 강력한 공격을 해 왔다.

그러나 헤스티거의 몸에서 용암의 기운이 흐르면서 가뿐하게 화살을 녹여냈다.

"블링크!"

위드의 경우에는 단거리 순간 이동을 통하여 공격을 벗어났다.

그가 나타난 장소에는 친위대 기사 몇 명이 있었지만 기습의 이점을 살려서 빠르게 제압할 수 있었다.

위드를 둘러싸고 공격이 이어지려고 했지만 뒤따라서 헤스티거가 도착하여 주변을 휩쓸었다.

"이런 빌어먹을. 상황 파악이 빠르군. 거기서 무슨 수를 써서라도 잡아! 잡기만 하라고!"

드롬은 자신이 목표가 된 것을 알아차리고 말의 기수를 뒤로 돌려서 달아나기 시작했다.

 하벤 제국의 군단장이라면 지휘력뿐 아니라 가지고 있는 무력도 대단한 자리였지만 헤스티거와 위드를 동시에 감당하기는 무리. 휘하 병력이 많이 있는 만큼 더더욱 승산 희박한 싸움은 하고 싶지 않았다.

 드롬은 다분히 바드레이가 어비스 나이트 반 호크를 사냥했던 방식을 재현하려고 했다.

 힘을 완전히 빼 놓고 깨끗하게 마무리를 한다면 대지의 궁전 전투의 영웅으로 떠오르는 것은 자신이 되리라.

 계산상의 착오가 있다면, 위드는 반 호크처럼 단순하지 않다는 것이었다.

 인생을 얄팍한 잔머리와 치사한 꼼수로 살아왔고 의심도 남에게 절대 뒤지지 않을 정도로 많다. 헤스티거의 전투력을 떠나서, 다른 사람의 훤히 드러나는 의도대로 당해 줄 리가 만무했다.

 "쫓아가자."
 "예, 주군."
 "전부 돌파한다."
 "어렵지 않습니다!"

 위드와 헤스티거는 추격전을 벌이면서 막기 위해 나타나는 6군단의 핵심 정예들을 궤멸시켰다.

그들이 지나가는 자리에는 불길이 이글이글 타들어 가고 있었다. 드롬을 너무 빨리 쫓아가고 있어서 오히려 마법 기사단이 포위망을 유지한 채 따라오지 못하는 사태가 벌어지기까지 했다.

어느새 헤스티거를 따르던 북부 유저들과는 상당히 멀리 떨어져 있었지만 신경 쓰지 않았다.

'여차하면 몸을 빼기만 곤란해지지. 자유롭고 편하게 싸우는 편이 더 좋아.'

그때 뒤쪽에서 커다란 빛과 굉음, 땅의 울림이 일어났다.

마법 기사단이 지키고 있던 자리에 필멸의 공격이 퍼부어지고 있는 것.

"이게 무슨 짓이냐! 왜 같은 편에게……!"

드롬은 부하들을 질책하기 위하여 크게 고함을 지르다가 중대한 실책을 깨달았다.

원거리 공격 부대는 NPC들이 많이 포함되어 구성되어 있었다.

부하들에게 자유를 주면 통솔하기가 까다로운 측면이 있다. 전투가 벌어지는 동안 제멋대로 판단을 내리기 때문에 명령에 우선 복종하도록 지시했다.

헤르메스 길드 마법사 유저들은 자신의 부대들에 공격 중지의 지시를 내렸지만, 나머지 군단장 직속부대는 그대로 공격을 가해 버리고 말았다.

하늘에서 떨어지는 마법 공격에 의하여 6군단의 자랑이며 예리한 칼날로 불리던 마법 기사단이 대부분 그대로 소멸되고 말았다.

그리고 광범위 마법 공격은 계속되어서 주변으로 피해를 더욱 넓혀 가는 모습이었다.

드롬은 다급히 마법 공격 부대에 명령을 내렸다.

"공격을 취소, 취소하란 말이야!"

그때 위드와 헤스티거가 가까이 다가왔다.

"팔자가 참 좋아. 한눈팔 사이도 있는 모양이지?"

"벌써!"

드롬은 다시 등을 돌려서 도망을 치기 시작했다.

전쟁터에서 군단장은 군대 전체를 다스리는 지휘 체계의 핵심이기도 하고 사기를 좌우하는 면도 매우 컸다.

군단장으로서 적에게 사로잡히거나 목숨을 잃게 되면 최악의 경우 상황에 따라 군대가 해산될 수도 있다. 다른 헤르메스 길드 유저들에게 수습이 되더라도 전투력의 감소는 불가피하다.

드롬은 자신의 중요성을 알기에 아군들 사이로 달아났지만 그 광경은 썩 보기 좋은 것은 아니었다.

"군단장님을 지켜라!"

"황폐한 땅의 야만인들 따위가 제국에 도전을 하다니……."

기사들이 연신 덤벼들었지만 위드와 헤스티거에 의하여

격파되었다.

전투 능력이 뛰어난 헤르메스 길드 유저들도 날파리 떼처럼 모여들었지만, 헤스티거는 타오르는 화산과도 같았다. 끊임없이 화염과 용암을 뿜어내면서 적들을 단숨에 격퇴하였다.

헤스티거라도 불사신은 아니었다. 그래도 대륙 최고 수준의 기사단 3~4개 정도를 내보내서 차근차근 싸워서는 해결책이 나오지 않을 정도의 사상 최악의 적이었다.

확실히 제압을 하려면 어비스 나이트 반 호크 이상으로 함정을 파 놓고 공격 자원을 총동원하여야 한다.

그런데 옆에는 위드가 따라가면서 무모한 행동을 벌이거나 실수를 저지르지 않도록 명령을 내리고 있다.

드롬이 아닌 다른 군단장들은 그 사실을 충분히 눈치채고 있었다.

'위드가 탐나기는 하지만… 지금은 버려둔다.'
'대지의 궁전이 일차 목표, 그리고 북부의 떨거지들을 해치우고 나서 최후의 만찬으로 없애는 게 올바른 순서다.'
'개인이 강하다고 해도 군대에 입힐 수 있는 피해의 총합이 그렇게 클 수는 없겠지.'
'놈이 우리 군단으로만 오지 않았으면 좋겠군. 헤스티거가 등장한 것을 제외한다면 이 전쟁이 특별히 달라진 건 없다. 그렇다면 확실하게 이길 수 있지.'

전쟁 중에 헤스티거를 없애려면 여간 까다로운 게 아니었다.

 일찍 계산을 마친 다른 군단장들에 비해서 드롬은 욕심을 앞세웠다. 그리고 곤란하기 짝이 없는 상황에 처하고 만 것이다.

 그러나 위드는 여전히 상황을 냉철하게 봤다.

 '군단장 1명 잡아 봐야 불리한 전쟁의 승기가 넘어오지는 않아. 그리고 아마 부지휘관 같은 녀석들이 또 있겠지. 어차피 헤르메스 길드 유저들은 자신의 병력을 그대로 지휘를 할 거고.'

 위드가 상대해야 할 적은 결국 하벤 제국의 북부 정벌군 전체다. 헤스티거가 상당한 활약을 하더라도 혼자서 6군단의 병력을 전부 죽여서 없앨 수 있는 건 아니었다.

 "헤스티거, 적당히 쫓아다니다가 처리를 해라. 그리고 위협이 되는 마법사들을 위주로 해치우도록."

 "알겠습니다. 주군."

 "기분이 나쁠지 모르지만 너에게 내린 전군 지휘권은 내가 다시 인수하겠다. 전쟁 전체를 직접 이끌기 위함이다."

 "어떠한 불만도 없습니다. 주군께서는 적들의 약함을 꿰뚫어 보는 통찰력을 가지고 계시고, 저와 같은 부하들에게 용기와 희망을 불어넣으시는 위대한 분이십니다."

 "흠흠."

위드는 잠시 헛기침을 했다.

그렇게도 질투하고 괄시했던 영웅 부하에게 칭찬을 들으니 일주일간 머리를 감지 않은 것처럼 간지러운 구석이 있었다.

"그러면……. 오너라, 사조야!"

위드가 사자후를 터트리자 지평선 너머에서 일출의 태양이 떠오르는 듯이 새빨간 덩어리가 떠올랐다.

황홀할 정도로 붉은 아름다움의 결정체.

불사조.

꺼지지 않는 불의 속성 덕분에 막대한 생명력을 가졌으며, 다섯 형제가 하나로 합해지면서 네 번의 강화가 이루어졌다. 위드가 탄생시킨 조각 생명체 중에서도 현시대에서는 최강에 근접해 있는 녀석이었다.

"후까아아아악!"

불사조의 포효.

위드가 만들어 낸 조각 생명체들은 한결같이 사람들의 시선을 즐기는 성향이 있었다.

아파트에서라면 시끄럽다는 민원이 들어올 수도 있었지만 이곳은 전쟁터였다.

"나타났다! 조각 생명체님이시다!"

"우우왓! 텔레비전에서 봤던 그 불사조야!"

"신성 강림이다! 불닭죽 부대에서 인사드리옵니다."

북부의 유저들은 환호성을 터트렸다.

조각 생명체들을 하나하나 전부 알고 있는 유저들도 아주 흔했다.

불사조는 붉은 궤적을 그리면서 날아와서 위드의 근처에 착지를 했다.

"가자."

위드는 불사조의 등에 올라탔다.

평상시라면 뜨거워서 기피했을 대상이지만 혼돈의 대전사로 변신을 한 지금은 상성이 잘 맞았다.

하늘로 올라갈수록 넓은 전장이 한눈에 들어오게 된다.

조인족들이 군무를 추면서 하벤 제국군을 괴롭히고 있었으며, 북부 유저들도 더욱 적극적으로 싸울 수 있게 되었다.

넓은 평원 전체가 개개인이 생명을 다하여 싸우고 있는 전쟁터.

"지시가 불가능할 정도의 이런 넓은 전장은 가늠조차 하기 힘들군."

위드도 규모 면에서는 사상 최대라고 생각이 들었다.

전쟁의 한쪽 편을 지휘하는 사람으로서 한편으로는 뿌듯한 자부심도 들었다. 다만 침략을 당하고 있는 처지라는 점이 다소 불만족스러울 뿐.

대지의 궁전에서부터 하늘과, 저 멀리 시야에서 벗어난 장소에서까지도 전투가 벌어지고 있었다.

평원 전체에 불꽃이 튀고 있었으며 화살이 비처럼 상대의

진영으로 넘나들었다.
 이러한 장관이 또 언제 만들어질 수 있겠는가.
 위드는 대재앙으로 인하여 시원한 바람을 얼굴에 받았다.
 "사조야, 더 높은 곳으로 가자!"
 "예, 주인님."
 불사조를 타고 화염의 꼬리를 만들면서 수직 상승했다.
 대지의 궁전과 그 너머, 강과 산이 보일 정도로 더 넓어진 시야!
 총 3개의 군단이 목표로 삼은 대지의 궁전으로 향하는 지역에서는 북부 유저들이 형편없이 밀리고 있었다. 그뿐만이 아니라 모든 전장에서 하벤 제국군의 무시무시한 공격력에 의하여 대거 죽어 나가고 있다.
 하벤 제국군 역시 전면 전투로 인하여 병력상의 손실이 나타나고 있었다. 그러나 자세히 보지 않으면 드러나지 않을 정도로 미미한 수준이다.
 보병들의 빈자리는 금세 예비병들이 채웠으며 기사단 중에서 낙마한 자들이라 할지라도 꿋꿋이 다시 일어나서 100명, 200명 이상의 적들을 해치우고 난 후에 쓰러졌다.
 강력한 군대의 거친 진격이 전면적으로 벌어지고 있었다.
 기병대들이 거침없이 적진을 교란하고 휘젓고 다니면서, 북부 유저들이 무너지는 것도 시간문제로 보였다. 악착같이 버텨서 계속 싸우고는 있지만 그렇더라도 도처에서 제국군의 진군을 막아 내지 못하고 있었다.

위드의 눈이 가늘게 뜨였다.

그렇지 않아도 비열하게 찢어져 있는 눈초리가 더욱 삭막해졌다.

"하벤 제국군이 강하긴 하군. 그렇더라도 하는 데까지는 해 봐야지. 대지의 궁전을 지키면서 전쟁에서 승리하진 못하더라도… 그게 전부는 아니야."

위드는 단호하게 말을 이었다.

"오늘 이곳에서 헤르메스 길드, 하벤 제국군은 전부 죽을 것이다."

기울어지는 전쟁

"전투준비, 전투준비!"

"초보분들은 이쪽으로 모이세요. 우린 전투에 나서더라도 별 역할을 못하므로 투석 공격을 준비합시닷!"

"궁수들은 어서 거북이 바위 지점으로 모이세요. 그곳이 아래쪽을 향하여 사격하기 좋은 지점입니다."

"전투 물자 필요하신 분. 전투 소모품 원가보다도 낮은 가격에 팔아요. 외상도 받습니다. 아직도 장만 못하신 분, 어서 사서 싸워 주세요!"

대지의 궁전에 있는 바트는 당황스러웠다.

전투 초기, 하벤 제국군은 방어만 하고 있었기 때문에 높은 지형인 대지의 궁전에 올라서 전쟁을 구경하는 사람들이 많았다.

 궁전까지는 들어가지 못하더라도 산으로 오르는 길가에도 수십만 명 이상이 몰려서 전투를 지켜보고 있었다.

 그런데 하벤 제국군의 거의 절반에 달하는 병력이 신속하게 전개하더니 대지의 궁전을 향하여 진군을 해 왔다. 막아 내는 북부 유저들을 짓밟아 버리면서 산의 밑부분까지 도착했다.

 "늦기 전에 도망칩시다!"

 "전투 능력이 없는 유저들은 방해만 되니 어서 궁전을 내려가 주세요!"

 상인이나 관광객으로 온 유저들은 대지의 궁전 뒤쪽으로 내려가려 하였지만, 그곳으로도 4군단이 우회하고 있었다.

 아르펜 왕국의 수도 역할을 하는 대지의 궁전은 산봉우리에 건설되어 지형적으로 천험의 요새와 다를 바가 없기에 앞과 뒤, 합동 공격으로 함락시키려는 계획이었다.

 그 탓에 대지의 궁전 인근에 있던 유저들은 모두 죽기 살기로 싸울 수밖에 없게 되었다.

 "이건 뭐야. 지키지도 못할 궁전을 위한 개죽음밖에 안 될 텐데."

 "항복을 한다고 하면 살려 줄까? 북부에서 살고 있어도 헤르메스 길드 팬인데. 원래 강한 놈들이 정의잖아."

 전투를 원하지 않는 유저들이 무기를 거두거나 높이 들고

항복 의사를 밝혔다.

4군단장 인스트리움이 외쳤다.

"대지의 궁전 근처에 있었다는 자체만으로도 하벤 제국을 거역하려는 의도가 엿보인다. 모든 군대는 투항하는 적들을 사로잡지 말고 전부 죽여라!"

몰살 작전!

하벤 제국에 티끌만큼도 거스르지 못하도록 적극적인 본보기를 보인다.

"전부 죽이고 해치워라!"

"생존자, 포로 따위는 한 놈도 필요치 않으리라."

하벤 제국의 각 군단들은 북부 유저와 주민을 가리지 않고 닥치는 대로 학살하며 산을 올랐다.

"이런. 퇴로도 없군."

포위망을 뚫고 빠져나갈 수가 없어 보이기에 바트는 대지의 궁전으로 향하였다. 기어이 죽을 수밖에 없다면 전투 구경이나 실컷 하고 대지의 궁전과 함께 최후를 맞이하려는 것이었다.

대지의 궁전의 내부와 외부, 산 전체에 걸쳐서 얼마나 많은 유저들이 모여 있는지는 측정이 불가능했다.

"이쪽으로 빨리요! 우리의 목숨을 이롭게 씁시다."

"저놈들이 쳐들어오기만을 일주일이나 기다렸는데 지금이 그 순간이라니 무척 떨리면서도 기쁘네요."

그들은 조악하나마 기마병을 상대하기 위한 나무 창틀을 세우고 끓는 기름을 웅덩이에 퍼부었다.

전쟁을 대비하기 위해 모인 유저들이 북새통을 이루면서 저마다 할 일을 시작하는 것은 큰 감동을 주었다.

구경만 하기로 했던 유저들도 빠져나갈 길이 막힌 이후로는 싸우다 죽는 쪽을 택했다.

기사단을 중심으로 계단과 도로를 통해 산을 올라오는 길에 하벤 제국군은 온갖 공격들을 받았다. 화살과 마법은 기본이었으며, 큰 바윗덩어리가 땅을 울리며 굴러 내려온다.

"몸으로 막고 계속 진군하라. 사소한 피해에 연연하다가는 자칫 성과를 빼앗길 수 있다."

3개의 아군 군단끼리 경쟁이 붙은 하벤 제국군은 전면 돌격으로 대지의 궁전 함락 작전을 진행했다.

기사단은 물론이고 보병들조차도 검과 방패를 들고 뛰어 올라온다.

병사들의 체력이 소진되고 피로도가 극에 달하더라도 대지의 궁전을 우선 정복하고 나머지는 차근차근 해치우려는 군단장들의 생각에서였다.

"훗, 이런 식이라면 나 혼자서 금방 100명도 넘게 죽일 수 있겠군."

페일은 대지의 궁전에 있는 담벼락 위에 서 있었다.

그는 입으로 물고 있던 화살을 시위에 재서 높은 하늘을

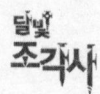

겨누었다.

"땅으로의 비산!"

페일이 쏜 화살이 수직으로 하늘을 향하여 치솟았다.

정신없이 날아다니던 조인족들은 화살이 자신을 향해 다가오는 걸 발견하고는 깜짝 놀라서 피하려고 했지만 그대로 날개 사이로 통과하며 지나쳤다.

"짹짹?"

화살에 맞았는데도 아무 피해도 안 생겼다.

페일이 쏜 화살은 400~500미터 정도의 꽤나 높은 상공까지 올라가더니 폭죽처럼 터졌다.

10개가 넘는 불덩어리로 변해서 다시 지상으로 낙하 개시!

조인족들은 이번에도 난리가 난 듯이 정신없이 피하려고 했지만 불덩어리들은 몸통과 날개에 닿더라도 그대로 튕겨서 떨어졌다.

"까루루룩룩?"

화살의 파편은 땅에 떨어지고 나서야 크게 폭발했다.

땅의 기운을 정제하여 만들어 낸 특별한 화살과 땅의 정령을 다루는 능력을 터득해야만 쓸 수 있는 고급 기술이었다.

페일처럼 담벼락에는 궁수들이 일렬로 서서 지상을 향하여, 혹은 하벤 제국군을 직접 겨누어서 화살을 쐈다.

전쟁이 벌어지면 제대로 위치를 잡고 있는 궁수들에게는 잔치가 벌어지는 것과도 같다. 대지의 궁전이 전쟁 요새는 아니더라도 지형의 특성상 침략자들을 상대로 하기에 궁수들에게는 부족함이 없었다.

북부 유저들 중에는 지금까지 알려지지 않았던 은둔 고수들도 등장했다.

"34년 솔로 인생, 처음으로 들어온 소개팅보다도 영광스러운 날이 오늘이다. 모든 취미 생활을 중단하고 인간관계를 단절하며 로열 로드에서 살아온 내가 너희 하벤 제국군의 죄를 묻겠노라!"

"오너라. 중앙 대륙에서는 더러워서 피했지만, 북부에서는 깨끗하게 쓸어 주마!"

"단 한 번도 높은 명성을 가져 본 적이 없으니 아무도 모험가 반, 나를 모르겠지. 이 이름을 알아도 동명이인의 다른 모험가였을 거야. 재수는 더럽게 없지만 자질구레한 모험들을 실패한 적 없이 모두 성공시킨 나다!"

혼자서 조용히 사냥을 즐기던 유저들도 나섰다. 북부 전체가 나선 듯한 분위기에, 자신만의 세계를 구축하고 살아가던 유저들도 전투를 함께했다.

대지의 궁전은 고위 유저들의 밀집도나 실력에 있어서 북부에서 최고였다.

하벤 제국군은 산을 오르면서 예기치 못한 큰 피해를 입었지만, 그럼에도 전면 돌격을 계속 유지했다. 공적을 탐하는 마음이 크기도 했지만 여기서 물러날 수는 더욱 없다.

헤르메스 길드는 끝없는 전투로 단련이 되었다.

군단 내에 병력적으로 큰 희생이 생기더라도 승전을 거두고 나면 영토와 전리품을 얻는 것만이 아니라 병사들도 경험을 통해 훨씬 정예화된다.

다소 불리한 전투에서도 헤르메스 길드의 지휘관들은 후퇴를 하지 않았을 텐데, 얼마든지 싸울 만하고 목표가 눈앞에 있는 이상 병력을 되돌릴 생각은 더욱 없었다.

그때 위드가 불사조를 타고 대지의 궁전에 나타나며 사자후를 터트렸다.

"아르펜 왕국군이여, 전쟁을 시작하라!"

"폐하께 영광을!"

헤스티거로부터 지휘권을 받고 나서 본격적으로 전쟁을 통솔하는 것이었다.

"세빌, 너의 책임 아래 5군단을 처리하라!"

"예, 폐하."

아르펜 왕국군의 구성도 탄탄해졌다.

북부의 기사 유저들이 대거 포함되었으며, 병력도 상당히 실력이 늘었다.

군사훈련 기관이나 고급 기사단 양성소는 없어도 병사들은 유저들과 함께 넓은 북부 대륙을 떠돌면서 단련되었다.

위드의 후손으로 북부까지 찾아온 사막 전사, 사막의 대제왕 시절에 챙겨 놓은 철오의 후예들까지 하나씩의 부대로 창설되었다.

아르펜 왕국군에는 비교적 만만한 5군단을 공격하도록 지시했다. 빙룡, 와이번들을 포함한 조각 생명체들도 나타나서 가세하도록 했으니 밀리진 않을 것으로 생각했다.

조각 생명체들이야말로 자유로운 생각을 할 줄 알며, 자신의 생명은 금쪽처럼 아끼는 보스급 몬스터들.

빙룡이나 불사조나 레벨이 유저들보다 훨씬 높을 뿐만 아니라 대량 공격과 공중전이 가능했다.

킹 히드라는 괴수 특유의 높은 생명력을 가져서 군단급의 방어력을 발휘할 수 있다.

위드가 그들을 직접 지휘하여 5군단을 상대할 수도 있겠지만 대지의 궁전의 전투가 가장 급하여 일단 도착한 것이다.

위드는 사자후를 강력하게 터트렸다.

"이곳은 북부의 핵심과도 같은 곳입니다. 모두 함께 싸워서 침략자들을 물리칩시다!"

거센 항전을 하던 북부 유저들의 반응은 당연히 폭발적!

"끼얏호! 전쟁의 신 위드 님이 우리와 함께한다."

"우린 지지 않았어. 기적처럼 지켜 내고 살아서 집으로 돌아갈 거야."

위드는 사람들의 열광적인 반응을 보며 입가에 씁쓸한 미소를 지었다.

역사에 나오는 위대한 지휘관들이 정말 절망적인 상황에

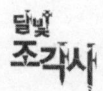

서도 마지막까지 희망의 끈을 놓지 않고 진심으로 격려하며 휘하 부대를 이끌었을지 의문이 들기도 했다.

'이곳의 전투는 정말 어려워. 정말 기적이라도 벌어지지 않는 한 대지의 궁전을 막아 내지 못해.'

위드는 보통 사람이었다.

대지의 궁전을 향하여 시시각각 올라오고 있는 하벤 제국군의 정예 군단을 어떠한 수단으로 막을 수가 있겠는가.

어떤 꼼수를 발휘하더라도 이 상황은 불가항력이란 말이 가장 잘 어울렸다.

'아무튼 최선을 다해 봐야지.'

1군단의 진영으로부터도 대지의 궁전을 향하여 무수히 많은 화살과 마법 공격이 치솟아 날아왔다.

띠링!

-아르펜 왕국의 왕궁, 대지의 궁전에 세워진 28개의 기념탑이 산과 들, 땅의 기운을 흡수하여 파괴적인 공격에 저항합니다.

모든 원거리 공격의 96%를 차단합니다.

수비 측의 생명력과 체력을 충성도와 명성에 따라 최대 240%까지 증가시킵니다.

주의. 기념탑이 파괴되거나 저장된 기운이 소모된 이후부터는 공격의 차단 비율이 크게 감소하게 될 것입니다.

성문과 첨탑, 기타 구조물이 대거 파괴되면 수비 측에 주어지는 혜택이 없어집니다.

절반의 기념탑이 파괴되면 원거리 공격 저항 효과는 완전히 사라집니다.

대부분의 공격이 차단되었음에도 불구하고 빗발치듯이 떨어지는 원거리 공격들은 농성하는 유저들의 목숨을 앗아갔다.

하벤 제국군 총 3개의 군단이 적극적으로 화력을 집중하고 있으니 감당이 되지 않을 정도였다.

"오늘 하루는 꼬박 싸워야 할 줄로 알았는데 전술을 바꾸었더니 1시간이면 되겠구나! 역시 내 판단이 옳았다. 계속 진군하면 대지의 궁전과 위드의 목숨, 모두가 나의 것이다."

드라카는 모든 휘하 병력에 대지의 궁전을 정복하는 일을 최우선으로 하도록 지시했다.

위드까지 등장했으니 헤르메스 길드 입장에서는 완전히 모든 전력을 기울일 수가 있게 되었다.

아직도 얼어서 녹지 않은 땅에서는 낙오된 하벤 병사들이 공격을 당하여 죽어 가고 있었지만 전황과는 관련이 없었다.

평원에서 북부 유저들이 대지의 궁전을 구하기 위해서 올라오려고 했지만 2군단장 발바로가 이끄는 제국군에 의해 차단당하여 영향을 주지 못하고 있는 형편.

넓은 평원에 흩어진 북부 유저들은 발을 동동 굴렀다.

"아… 저거 어떻게 하지? 우리는 여기에 있는데 진짜 중요한 곳은 역시 대지의 궁전이잖아."

"흑임자죽이여, 어서 저쪽으로 갑시다."

"콩죽, 부추죽, 나물죽, 쑥죽, 들깨죽은 연합하여 구조에

나서자!"

"죽순죽 여러분의 의기를 모르는 바는 아니지만 지금은 중요한 일이 있습니다. 우리는 하벤 제국군이 더 이상 대지의 궁전으로 향하지 못하도록 막읍시다. 우리까지 대지의 궁전으로 간다면 뒤엉켜서 이도 저도 안 될 것입니다."

풀죽신교에서는 민첩하게 움직였다.

최초에는 빨리 달려가기만 하더라도 성공이라고 보았던 대규모의 유저 집단.

전직 군사 전문가들이 각 풀죽 단체들의 고문이 되어서 전황에 따라 판단과 지휘를 내렸다. 그러한 명령 체계가 유저 개개인에게까지 완벽하게 전달되진 못하더라도, 큰 바다와 같이 거센 흐름을 형성하면서 적에게 부딪쳐 갔다.

-읽지 않은 이메일이 39통 있습니다.

"흐음, 쓸쓸하군. 열흘 이상 가는 꽃이 없다더니, 세상의 한 부분을 군림했던 내 인기도 이 정도인가?"

흑사자 길드의 칼리스.

현실에서는 중국 베이징에서 전통 상점을 운영하고 있는 고덕강이라는 이름의 중국인이었다.

흑사자 길드가 건재할 당시에는 하루에도 수천 통의 이메일이 도착했다.

칼리스를 동경하며 그처럼 되고 싶다거나, 흑사자 길드에 가입을 시켜 달라는 부탁들.

헤르메스 길드에 맞선 연합 길드에 속해 있을 무렵에도 이메일을 수백 통씩 받아 봤다.

그러나 대륙의 패권을 건 전투에서 패배하고 난 이후에는 관심도 사라졌다. 며칠 만에 로열 로드의 홈페이지에 접속해 보았는데 이메일은 불과 39통뿐이었다.

"수치스럽군. 헤르메스 길드를 제외한 다른 대표들도 인기가 사라진 건 마찬가지겠지."

흑사자 길드는 패배하고 나서 뿔뿔이 흩어지게 되었다.

전쟁 패배의 책임으로 칼리스와 길드의 주력을 이루던 유저들이 비판을 받았고 내부적인 갈등도 심해졌다.

흑사자 길드의 전성기에는 10만에 달하는 유저들이 가입되어 있을 정도였으나 상황이 뒤바뀌고 그들을 이끄는 사람들이 사라지자마자 모래알처럼 흩어져 버렸다.

일부는 흑사자 길드원이었던 과거를 숨기고 중앙 대륙에서 죄인처럼 살아가고, 또 나머지 일부는 헤르메스 길드에 가입하게 되었다. 그동안 모은 재력이 있으니 유명한 휴양지에서 한가롭게 살아가겠다는 사람들도 많았다.

북부로 떠난 사람들로부터도 가끔 소식은 들려왔다.

고덕강은 달리 할 일도 없어서 메일함을 클릭해 봤다.

발송인 : 씹다버린떡
칼리스 보아라. 이 썩을 놈의 자식아, 과거의 원한을…….

발송인 : 제크트
잘 지내고 계십니까?

발송인 : 헤겔
안녕하십니까. 제가 요즘 퀘스트를 하는데 문의드릴 부분이 있습니다.

발송인 : 빈델
좋은 사냥터를 발견하고 정보를 드립니다.

발송인 : 위드
어이, 나와 손잡고 하벤 제국에 복수하고 싶지 않나?

고덕강의 눈이 머무른 곳은 '발송인 : 위드'의 부분이었다.
"설마… 위드라고?"
로열 로드의 홈페이지에서는 자신의 캐릭터 이름으로 메일을 보낼 수 있다. 위드라는 이름은 가장 흔하고 많이 사용하는 닉네임이었다.

"전쟁의 신 위드! 대지의 궁전에서 그 능력을 과시하고 있습니다. 열세를 극복하고 하벤 제국을 상대로 버티고 있는 것만으로도 대단합니다."

텔레비전에서는 북부 전쟁이 방송되고 있다.

위드가 나타난 이상 시청률은 보장되었고 전쟁도 극적으로 치닫고 있다. 시청자들의 반응도 열광적이다.

고덕강도 텔레비전을 보다가 다른 유저들의 게시물을 읽기 위해서 로열 로드의 홈페이지에 접속을 한 것이다.

"전쟁의 신 위드는 당연히 아니다."

원한을 품은 욕설 글들은 삭제한 후 흑사자 길드 소속 유저들의 메일들을 읽고 나서 답장을 썼다.

컴퓨터 커서가 '발송인 : 위드'의 이메일에 올라갔다.

"아니라고는 생각되지만 이 메일도 읽어 보지."

제목으로 봐서는 허풍이나 장난 같지만 기왕 쉬고 있었으니 속는 셈치고 시간 낭비를 하자고 생각했다.

그렇지만 메일의 본문을 보는 순간, 고덕강은 얼음물을 뒤집어쓴 듯 정신이 들었다.

로열 로드의 홈페이지에서 보내는 메일에는 자신의 캐릭터 모습을 이미지화해서 본문에 담아 놓을 수 있다. 메일 안에 나타난 이미지는 위드였다.

그가 착용하고 있는 다양한 퀘스트 아이템과 여신의 기사

갑옷은 그 누구도 가지지 못한 독보적인 물건이었다.

"진짜 위드의 메일이다."

직접 만나 본 적은 없어도, 멜버른 광산에서 바드레이에게 참패를 당한 이후로 그때의 방송을 몇 번이나 시청했다. 흑사자 길드 소속 유저인 헤겔을 통해 위드의 전투 영상도 입수해서 확인을 했다.

특별히 눈여겨볼 부분은 없었지만 위드에 대해서는 당연하게도 상당한 관심을 기울이고 있었다.

뭐, 인사는 생략하지. 서로 먹고살기 힘든 처지에 잘 지내고 있느냐는 상투적인 말을 해 봐야 의미 없지 않겠어?
알다시피 하벤 제국은 중앙 대륙을 정복한 이후 군대를 보내서 북부를 노리고 있다. 그렇다고 해서 와서 도와 달라는 이야기는 아니고……

고덕강은 고개를 갸웃했다.

위드가 그에게 메일을 보내서 할 말이 무엇이 있단 말인가.

사실 북부의 전쟁에 참여해 달라는 제안을 해도 가지 않았을 것이다. 전쟁이 벌어진 지금이 아니라 훨씬 이전에 메일을 읽었더라도, 자기 자신이 뛰어들어 봐야 큰 역할을 해내지 못할 것이기 때문이다.

흑사자 길드가 아직 존속은 하고 있어도 그 전력은 전성기에 비해서 2할에도 미치지 못했다.

과거처럼 유저들이 모여서 지역 전체를 장악하고 던전 사냥에 나서지도 못하는 처지라서 결속력도 미약하다. 북부까지 가서 다 같이 죽자는 제안을 한다면 길드는 아예 해산이 되어 버리고 말 것이다.

물론 고덕강 자신도 어떤 이득도 없는 북부 전쟁에 나설 생각은 없었다.

베르사 대륙을 헤르메스 길드가 혼자 다 해 먹게 놔둘 것인가.

그렇지 않다면 때를 기다리고 힘을 모아라.

하벤 제국이 흔들리면 기회가 온다. 상처 입은 사자라면 늑대들이 사냥할 수 있다.

구체적인 이야기는 북부 전쟁을 승리한 이후에 다시 하도록 하겠다.

이메일은 거기에서 끝났다.

"위드는… 진심으로 포기하지 않았는가?"

고덕강은 정말 크게 예상 밖이라고 생각했다.

명문 길드들이 전부 모인 연합군이 격파된 이후로 헤르메스 길드를 막을 수 있는 단체는 사라졌다.

전쟁의 신 위드라고 할지라도 이미 패배감에 빠져서 포기하고 말았으리라고 생각했는데 진심으로 싸울 생각을 하고

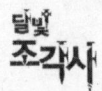

있다니 놀라웠다.

"그렇더라도 전쟁이 마음만으로 할 수 있는 건 아닐 텐데."

고덕강의 시선이 텔레비전으로 향했다.

북부 전쟁이 방송되는데, 워낙에 많은 방송국들이 중계를 하고 있었다. 채널마다 여러 방면에서 전쟁을 지켜볼 수 있었는데 전황은 말할 것도 없이 불리하다.

속수무책!

하벤 제국군이 대지의 궁전을 지키는 유저들을 도륙해 가며 올라가고 있었다.

대지의 궁전에 있는 유저들은 말이 좋아서 수비군이지 갇혀 있는 신세로 보인다.

연합군은 저보다도 훨씬 유리한 상황에서도 돌이키지 못할 큰 피해를 입으며 완벽하게 패배했다. 고덕강이 저곳에 있었어도 할 수 있는 건 아무것도 없었으리라.

"틀림없이 불가능한데. 불가능하지만 그렇기 때문에 반전이 벌어지게 된다면… 모든 것이 달라질 수도 있을지도."

앞을 조금도 내다볼 수 없는 실정이다.

그렇지만 만의 하나라도 하벤 제국군이 패배한다면 헤르메스 길드의 신화도 밑바닥에서부터 흔들리게 된다.

"나에게만 이런 메일을 보내지는 않았을 테고. 다시 한 번 베르사 대륙에 혼란을 일으켜 볼 생각인 것인가?"

헤르메스 길드는 적이 많다.

그들이 현재의 제국을 건설하는 동안 무수히 많은 적들이 굴욕의 눈물을 흘려야 했다.

위드가 새로운 신화를 쓰고 사람들을 모은다면 갈 곳 없는 이들은 그 깃발 아래 뭉치게 된다. 혹은 그렇지 않더라도 혼란을 틈타서 자신들의 세력을 모으게 될 것이다.

"헤르메스 길드는 승리를 확신하고 있을 것이다. 나 역시 그들이 진다는 것은 생각할 수조차 없으므로. 위드가 이 상황을 뒤집어 놓을 수 있단 말인가? 여기서 어떻게라는 의문이 남지만… 그게 가능하기만 하다면 너무나도 어마어마한 일이다."

고덕강은 흥미를 잃었던 북부 전쟁이 새롭게 보이기 시작했다.

인정하고 싶진 않지만 자신이 아닌 전쟁의 신 위드라면 저 불리한 전황조차도 뒤집어 놓을 수 있을지 모른다는 기대가 생긴다.

그렇게만 된다면 하벤 제국의 정복을 위한 발걸음이 멈춰지는 건 물론이고 큰 변화가 벌어지게 되는 것이다.

"제대로 봐 줘야겠군. 실망을 시키지는 않을 테지."

고덕강은 몸을 돌려서 텔레비전의 음량을 높였다.

그보다 먼저 이미 위드의 메일을 받고 읽어 본 유저들이 있었다.

로암 길드의 로암, 사자성의 군트, 블랙소드 용병단의 미

헬, 클라우드 길드의 샤우드.

대륙의 일각을 지배했던 패자들.

그들은 로열 로드의 허름한 선술집에서 수정 구슬을 통해서 북부 전쟁을 지켜보았다. 로열 로드의 맥주 맛은 현실을 이미 아득하게 추월해 버렸기 때문이다.

북부의 유저 펜첼은 숨을 크게 몰아쉬고 있었다.

'전쟁이다, 전쟁.'

로열 로드를 시작했을 무렵만 하더라도 그는 다른 평범한 유저들과 비슷했다.

자신의 적성이나 희망 직업도 모르고 무조건 로열 로드가 좋았다.

로열 로드를 접하는 순간부터 다람쥐가 쳇바퀴를 돌다가 지쳐 쓰러져 죽는 일상으로부터 벗어나서 새로운 세상이 열리게 되었다.

모래의 촉감과 바다에서 불어오는 냄새, 탁 트인 초원까지, 모든 것이 행복했다.

'남들이 없는 곳, 그리고 신선한 세상이 좋아.'

그는 모라타에서 유저들이 시작하게 된 날부터 북부의 주민이 되어서 살아갔다.

그 당시만 해도 현재의 아르펜 왕국 정도의 번영은 꿈도 꿀 수 없었고 생필품 중에도 없는 것이 많았다.
 모라타 초기의 유저들은, 성 밖으로 멀리 나가는 순간부터 목숨은 자기의 것은 아니었다. 그래서 대장장이나 재봉사처럼 도시 내에 거주하는 직업들도 많이 택하였다.
 펜첼은 굳이 모험이 아니더라도 세상을 돌아다니고 싶었다.
 넓은 베르사 대륙의 모든 도시는 아니더라도 대륙 북부만큼은 자신의 눈으로 담아 두리라는 마음.
 '기사가 되자. 말을 타고 돌아다닐 수가 있잖아. 약자들도 지켜 주고.'
 그는 사냥터와 던전에서 레벨을 올리고 모라타에서 전투 기술들을 습득했다.
 검사와 워리어 길드에서도 직업 제한이 없는 통상적인 전투 기술은 배울 수 있다. 특히 워리어 기술들은 익혀 놓고 나면 저절로 발동되는 경우가 많아서 많은 기사들이 애용했다.
 펜첼은 기사가 되고 난 이후 모험가와 상인을 따라서 원하던 대로 북부를 여행하며 다녔다.
 사람들을 지키고 때론 몬스터의 위협에 맞서서 최후까지 마을을 지키다가 목숨을 잃어버리기도 했다.
 풀죽신교의 초창기부터 활동을 하여 아는 사람도 많은 그는 당연하게도 대지의 궁전으로 왔다.

'아르펜 왕국은 황무지 위에 세워지지 않았다. 많은 사람의 노력으로 흘린 땀의 결실 위에 건국되었다.'

모라타 초기 유저들이 갖는 충성심은 북부의 발전과 함께해서 그 어떤 대가로도 살 수 없는 숭고한 것이었다.

그럼에도 유저들은 자신이 가진 능력의 한계를 잘 알았다.

헤르메스 길드 유저에게 일대일로 싸움을 걸면 죽음 외에는 남는 게 없기에, 여럿이서 1명을 노리거나 부상을 입고 낙오된 자들을 목표로 삼았다.

"타핫!"

펜첼은 뛰쳐 들어온 제국군 병사 1명을 여섯 번의 공격 스킬을 사용해서 없앨 수 있었다.

하벤 제국군에서 사용하는 커다란 강철 방패가 전리품으로 떨어졌다.

미처 확인할 겨를도 없이 온몸을 타고 흐르는 전율.

'강하다. 그래도 마나를 너무 많이 썼어. 냉정했다면 세 번의 공격만으로도 이길 수 있었는데.'

긴장 때문에 숨이 더욱 가빠졌다.

'내 몸은 혼자만의 것이 아니다. 아르펜 왕국을 지키기 위해서는 조금이라도 더 버텨서 1명이라도 더 죽여야 한다.'

펜첼은 다음의 제국군을 상대하기에 앞서서 잠깐 동안 뒤를 돌아보았다.

대지의 궁전 정문에는 그가 우러러보는 전쟁의 신 위드가

서 있었다.

불타오르는 화염의 기운을 몸에 두르고 빛나 보이는 그는 수많은 유저들의 선망을 받고 있다.

"위드여, 투혼의 기사 란테미르가 너에게 도전한다."

"아르펜 왕국의 국왕, 조드 성의 영주 블탄모호드에 대해서는 많이 들어 봐서 잘 알고 있겠지. 너와 결판을 내겠다."

"나는 살인을 즐기는 추잡… 아니, 아무튼 게코라고 한닷!"

몇 명의 이름난 랭커들이 제국군의 진영에서 뛰쳐나와서 위드를 향해 돌진했다.

레벨 450, 460, 470대의, 전투 능력에 자신이 있는 인물들.

헤스티거가 없는 이상 위드도 자신들과 비슷한 상대일 뿐이라고 생각했다.

명마를 몰아서 사람과 장애물을 넘어 위드에게 덤벼든다.

그렇지만 위드도 혼자는 아니었다.

워리어 바하모르그!

아르펜 제국에서 조각 생명체 군단을 이끌었던 최강의 워리어가 위드의 곁에서 성문을 함께 지키고 있다.

중앙 대륙에서 넘어온 레벨 높은 북부의 유저들도 철통처럼 호위를 하고 있었다.

조인족으로 변신한 황금새와 은새도 근접해서 날아다니며 지원 공격을 하고 있었으며, 위드 자신의 능력도 만만치가 않았다. 헤르메스 길드 유저들을 하나 혹은 둘 정도는 가뿐

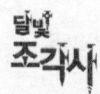

하게 제거했다.

퀘스트를 통해서 상당한 레벨의 손해가 생겼다고는 하지만, 진정한 잡캐인 위드가 그것으로 심하게 약해진 건 아니다.

모험으로 얻은 스텟 등으로 보충을 하고, 만만하면서도 좋은 장비를 착용하고 있는 헤르메스 길드 유저들만 화려하게 격파하고 있었다.

북부 유저들의 사기도 올리며 곶감 빼먹듯이 실속을 올리는 위드!

펜첼의 눈에는 부러움이 가득했다.

'언젠가는 여기가 아니라 저분의 곁에서 싸우리라. 북부 대륙이 아닌 다른 지역에서도 함께할 수 있을 정도로 강해지고 싶다.'

펜첼과 같은 마음을 가진 북부 유저들은 이곳에 많았다.

그런 유저들을 또 보고 있는 부류에는 바트도 포함되어 있었다.

'사람들이 이렇게 많이 따르다니 말이야. 로열 로드에서의 영향력은 정말 놀랍지 않은가.'

어떤 유명한 유저가 도시에서 돌아다니면 주민들 사이에서 떠들썩한 소란이 일어난다. 말을 나누는 경우도 별로 없는 그런 대단한 유저들조차도, 위드 앞에서라면 끔뻑 죽는 시늉까지도 한다.

아르펜 왕국의 국왕이란 지위는 일개 상인 유저인 바트에게는 감히 우러를 수도 없는 경지였다. 위드를 안다는 사실만으로도 어느 정도 행세를 하기에 충분했다.

물론 사람들이 믿어 줘야 말이지만.

'그래도 내 딸은 아까운데…….'

바트는 전투 능력이 이런 싸움에 끼어들 수준이 아니라서 그냥 기둥 옆에 우두커니 서서 구경을 하고 있었다. 헤르메스 길드 유저들도 보잘것없는 상인보다는 위드가 우선 목표이기에 그냥 지나쳐 갔다.

그때 문득 위드와 바트의 눈이 마주쳤다.

"어?"

"위, 위드?"

목소리가 들리지도 않을 정도의 먼 거리.

헤르메스 길드 유저들이 위드에게 덤벼들면서 시선은 곧 차단되었다.

바트는 고개를 숙였다.

'내가 누군지 모르겠지.'

비싸지도 않은 상인 복장이 창피해서 알은척을 할 수가 없었다.

무너지는 왕궁

"나는 아렌 성의 황궁 기사단에 속해 있는……."

"말해 봐야 기억도 못 하니까 그냥 덤벼!"

위드는 헤르메스 길드 유저들을 닥치는 대로 해치우고 있었다. 대체로 공격과 수비에서 탁월한 능력을 겸비한 기사 유저들이 적이었다.

레벨까지 더 높아서 상대하기가 버거운 면이 있었지만, 이곳은 대지의 궁전.

수비 측에 부여되는 생명력 추가 효과와 레드 스타의 공격력과 옵션, 혼돈의 대전사로서의 종족 능력을 총동원했다.

"블링크!"

때때로 순간 이동을 펼치면서 빠져나가거나 후방을 장악

했다.

헤르메스 길드 유저들은 최우선 목표를 위드로 정하고 주위를 살피지 못하다가 북부 유저들의 연합 공격에 쓰러졌다.

자신의 진영에 있다가 위드를 발견하고는 사상 최대의 공적을 혼자 세우고 유명해지려는 욕심과 흥분으로 덤벼들어 수명이 단축되었다.

위드는 바로 앞의 적뿐만 아니라 저 멀리 산 아래에 보이는 전황도 살폈다.

6군단은 지독할 정도로 헤스티거에게 쫓기고 있었다.

군단장 드롬은 여전히 살아서 도주하고 있었지만 헤르메스 길드의 유저 지휘관을 비롯한 정예 병력이 헤스티거에 의해서 몰살을 당했다. 6군단은 사기 하락에 지휘 계통 붕괴까지 일어나면서 제자리에서 북부 유저들과 싸웠다.

5군단은 북부 유저들을 중심으로 하고 아르펜 왕국군과 조각 생명체들이 가세해 상대했다.

조각 생명체들의 능력이 뛰어나기는 해도 정면으로만 싸운다면 인간들에게 격파당하고 만다.

"우린 가늘고 길게 살아야 된다. 꼴꼴꼴!"

"소똥밭에 굴러도 이승이 좋다, 음머어어. 주인이 말했는데, 나한테 명예로운 죽음은 없다고 했다. 비참할 정도로 입안에서 살살 녹는 양념 갈비와 꽃등심이 될 거라고 했다."

위드의 영원한 노예이며 살림 밑천이 되는 조각 생명체들

은 적당히 몸을 사리면서 지원 공격을 했다.

불굴의 생존력을 가진 킹 히드라가 지상에서 인간들을 마음껏 먹어 치우고, 빙룡이 하늘에서 지상을 굽어본다.

빙룡의 전매특허인 아이스 브레스가 언제 날아올지 모르기에 유저들은 전전긍긍하지 않을 수 없었다.

켈베로스, 데스 웜, 대형 악어, 백호 등 다양한 조각 생명체들이 자신의 특기들을 활용하며 싸웠다.

그리고 묵사발 기사단으로 이름을 바꾼 검치와 수련생들. 아무 무기나 잡히는 대로 자유자재로 다루면서 거칠게 전장을 활보하고 있었다.

상대의 말을 빼앗아 타고 기사들과 부딪쳐 간다.

검, 창, 도끼로 주요 무기를 바꾸어 가며 마상 돌파를 하는 수련생들은 물 만난 고기처럼 날뛰었다. 실력 발휘를 통한 실질적인 위력보다, 주변의 사기를 드높이는 데 일조했다.

한편 2군단은 놀라운 기동력과 돌파력으로 활약하며 대지의 궁전을 구원하기 위해 올라가려는 북부 유저들을 차단했다.

하벤 제국군의 주력이 대지의 궁전을 목표로 하면서 평원은 북부 유저들로 온통 들끓었다.

그러나 정작 중요한 대지의 궁전에서는 하벤 제국군에 의하여 북부 유저들이 무더기로 죽어 나갔다.

1군단의 선봉 부대는 가장 빨리 진격해서 위드가 있는 대지의 궁전 중앙 성문에서 500미터 거리까지 도착했다. 기사단이 돌격을 하면 순식간에 맞닿을 수 있는 거리였다.

위드는 속으로 생각했다.

'정말 위험해졌군. 그렇지만 아직 모자라. 더 많이 끌어들여야만 해. 본전도 못 찾게 생겼는데 제대로 빠뜨려 줘야지.'

하벤 제국군이 의심을 한다면 여기서 자칫 철수를 하거나 일부 부대를 나눌 수도 있다. 위드가 대지의 궁전에 나타난 행동 자체도 적들을 정신없게 만들려는 꼼수.

머릿속에 떠오른다고 해서 전술이 아니었다. 상대방이 그렇게 움직이도록 적절하게 유도를 해 주어야만 한다.

사기도 쳐 본 사람이 자주 치는 것.

"목표가 저기에 있다!"

"위드를 없애는 사람이 최고의 공을 세우는 것이고, 그다음은 궁전을 부수는 자다!"

"더 빠르게! 1군단에 밀려서는 안 된다. 기사단은 무시하고 돌격!"

3군단과 4군단이 전투를 벌이며 다가오는 소리도 긴박하게 들렸다.

대지의 궁전은 여러 개의 산봉우리를 이어서 세워졌다.

말 그대로 북부의 심장부에서 대지를 굽어보는 왕관을 형상화한 궁전.

완성된 지도 얼마 되지 않은 대지의 궁전 산 아랫부분은 제국군에 의하여 새까맣게 뒤덮이고 있었다.

자그마치 무려 90만 명의 병력이다.

물론 그들 전체가 산에 오르거나 대지의 궁전으로 침략해 온 건 아니지만 절반 이상의 전력이 집중되어 있다.

침공 속도를 높이기 위해 기사단이나 중기병, 엘리트 보병 등이 빠짐없이 쳐들어왔다.

"그나마 다행이지. 집들이도 안 해서 조금은 덜 아쉬울 거야. 이놈의 인생은 왜 날로 먹을 수가 없는 것인지. 역시 평생 노력해도 부잣집 아들의 운명은 따라잡을 수가 없어."

세상이 평등하다고 볼 수는 없다.

위드는 자식을 낳으면 허심탄회하게 현대사회에 대하여 이야기를 해 주리라고 다짐했다.

"아들아, 공부가 인생의 전부는 아니지만 너는 부잣집 아들이 아니니까 열심히 해야 돼. 먹고살 길은 알아서 찾아야 하지 않겠니?"

연애 문제에서도 해 줄 말이 있었다.

"여자는 돈이야. 돈 없으면 연애하기도 힘들다. 결혼도 현실이고……. 나? 나는, 음……."

위드는 불가사의할 정도의 미모를 가진 서윤과 결혼을 하게 되었을 경우를 떠올렸다. 사실 서윤과 자연스럽게 사귀어 가고 있었으니 장차 결혼을 할 수도 있다.

"나처럼 돈 많고 예쁜 여자를 만나고 싶다고 해서 다 되는 건 아니란다. 연애 비법? 그냥 무조건 피해 다녀. 그러다 보면 어쩌다가 잘 풀릴 수도 있지만 일반적인 방법은 아니지. 음, 좋은 비유가 있구나. 로또가 있다고 해서 누구나 당첨되는 건 아니지 않니?"

인생 역전.

로또를 사면서 1등이 되기를 꿈꾸지만, 정작 자신이 진심으로 당첨이 될 것이라 믿는 사람은 드물 것이다. 그만큼이나 희귀한 확률로 가능하다는 이야기가 아닌가.

"끄르르륵!"

위드는 생각을 하는 도중에도 전투를 벌였다.

용기와 자부심을 가지고 뛰어온 유저가 몇 번의 겨룸 끝에 사망했다. 레벨은 위드가 낮더라도 모험 중에 쌓아 온 스텟이나 전투 스킬의 활용도가 월등했던 것이다.

특히 지금은 조각 파괴술로 체력을 올려놓은 후였고 유저 사제들이 계속 치료를 해 주고 있었으니 손실된 생명력도 즉각 회복된다.

적들이 다가오면서, 공적을 노리고 진열을 이탈해서 마구 뛰쳐나오는 헤르메스 길드의 유저들도 더욱 많아졌다.

군단장들이 막을 수도 있었지만 그러지 않았다.

'저들이 죽거나 말거나 내가 알 바는 아니지. 레벨이 높다고 관리도 어려웠다.'

'저들이 죽어 주면서 위드가 도망치지 못하게 막아만 준다면……'

1군단장 드라카와 그의 호위 부대원들의 얼굴까지도 알아볼 수 있을 정도로 가까워졌다.

꽃이 활짝 피는 광장이 있으며 평소에는 시장이 열려 유저들로 북적대는 장소에 말을 탄 기사들이 우글거렸다.

드라카는 기쁨을 가득 담아서 외쳤다.

"전쟁의 신 위드! 죽을 자리를 찾아서 이곳에 나타난 것을 환영한다. 깨끗하게 죽여 주마!"

얼마나 바쁘게 달려왔는지, 기사들의 말이 거칠게 날뛰었다.

최소한 1만 기 이상이 되는 기사들이 이어서 도착하고, 그 뒤에는 최정예 병력이 속속 보였다.

"이런! 틀렸어."

"끝까지 싸웁시다. 우리는요."

대지의 궁전에 살아서 버티고 있는 북부 유저들도 몇만 명은 되었지만 이미 희망을 버려 가고 있었다.

하벤 제국 기사들이 위드를 갓 잡아 올린 생선 보듯 하는 것도 어느 정도는 당연한 일이리라.

위드도 입가에 썩은 미소를 지었다.

'잘 걸렸군. 최소한 저들은 빠져나가지 못할 거야. 그리고 피해를 크게 입히려면 다른 군단 놈들도 더 깊숙이 끌어들여야 하는데… 여기서 시간을 조금이라도 끌어야 하나? 그건 좀 의심을 살 수도 있어.'

위드는 스스로의 양심에 대해서 약간의 불신이 싹트고 있었다.

'저들이 과연 얌전히 있는 나를 믿어 줄까? 내 인생이 정직하고 곧은 편은 아니었는데.'

아르펜 왕국의 상징이라곤 해도 대지의 궁전을 지키기 위하여 목숨을 건다는 것은 이성적이고 합리적인 사고방식은 아니다.

'지금은 좋다고 덤벼들 거야. 그런데 천천히 생각해 보면 필사적으로 성문을 지키려는 듯한 내 행동을 의심할 수도 있어. 마치 앞뒤 생각하지 않고 친구에게 빚보증을 서 주는 것 같은 그런 행동이잖아.'

전투를 위해 나선 북부 유저들의 숫자는 여전히 어마어마했다.

그러나 상황이 불리해졌는데도 굳이 대지의 궁전만 지키겠다며 도망치지 않는다면 의심의 여지는 충분하게 생긴다. 헤르메스 길드 유저들을 흔들어 놓고 완전한 함정에 빠뜨리려면 어쩔 수 없이 최선을 다하고 있다는 느낌을 심어 주어야 한다.

'지금 상황에서는 백번 생각해도 도망이 최고인데…….'

그렇지만 하벤 제국군을 더욱 깊숙하게 끌어들여야 하는 위드로서는 이곳에 머물러야 했다.

파바바바바밧!

위드의 잔머리가 가속을 개시했다.

그 어떤 열악한 환경과 불리한 상황에서도 살길을 열어 주고 꼼수들을 찾아내는 잔머리!

위드가 사자후를 터트렸다.

"조인족은 들어라! 지금 대지의 궁전이 위기에 빠져 있다!"

전장을 떨어 울리는 거센 함성.

위드의 목소리에 조인족과 북부 유저들 모두가 귀를 기울였다. 산의 정상에 있었기에 평원에 있는 수많은 유저들도 들을 수 있었다.

"하벤 제국군은 무차별 학살을 벌이고 있다. 조인족들은 대지의 궁전에 갇혀 있는 전투 능력이 없는 일반인들을 구하라!"

상상도 못 하던 구출 명령!

하벤 제국군을 거세게 공격하라는 말이 아니라 사람부터 구하라는 말이었다.

평원의 유저들은 환호했다.

"과연 위드 님이잖아!"

"아르펜 왕국의 신념은 약자를 보호하는 데 있는 거로군!"

"풀죽신교여, 우리는 끝까지 싸울 것이다!"

북부 유저들은 전쟁이 유리하거나 불리한 것보다는, 자신들의 싸움에 대의가 있다는 점에 만족스러워했다.

"째재잭!"

하늘을 뒤덮은 조인족들이 위드의 명령을 따라서 대지의

궁전으로 날아왔다.

"정말 살려 주시는 겁니까? 타도 되겠지요?"

"저 고소공포증이 있는데… 데려가지 마세요. 그냥 여기서 죽을게요. 으아아악!"

"저는 잃어버릴 게 없어서 죽어도 돼요. 다른 분 구하세요."

꼼짝없이 죽을 신세였던 상인들과 관광객들이 조인족들에 의해서 강제로 구출되기 시작했다.

위드가 다시 사자후를 터트렸다.

"하벤 제국군이여, 얼마든지 덤벼라! 나를 쓰러뜨리지 않고서는 북부의 주민들을 함부로 죽이지 못하리라!"

위드는 성문 앞에 서서 불타오르는 레드 스타를 빙글빙글 휘둘렀다. 화염과 불꽃이 이글거리면서 넓게 퍼져 나갔다. 마치 1명이라도 더 구출될 수 있도록 대지의 궁전을 막겠다는 태도였다.

다분히 영웅적인 그런 행동은 위드를 개인적으로 알고 있는 무리에게는 믿기지 않는 모습이었다.

성벽에서 화살을 정신없이 쏘아 대던 페일이 힐끗 그를 보았다.

'그사이에 돈을 먹은 걸까? 1명 구출에 얼마씩 받는다거나 하는… 그런 건 상황상 아닌 것 같은데. 그러면 설마 과도한 스트레스 누적으로 아프신 건 아니야?'

사람이 죽을 때가 되면 안 하던 행동을 한다는데, 영락없

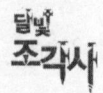

이 그런 게 아닌지 의심!

그렇지만 헤르메스 길드 유저들에게는 충분히 통하는 행동이었다.

위드는 아르펜 왕국의 국왕으로 주민들과 유저들을 보살피는 행동을 하고 있다. 멋진 모습을 보여 주는 위드를 보며 배가 아팠던 것이다.

"전군 일제 돌격!"

"황혼의 기사단, 악재의 전사단 출격! 그리고 마법사들은 쏟아 낼 수 있는 최대의 공격을 조인족들을 향하여 날려라. 보병들은 우회하여 성벽을 넘는다. 대지의 궁전도 동시에 장악한다!"

"출격!"

1군단이 자랑하는 최강의 부대들이 위드와 대지의 궁전을 향하여 돌격을 개시했다. 마법병단은 조인족들의 등에 업혀서 탈출하는 유저들을 목표로 공격했다.

두두두두두두!

기사단과 병사들의 돌격에 대지의 궁전 주변의 땅이 울렸다.

위드와 함께 수비를 위해 남은 북부 유저들은 무기를 힘주어 잡았다.

마지막 최후가 되더라도 후회하지 않으리라.

전쟁의 신 위드와 함께 대지의 궁전을 지키는 것을 영광으로 알리라.

위드의 입가에도 잔잔한 썩은 미소가 짙어져 있었다.

1군단이 그의 의도대로 덤벼들어 주는 거야 좋지만 그래도 너무 확실하게 끌어들여졌다.

'내가 심심치 않게 죽기는 하지만 그래도 보통 끈질긴 목숨이 아니거든.'

황혼의 기사단의 목표는 당연하게도 위드였다.

"투척!"

기사단이 돌격하며 던지는 수백 개의 창이 위드를 향하여 한꺼번에 맹렬하게 날아왔다.

그대로 맞아 주었다가는 운명을 달리할 수밖에 없는 상황.

"블링크!"

위드는 황혼의 기사단의 선두 부근에 나타났다. 막 창을 던지고 검을 꺼내려는 적들을 향하여 레드 스타를 휘둘렀다.

"불의 진노!"

"크억!"

기사를 베었을 뿐만 아니라 그 자리에 불기둥이 솟구쳤다. 달려드는 기사단을 연쇄적으로 쓰러뜨리는 역할을 하였으며, 생명력과 마나를 충전시켜 주는 효과도 있었다.

레스 스타와 혼돈의 대전사는 상성이 매우 뛰어나다.

마법사들도 쓰임새가 많은 불의 마법에 특화된 경우가 가장 흔했다.

"바하모르그, 나를 따르라."

"알겠다."

바하모르그는 오른손에는 큰 도끼를, 왼손으로는 철퇴를 휘두르면서 기사단을 격파하며 따라왔다.

강자들이 전쟁터에서 목숨을 오래 부지하고 싶다면 기사단에 뛰어드는 것이 좋다. 난전을 이끌면서 싸우다 보면 외부의 공격은 무시해도 된다. 전략무기인 기사단을 희생시키는 군대는 거의 없기 때문이다.

"우리도 위드 님의 뒤를 따르자!"

북부 유저들도 황혼의 기사단을 향하여 덤벼들었다.

바위에 계란을 던지는 꼴로 집단으로 사망했지만, 기사단의 발목을 조금씩은 잡았다.

"우에에에아이-!"

의외로 맑고 청초하기까지 한 독수리의 울음소리.

조인족 전사 울극이 도착하면서부터는 하늘로부터의 강력한 공격도 진행되었다. 유저들을 구출하던 조인족 부대들의 일부도 황혼의 기사단을 쪼아 대며 괴롭혔다.

악재의 전사단은 이것저것 신경 쓰지 않고 그대로 대지의 궁전으로 진격. 그들이 맡은 임무는 성문 장악이라서, 북부의 전사들과 수비 기사들을 상대로 치열한 전투가 펼쳐졌다.

드라카는 냉정한 눈으로 전투를 잠시 지켜보았다.

위드와 바하모르그는 황혼의 기사단을 상대로도 잘 버티

고 있었다. 화염의 열기로 말들의 광란을 일으키고, 갑작스러운 순간 이동을 하기 때문에 기사단의 돌격은 무용지물이 되어 버리고 말았다.

 위드가 날고뛰는 헤르메스 길드의 유저 모두를 상대할 수 있을 정도로 전투력이 뛰어난 건 아니다. 멜버른 광산에서의 바드레이와의 전투, 그 후로 상당한 시간이 지났음에도 정보대의 판단처럼 성장이 정체된 느낌이었다.

 전투력으로 바드레이보다는 확실히 한두 수 아래.

 헤르메스 길드에서 상위권에 속하는 유저라면 위드에게도 쉽게 목숨을 내주지 않고 공방전을 펼칠 수 있다. 드라카는 자신의 확신대로 일대일 승부를 벌이더라도 이길 수 있으리라 생각했다.

 다만 불의 특성과 블링크 때문에 대단히 잡기가 어려운 게 문제였다. 유저 여러 명이 덤벼들면 순간 이동을 통하여 엉뚱한 곳으로 빠져나가 버리는 것이다.

 '조금만 힘을 빼 놓으면 되겠군. 왕궁 정복부터 먼저 진행하면 순서에 맞겠다. 위드는 어떤 기발한 수를 써서 도망치더라도, 아르펜 왕궁은 끝났다.'

 드라카는 판단이 서는 대로 명령을 내렸다.

 "위드를 상대로 한 전투는 은갑 기사단과 2기병대부터 10기병대가 맡기로 한다. 1군단의 잔여 병력은 그대로 왕궁을 정복한다."

"옛!"

1군단의 병력이 크게 우회하여 대지의 궁전을 정복하기 위한 전투를 벌이기 시작했다.

해자나 궁수탑 등의 전투 시설이 있었으면 좋았겠지만 왕궁에는 미처 그런 것이 준비되어 있지 않았다. 전투 능력이 조금이라도 있는 자들은 성벽을 지키기 위해 최선을 다하여 싸우다가 목숨을 잃었다.

"3군단이 도착했다. 왕궁을 정복하는 공적을 다른 부대에 빼앗기지 마라!"

"후문에서 4군단의 공격도 개시되었다. 위기다. 방어선을 곧바로 뚫고 들어오고 있다!"

아르펜의 왕궁으로 상당한 면적을 자랑하는 대지의 궁전 다른 방향에서의 전투도 개시되었다.

기본적으로 다른 산봉우리에 있기 때문에 지원군이 가기도 어렵다. 위드가 성문에 나타나면서 상당히 많은 북부 유저들이 이곳으로 몰리게 된 것이다.

그야말로 최악의 절망적인 상황!

"끝났다, 이제는……."

북부 유저들은 자신의 죽음과 아르펜 왕국의 패망을 떠올리고 있었다.

반면에 헤르메스 길드 유저들은 완벽한 승리를 확신했다.

어느 쪽에서 먼저 성문을 뚫고 아마도 텅 빈 것이나 다름

없을 왕궁을 완벽하게 장악하는가가 문제였다.

"돌파하라!"

드라카는 전투 공적을 빼앗기지 않기 위하여 왕궁으로 기마 병력을 계속 투입했다. 그 가차 없는 돌격에 북부 유저들이 쓰러지면서 성문이 활짝 열렸다.

"들어가자!"

"1군단이 왕궁을 정복한다!"

일부 병력이 성벽에 남은 유저들을 맡고, 나머지는 그대로 왕궁 안으로 들어간다. 각 궁전들을 점령하고 약탈을 시작하게 되리라.

위드와 북부 유저들은 적에 의하여 포위당해 전투를 치르면서 그러한 광경을 지켜볼 수밖에 없게 되었다.

목숨이 간당간당한 북부 유저들은 참담한 심정이었다.

"이렇게 끝장이 나다니 믿을 수가 없어."

"아아, 내가 실컷 노가다를 하며 돌을 여기까지 등에 짊어지고 올라왔는데 말이야."

"난 라면도 우리 엄마한테 끓여 달라고 하는데 돌을 일흔세 번이나 운반했다고."

대지의 궁전 건설에 직접 참여하기까지 했던 유저들은 더욱 서글픈 마음이었다.

위드의 눈이 날카롭게 빛났다.

'조인족들에 의해서 민간인이 절반은 구출된 것 같군.'

구경꾼들이 죽거나 말거나 사실 별로 관심은 없었다.

'방어 병력도 상당히 죽었어. 조직적으로 싸울 수가 없을 만큼.'

북부 유저들이 버티지 못하고 일방적으로 학살을 당하고 있다.

'지금이다.'

대지의 궁전 안과 밖에서 벌어지는 전투는 아르펜 왕궁에 지극히 불리했다.

위드는 미리 약속된 사람에게 귓속말을 보냈다.

-작전을 개시합니다. 망설이지 말고 저질러 주세요.

가스톤과 파보는 대낮부터 술을 실컷 마셨다. 옆자리에서는 돌망치 길드의 건축가들이 술주정을 하고 있었다.

"어떻게 그럴 수가 있단 말인가. 내 손으로 만든 자식과도 같은 건물을 부수다니."

"잊어버리게. 그래도 놈들이 이용하는 것보다는 낫지 않겠는가."

"그렇기야 하지만, 아직도 눈을 감으면 알카사르의 다리가 그대로 선명해. 페실 강의 남쪽과 북쪽을 이어 주는 그 우아한 다리가……! 우리가 다시 또 그런 다리를 지을 수가 있

무너지는 왕궁

을까?"

건축가들이 퍼부은 노고의 결정체.

북부의 자랑스러운 건물인 알카사르의 다리가 붕괴해 버리고 나서 건축가들은 망연자실해지고 말았다.

자신들이 계획하고, 수많은 사람들의 노력이 함께 모여서 완성된 위대한 조각품이 산산조각이 나서 최후를 맞이하고 말았다. 다행히 침략자인 하벤 제국군에도 상당한 타격을 주어서 망정이지, 그렇지도 않았다면 비통한 마음은 더욱 심했으리라.

"크으, 술맛이 정말로 쓰군."

"코가 비뚤어지도록 마셔야지."

가스톤과 파보는 덜덜 떨리는 손으로 정신없이 술을 들이켰다.

알카사르의 다리는 이미 벌어진 사건이었지만 파보가 할 행동은 지금부터였다. 그것도 알카사르의 다리와는 비교도 안 되는 엄청난 사건을 저질러야 한다.

건축가 파보는 위드로부터 따로 연락을 받았다. 그 부탁을 듣고 나서는 귀를 의심하지 않을 수가 없었다.

"저, 정말인가? 내가 잘못 들은 건……."

"아니죠."

"다시 한 번 말해 보게."

"아르펜 왕국의 왕궁을 파괴해 주십시오."

"마음에 안 드는 건물이 있다면 부수지 말고 조금 고쳐서 쓰면 되지 않겠나."

"그게 아니고, 왕궁 전체를 송두리째 완벽하게요."

"농담이겠지?"

"비싼 보리 빵 먹고 농담하겠습니까?"

"……."

파보는 위드로부터 구체적인 계획을 들을 수 있었다.

하벤 제국군이 왕궁을 점령하면 산봉우리에 이어져 있는 궁전을 일거에 무너뜨려서 피해를 준다는 전략.

"피해야 줄 수 있을 것 같지만, 왕궁이 너무나도 아깝지 않은가? 그런 식으로 무너뜨리고 나면 복구도 안 될 거네."

"아깝죠. 갈비뼈가 윙윙대면서 떨릴 정도로 아깝고, 오죽하면 돈가스를 먹으면서도 무슨 맛인지 모를 정도입니다. 그래도 죽 쒀서 놈들에게 넘겨주는 것보단 낫죠."

"하긴, 하벤 제국 놈들에게 갖다 바치느니 차라리 그게 나을지도……."

"확실하게 실행에 옮길 수는 있으시겠죠?"

"뭐, 우리 건축가가 가지고 있는 건물 붕괴술을 쓴다면 충분히 해낼 수 있지. 시일이 촉박하기는 하지만 알카사르의 다리를 무너뜨려 날짜를 조금 벌어서 지금부터 준비를 한다면……."

건물 붕괴술은 건축가의 비기이면서도 조각 파괴술처럼 상당히 널리 알려진 기술에 속했다.

대단한 건축물을 여러 개 건설하고 나면 자연스럽게 익히게 되는 스킬.

물론 단순히 스킬만 쓴다고 되지는 않고, 특정 지지대들을 미리 약화시켜 놓거나 하는 사전 작업은 필요하다. 건축물의 꼭 필요한 부위들에 건물 붕괴술을 써 놓지 않는다면 제대로 파괴되지 않을 수도 있었다.

왕궁을 직접 지은 건축가들은 내구성을 책임지는 부위들을 숨겨진 곳까지도 자신의 손바닥만큼 훤히 알고 있었기 때문에 별문제가 아니다.

"한꺼번에 무너뜨려서 점령군에 최대한의 피해를 입혀야 됩니다."

"그것도 어렵지 않게 가능할 걸세. 여러 개의 산봉우리에 지어진 대지의 궁전 특성상 전부 연결이 되어 있으니 하나가 붕괴되면 나머지는 연달아서 무너지게 되어 있지."

"문제는, 그냥 왕궁만 부숴서는 건축에 들인 시간과 비용만 아깝습니다. 최대한의 살상력을 발휘해야 하는데요."

"건물이 무너진다면 얼마 깔리긴 할 테지만, 헤르메스 길드 놈들이야 꿈쩍도 안 할 테지. 금방 빠져나와 버리고 말 걸세."

"그래서 말인데, 대지의 궁전이 산 위에 있지 않습니까. 그 점을 이용할 수 있을 텐데요."

"설마… 왕궁 건물을 이용해 산사태가 벌어질 정도로 무너뜨리란 말인가."

"가능하다면요."

"왕궁이라면 산사태를 일으킬 정도의 재료로 충분할 테지. 알카사르의 다리 이후에 건축가들이 바로 작업을 하고 광부 유저들에게 지반공사를 부탁하면 어쩌면 시도는 해 볼 수 있을지도……."

"꼭 부탁드립니다."

"자네는 정말 무섭군. 이런 생각을 아무나 떠올리고 행동에 옮길 수 있는 건 아닌데."

"본전을 찾고 싶을 뿐입니다."

위드와의 대화를 떠올린 파보의 얼굴은 침울해졌다.

건축가들의 염원으로 이루어진 왕궁을 부숴 버려야 하고, 이 계획을 자신의 손으로 실천에 옮겨야 한다.

파보 혼자서 할 수는 없는 큰 작업이라서 보안을 최대한 유지하면서 북부의 건축가, 광부 몇 명과도 동시에 사전 작업을 했다.

"기, 기가 막히는군요. 꼭 해 보겠습니다."

"궁전 아래의 땅을 파서 지반을 약화시키면 된다는 거지? 갱도를 넓고 크게 파서 나중에 무너지는 것쯤은 신경도 안 써도 되고… 광물을 찾는 것도 아닌데 뭐가 빠지도록 곡괭이

질을 해야 하겠는걸."

 특히 건축가들의 우상, 나뭇가지 몇 개만 주면 단열과 난방이 완벽하며 빗물까지 새지 않는 건축물을 만들 수 있다는 대륙 최고의 건축가 미블로스에게도 이야기를 전했다.

 미블로스는 북부로 온 지는 얼마 안 되었지만 조인족들의 자유로움을 부러워하며 무료로 나무 둥지들을 꼼꼼하게 제작해 주고 있었다. 건축가들은 전문직인 만큼 결과물을 보면 그 성격도 짐작할 수 있다.

 하벤 제국군을 막는다면서 남쪽으로 떠나려는 그에게 계획을 알려 주고 나니 동참하기로 했다.

 "…무서울 정도로 과감한 계획이군. 결과물을 생각하니 소름이 돋아. 그런데 내가 가지고 있는 스킬로 그 계획의 불확실성을 보완하고 규모를 조금 더 키울 수 있을 것 같은데."

 "정말이십니까? 실례가 아니라면 스킬의 이름을 알 수 있을까요?"

 "산사태, 지반 붕괴술."

 "정확히 필요한 스킬이군요. 그런 엄청난 스킬이 건축가에게 있었습니까?"

 "건축가의 비기 중에서 붕괴술과 연계된 2차 스킬인데, 익히기가 쉬운 건 아니었지."

 "흠, 과연 미블로스 님은 대단하시군요."

 "나도 익히고 난 후에 써 본 적은 없는 스킬이라서 영향력

같은 건 알지 못해. 너무 엄청난 파급효과가 일어나는 건 아닐지 모르겠네."

"그렇다면 제 선에서 결정할 문제는 아닌 것 같습니다."

파보는 즉시 위드에게 보고를 했고 허락을 맡았다.

위드는 당시 이렇게 말했다.

"잘됐군요. 왕궁값은 톡톡히 받아 내야 되겠죠. 예상보다도 규모가 커지더라도 상관은 없을 것 같습니다. 뒤통수를 칠 때는 확실하게 쳐야 하니까요."

그렇게 결정되어서 건축가들은 비밀리에 대지의 궁전에 철저한 사전 작업들을 해 놓았다.

필요한 순간이 되면 대지의 궁전을 떠받치는 지지대들은 효력을 다하고 말 것이다. 왕궁이 연쇄적으로 무너져서 사람들을 덮치기 시작할 것이며, 타이밍을 잘 맞춰 미블로스의 산사태와 지반 붕괴술까지도 덩달아서 펼쳐지리라.

그 순간이 두려워지는 파보였다.

-작전을 개시합니다.

그때 그에게 귓속말이 전해졌다.

"크으으, 결국 이렇게 되는군."

파보는 자신과 연계된 건축가들에게 귓속말을 넣었다.

-시작합시다. 그에게서 연락이 왔습니다.

-알겠소. 결국 그렇게······.

-왕궁이 침략당하고 있으니 어쩔 수 없겠지요. 하벤 제국의

개들을 쓸어버립시다.

건축가들도 전투를 보고 있었는지 대답은 바로 도착했다.

파보는 호주머니에서 대지의 궁전을 축소한 작은 모형을 꺼냈다. 건물 붕괴술을 사용할 때에는 필수적으로 건축 모형을 필요로 한다.

"에라, 끝장이다. 건물 붕괴술!"

파보는 흙을 구워서 만든 대지의 궁전의 모형을 땅에 내팽개쳤다. 그 이후에 벌어질 상황은 차마 보고 싶지 않았다.

-스킬, 건물 붕괴술이 사용됩니다.

세계를 구하는 용사, 헤스티거.

그는 6군단의 지휘 체계를 완전히 무너뜨렸다.

군단장 드롬이 쫓기는 사이에 그를 구하러 온 기사단을 격파했고, 중간 지휘관들에게도 화살을 쏘았다.

추격전을 벌이거나 시미터를 휘두르다가 눈 깜짝할 사이에 등에 메고 있는 활을 꺼내서 강자들을 향하여 화살을 쏘았다.

활쏘기는 사막 전사의 주특기 중 하나.

어느새 상당히 강한 헤르메스 길드 유저를 해치우고 나서

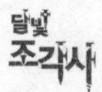

전리품으로 하이 엘프의 '숲의 맑은 영혼을 울리는 활'을 입수하였던 것이다.

하이 엘프의 활은 희귀하기도 할뿐더러 그 검증된 위력으로 유명하다.

정확도와 사정거리, 속사, 마법과 정령술의 피해까지 추가로 입히는, 하이 엘프의 활 중에서도 상위권에 속하는 물품.

헤스티거의 손을 떠나서 번개가 꿰뚫는 듯한 속도로 날아간 화살은 어김없이 백발백중의 위력으로 목표를 사망에 이르게 만들었다.

위드가 알았다면 급성 위장병으로 대학 병원 응급실에 실려 가고 말았을 정도의 활을 얻어서 써먹고 있는 것이다.

"꺄악! 헤스티거 님, 힘내세요!"

"어머나, 날 보고 웃어 주셨어!"

헤스티거가 싸우는 주변에는 조인족 암컷 주민들이 무리를 이루어 따라다니고 있었다.

그사이에 반해 버린 것!

뾰족하고 날카로운 부리를 쩍 벌리고 부리부리한 눈동자를 굴리면서 따라다니는 암컷 조인족들이었다.

지휘가 가능한 유저들과 기사들이 헤스티거에 의해 거의 몰살당한 6군단은 북부 유저들에게 맹공을 당했다.

"모두 힘을 내십시오. 대제왕을 믿는다면 우린 반드시 이겨 낼 수 있습니다."

헤스티거의 몸에서는 거센 화염이 사방으로 일어난다. 그가 달려서 지나간 자리에는 들끓는 용암의 길이 만들어졌다.

용암의 강.

생명체가 접근하면 붉게 흐르는 용암이 마구 폭발한다.

사막 전사의 최상위 스킬 중 하나!

스킬을 터득하기 위해서는 용암이 분출되고 있는 화산에 방문하여 특수한 의식을 펼쳐서 힘을 얻어야 했다.

위드는 시간이 아까워서 배우지 못한 스킬 중의 하나였는데, 헤스티거는 고요의 사막 너머에서 익혀 놓은 것이다.

지나간 곳 뒤로 용암의 강이 생겨나면 군대는 통행이 불가능하게 분리되어 버리고 만다. 또한 화염의 기운을 얻을 수 있기에 사막 전사들의 경우에는 생명력의 회복이나 스킬의 강화가 가능했다.

위드는 사막의 대제왕 시절에 반쪽짜리 사막 전사에 가까웠다. 특정 스킬이 있더라도 퀘스트를 거쳐야 하거나 스승을 찾아야 한다면 굳이 익히지 않았다.

헤스티거가 지고의 화염을 다루는 탓에 하벤 제국군에서는 어마어마한 피해를 계속 입었다.

넘실거리는 화염 각인의 위력도 극대화되었다.

병사들끼리 연달아 불이 붙으면서 소멸되었다. 기사들조차도 근처에 다가오지도 못하고 떼죽음을 당했다.

전쟁의 시대를 휩쓸었던 영웅 중의 1명이 나타나서 현시대

에서 최강으로 군림하는 하벤 제국군을 맹렬하게 공격했다.
 헤스티거는 2군단이 지키는 영역으로 도주하려는 드롬마저도 따라잡았다.
 "이걸로 끝이다. 기사답게 당당하게 죽음을 맞이하라."
 "위드, 그 간악하고 음흉한 놈이 이런 비열한 수단을 숨기고 있을 줄은······."
 "대제왕을 모욕하지 마라. 그분의 숭고하고 거룩한 뜻을 너는 조금도 헤아리지 못한다."
 "허어."
 드롬은 가슴이 답답해서 미치고 팔짝 뛸 지경이었다.
 어디서 이런 괴물이 나타났는지, 그것만도 분통이 터질 일인데 그는 위드의 절대적인 정신적인 노예이기까지 했다.
 "나를 지켜 다오!"
 드롬의 간절한 외침에 2군단 소속 기사단이 말을 타고 달려왔다.
 "종말의 날!"
 헤스티거의 광역 스킬은 드롬과 함께 기사단까지도 깨끗하게 소멸시켰다. 드롬은 상당한 강자였지만 도주를 하면서 생명력에 계속 피해를 입어 왔던 탓이 컸다.
 그리고 그때부터 헤스티거의 목표는 2군단으로 바뀌었다. 신속한 기동력과 강력한 돌파력을 바탕으로 전장을 지배하던 2군단이 최악의 적을 맞이하게 된 것이다.

그러나 정말 중요한 싸움은 대지의 궁전에서 벌어지는 전투!

"아아, 이미 늦었어."

"저것들이 벌써 성문까지 깨고 들어갔어. 방법이 없어."

북부의 유저들은 대지의 궁전을 구하고 싶었지만 다 끝났다고 생각했다. 대지의 궁전이 있는 산봉우리와 그 인근은 하벤 제국군으로 가득했던 것이다.

드르르르르르르르르!

쿠그그그그그긍!

그때 갑자기 울리는 굉음.

대지의 궁전에서 땅이 울리는 듯한 소리가 나더니 곧 산봉우리가 눈에 보일 정도로 거세게 흔들렸다.

전투가 잠시 멎었다.

북부 유저들이나 하벤 제국군이나 모두가 시선을 대지의 궁전으로 고정시켰다.

그들이 보는 사이에도 왕궁과 산봉우리들이 심하게 흔들리며 무너지고 있었다. 하벤 제국의 황궁에는 비교할 수 없지만 그래도 상당한 면적과 크기를 자랑하는 대지의 궁전의 건물과 성벽이 산산조각 났다.

"말도 안 돼. 저게 말이 돼?"

"안 되지 않나."

"근데 끝내주긴 한다."

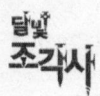

"우으아아아아아!"

트리온은 힘껏 비명을 질렀다.

비겁자 트리온.

초보 시절에 던전 사냥을 가서 동료들을 내버려 두고 도망쳤더니 붙게 된 호칭이었다. 그 후로 레벨을 아무리 많이 올려도 비겁자라는 호칭은 떠나지 않았다.

트리온은 땅이 흔들리자마자 고함을 질렀다.

"나 다시 죽기 싫어어어어어!"

알카사르의 다리에서 강에 떨어지며 죽었던 기억이 떠올랐다. 그 굳건한 다리가 흔들리더니 한순간에 추락하게 되었다.

대지의 궁전에 막 발을 올린 지금도 그와 비슷한 느낌이었다.

산봉우리가 우르르르 하는 소리를 내면서 통째로 흔들린다. 왕궁 바닥에 깔려 있는 청석판들이 춤을 추듯이 일어나서 제멋대로 흩어지고 있었으며, 궁전 건물들은 기둥이 옆으로 쓰러지고 천장이 무너졌다.

"건물이 붕괴한다아아앗!"

1군단의 지휘부와 3군단, 4군단에서까지도 일부 트리온의 비명 소리를 들을 수 있었다.

"뭐. 뭐지? 지진인가?"

"드라카 님, 대지의 궁전이 무너지려는 것 같습니다."

헤르메스 길드 유저들도 흔들림을 느끼고 있었다. 그들이 보는 사이에 대지의 궁전의 몇몇 큰 건물들이 옆으로 쓰러지기도 했다.

"쯧쯧, 우리가 정복을 하지 못하도록 파괴를 선택했나?"

"그런 것 같은데요. 그렇다면 직접 정복하지 못해서 아쉬운데요."

"어차피 왕궁은 철저히 파괴해 버릴 셈이었으니 결과적으로 달라질 것도 없겠군."

헤르메스 길드 유저들은 눈앞의 토끼가 도망치는 기분에 아쉬움이 들었다.

그때 위드가 외쳤다.

"모든 조인족들은 전투를 중지하고 사람들을 구출하라! 1명이라도 더 구해야 한다!"

드라카는 얼음물을 뒤집어쓴 듯이 정신이 번쩍 깨었다.

"뭣이?"

대지의 궁전을 포기하는 선에서는 이해할 수 있다. 그렇지만 상당한 전투력을 가진 조인족들에게 인명 구조의 역할을 지속해서 맡기다니, 감이 좋지 않았다.

드라카 : 뭔가 심상치 않다. 지휘관들은 현재 위치와 상황을 보고하라.

페르시오네 : 성문으로부터 100미터 정도 안쪽입니다. 건물들이 무너지고 있습니다.

차커 : 대략 400미터 안쪽입니다. 왕궁의 중심 건물들로 이어진 통로가 막혔습니다. 3군단이 보입니다.

시르밧 : 성벽을 넘어서 침투. 건물들 때문에 정확한 위치 파악 어렵습니다. 4군단 병력 발견! 군단장 인스트리움이 보입니다. 그들도 왕궁에 진입한 상태입니다.

드라카는 위드를 처리하기 위하여 상당히 많은 병력을 데리고 성문 근처에 남았다. 그렇기 때문에 시각적으로 전체적으로 벌어지는 상황을 파악할 수가 없었다.

하지만 연속으로 들어오는 보고는 등줄기에 전율이 일어나게 하기에 충분했다.

대지의 궁전이 파괴되는 것쯤은 이해를 한다.

중앙 대륙에서도 정복 전쟁이 일어났을 때 침략자에게 빼앗기기 싫어서 불태워 버리거나 철저히 부숴 버리는 경우가 비일비재했다. 사실 자신도 다른 세력이 침공을 해 온다면 그냥 왕궁을 뺏기고만 있지는 않을 것이다.

'그런데 하필 우리 군대가 몰려오고 난 지금이라고?'

드라카는 과도한 긴장으로 몸에서 식은땀이 흐르는 것 같았다.

자신이 싸우고 있는 상대는 전쟁의 신 위드!

절대적으로 이길 수밖에 없는 전투였음에도 불구하고 어쨌든 여기까지 끌고 오게 만든 상대.

'부서지는 것은 왕궁뿐일까?'

머릿속에 의문이 들자마자 땅의 진동이 더욱 거세졌다.

'감이 안 좋아. 판단이 틀리더라도 여기서는 물러나야 한다.'

드라카가 큰 소리로 외쳤다.

"전군 퇴각! 1군단과 3군단, 4군단은 모두 산을 내려가라!"

총사령관이 발휘하는 통솔의 외침!

푸히히히히힝!

하벤 제국군이 타고 있는 말들은 놀라서 발광을 하고 있었다. 병사들 또한 땅의 울림에 의하여 걷지를 못했다.

병력의 진군이 순차적으로 이루어져야 하는 것처럼 철수 역시 마찬가지다. 후방 부대가 신속하게 산을 내려가서 길을 터 주어야만 선발 부대 역시 퇴각이 가능하다.

아직 대지의 궁전을 구경도 하지 못한 후방 부대의 경우에는 지금껏 빨리 진군하라며 재촉을 당했다. 그런데 갑자기 철수 명령이 떨어지자 부대들의 전환은 빠르지 못했다.

"뭐야, 기껏 여기까지 왔는데……."

"1군단이 모든 공적을 독식하려고 하는 거 아닌가? 무너진 왕궁이라도 차지한다면 점령군의 깃발을 꽂을 수가 있잖아."

공적을 높이고 명성을 날리기 위해서 혈안이 되어 있던 헤

르메스 길드의 유저들은 반발심도 들었다.

 북부 대륙 정복을 위한 중대한 순간을 1군단이 빼앗으려는 부당한 명령으로 받아들였다.

 철수 명령이 떨어졌음에도 불구하고 1군단마저도 잠깐 동안은 그런 기분이 드는 것은 어쩔 수가 없었다.

 위드가 일으킬 수 있는 대재앙은 단 한 번이라는 사실이 그동안의 자료를 통해서 파악되었다. 그렇기 때문에 더욱 받아들이기 힘든 부분이 있었지만, 붕괴와 몰락의 순간은 더 빨리 다가왔다.

 대지의 궁전 건물들이 연쇄적으로 가라앉으면서 흙먼지가 크게 일어났다. 성문에서부터 기사단의 숙소, 귀족들의 연회장, 중앙 궁전까지 순차적으로 무너졌다.

 그리고 건물이 주저앉는 것만으로는 도저히 일어나기 힘든 지진이 땅 전체에서 일어났다. 왕궁이 무너지는 것이 산사태와 지반 붕괴술을 더욱 가속화시켰던 것이다.

 터무니없게도 산이 옆으로 기울어지고 있었다.

 콰과과과과과과!

 대지의 궁전이 무너지며 생겨난 건축 잔해들이 경사를 따라서 아래로 굴렀다.

 "우으와아아아악!"

 산사태라고 보기에는 너무나도 압도적인 장관!

 수많은 유저, 하벤 제국의 정예 기사단, 전투마와 마차,

돌덩이들이 아래로 휩쓸려서 내려가기 시작했다.

"째재잭!"

조인족들은 필사적인 구출을 감행했다.

"사, 살려 주세요! 모라타에 판잣집 대출금도 아직 다 못 갚았어요."

"풀죽신교의 오랜 전통을 자랑하는 닭죽부대 하얀무, 여기서 명예롭게 죽겠다!"

흙먼지로 시야가 1미터도 되지 않는 가운데에도 조인족들은 날아왔다. 억센 발톱에 사람이 걸리면 일단 따지지 않고 공중으로 데리고 올라갔다.

"휴, 영락없이 죽는 줄 알았는데 간신히 살았네. 구해 주셔서 고맙습니다."

"쪼로로롱!"

"에잇, 감히 대하벤 제국의 기사 로스다무를 납치하다니, 이 더러운……."

"까악!"

휘리리릭!

"으아아아악! 놓지 마!"

조인족들은 구출 작전에서 더 용맹했다.

벽에 부딪치고 무너지는 나무 기둥에 깔렸다. 깃털과 얼굴이 먼지를 뒤집어써서 회색빛으로 변했음에도 날렵하게 날아들었다. 살아 있는 북부 유저들이 몇 되지 않기에 신속하게 대부분 구출했다.

"블링크!"

위드는 때마침 날아온 불사조의 등 위로 순간 이동했다.

콜택시처럼 정확하게 날아온 불사조였다.

그리고 그때를 맞춰서 아래에서부터 허물어져 내리는 산!

대지의 궁전을 나누어서 지탱하던 여러 개의 산들은 산사태와 지반 붕괴로 몸살을 앓았다. 그러면서 왕궁 건물들 역시 분열과 파괴가 가속화되어 무너지면서 아래로 굴러떨어지고 있었다.

"아까운 내 돈······."

위드는 피눈물을 삼켜야 했다.

아르펜 왕국의 통치를 위해서, 비좁은 흑색 거성의 단칸방이 아니라 어마어마하게 호화로운 왕궁이 생겼다. 그런데 불과 이 주일도 지나지 않아서 흔적조차 찾기 어렵게 되었다.

"부동산으로 흥한 자, 부동산으로 망한다더니··· 요즘 미분양 문제나 집값 하락으로 고통받는 사람들 이야기가 남 일이 아니었어."

대지의 궁전은 산들과 함께 완벽하게 허물어지고 있었다.

누구도 멈출 수 없으며, 걷잡을 수 없는 중대한 사태.

산사태와 지반 붕괴술이 순수하게 이만큼의 위력을 보이는 것은 아니었다. 이러한 유의 스킬들은 지형의 영향을 매우 크게 받는다.

무너지는 왕궁 295

산들은 무거운 대지의 궁전이 짓누르는 하중을 견뎌 내고 있었다. 그런데 건축가와 광부 들의 사전 작업에 의하여 크게 약화되었다.

이때 산사태 스킬을 사용하니 산의 일각이 그대로 무너지고 왕궁의 다른 곳으로 연결된 하중은 늘어나게 되어 규모가 점점 커지게 되었다.

위드는 지상을 보다가 망연자실해 있는 드라카와 눈이 마주쳤다.

"……."

일대일 승부를 벌이자고 당당하게 외칠 때와는 달리 지금은 성문 근처에 남아 감당하기 불가능한 현실에 넋을 놓고 있었다. 바로 근처가 기울어지면서 바위가 치솟고 무너지고 있었음에도 살기 위해 움직여야 한다는 생각조차 못 하고 있는 것이었다.

하벤 제국군의 북부 정벌군은 드라카 자신의 목숨보다도 더 귀중하다.

명예와 권력, 돈.

자신이 누리던 그 많은 것들이 한꺼번에 죽어 나가고 있었으니 어찌 감당할 수 있겠는가.

위드는 그를 향해, 들리지는 않을 테지만 작게 이야기했다.

"이게 인생이야. 별거 없더라니까."

하벤 제국의 불행

아르펜 왕국의 영역에 있는 모든 유저들에게 메시지 창이 떴다.

띠링!

-아르펜 왕국의 왕궁이 전쟁과 재해로 인하여 파괴되었습니다.
대지의 궁전의 모든 건물들이 완파되었으며 왕국의 수도도 역할을 하지 못하게 되었습니다.
지역 정치가 크게 퇴보합니다.
군대의 사기가 악화됩니다.
왕국에 대한 주민들의 충성심이 저하됩니다.
불안감에 치안이 악화되고, 반란군과 저항군이 출현하게 될 수 있습니다.
특정 지역이나 종족들의 분리 독립 요구가 발생할 가능성을 높입니다.
똑똑한 몬스터들이 더 자주 왕국의 변방 마을을 침략합니다.
주민들의 소비와 상업이 불황에 빠지게 되어 경제력이 감소할 것입니다.

> 일시적으로 세금 납부율이 줄어들게 됩니다.
> 왕국 내부의 혼란으로 인근 지역에 대한 영향력이 0%가 되었습니다.
> 아르펜 왕국의 영역 내에서 건설 중이거나 계획 중인 위대한 건축물 14개의 진행 상태가 지연됩니다.
> 69개 마을이 왕국 소속에서 이탈합니다.
> 문화적인 확장이 일시 중단되고, 다른 지역으로 퍼지고 있는 문화 영향력이 수도를 재건할 동안 효력을 상실합니다.
> 아르펜 왕국과 관계된 모든 퀘스트들의 보상이 정상적으로 지불되지 못하거나 취소됩니다.

왕궁 붕괴에 따른 엄청난 불이익.

긴 문장을 다 읽기도 전에 북부 유저들에게는 대지의 궁전과 함께 1군단, 3군단, 4군단이 괴멸되는 모습부터 보였다.

"으아아악! 말도 안 돼."

"최고다! 이런 반전을 기대하고 있었다고!"

평원의 유저들은 한꺼번에 환희의 함성을 질렀다.

헤르메스 길드와 하벤 제국군으로서는 심히 당황스러웠다.

왕궁 파괴의 목표는 달성했더라도, 집단 공황 상태에 빠졌다고 해도 좋을 정도로 절망적이었다.

병력이 절반 정도로 줄어들었을 뿐만 아니라, 북부의 유저들은 여전히 어마어마하게 많다. 대지의 궁전이 남아 있을 때는 저곳만 부숴 버리면 전투가 끝날 것 같았지만, 이제는 영락없이 북부 유저들 전원을 해치워야 할 것이다.

"북부로 쳐들어온 자들을 한 놈도 남김없이 죽이자!"

"대지의 궁전을 잃어버린 대가를 받아 내자."

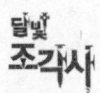

"풀죽의 이름으로!"

북부 유저들의 사기가 올랐다.

전쟁의 양상도 완전히 바뀌었다.

어떻게든 하벤 제국군을 막아 내야 하는 전쟁에서, 그들을 남김없이 쓸어버리려는 극적인 태도 변화가 있었다.

시기적절하게 막대한 병력을 매몰시킨 대지의 궁전 붕괴는 당사자들이 갑자기 전쟁의 승기가 기울었다고 느끼게 하기에 충분했던 것이다.

'이건 아니잖아.'

'할 만큼은 했다. 여기 남아 있어서 좋은 꼴은 못 볼 것 같다.'

'이 틈이야. 남들보다 빨리 선수를 쳐야 돼. 몰래 빠져나가면 티도 나지 않겠지.'

영악한 헤르메스 길드 유저들은 벌써부터 부대를 이탈해서 슬그머니 발을 빼고 있었다. 북부 유저들에게 그 모습들까지 보임으로써, 확실한 승리를 위한 일방적인 전투가 벌어졌다.

하벤 제국군을 향하여 사방에서 밀려드는 유저들.

2군단과 5군단은 아직 원거리 파괴 전력을 유지하고 있었지만 모든 방향의 적들을 물리치기에는 이제 무리다.

온통 북부 유저들에게 둘러싸여서 사투를 벌여야 했다.

전장을 휘젓고 다닌 헤스티거는 힘이 빠질 만큼 빠졌어도 여전히 시미터를 휘둘러서 한 번에 3~4명씩 불태우는 극강의 위력을 발휘했다.

위드는 불사조를 타고 하늘에서 사자후를 터트렸다.

"모두를 위해 맛있는 밥상이 차려졌다! 아르펜 왕국의 용사들이여, 기회를 놓쳐서는 안 될 것이다! 머뭇거리다가는 맛도 못 보고 끝나고 말리라!"

왕궁 파괴 이후로 꼬인 기분.

남아 있는 하벤 제국군을 향하여 공격 명령을 내린 것이다.

하벤 제국군의 잔여 병력도 1개 국가를 상대로 하기에는 충분했지만, 전투의 흐름과 상황은 그들을 약자처럼 느껴지게 만들었다. 전투 초창기에 비하여 너무나도 약해지고 병력도 감소했으며 분산되었다.

"이건 뭐… 정말 차려진 밥상인데."

"숟가락만 올려놓으면 되겠어요, 여보!"

"아직 싱싱하게 살아 있으니 조심해서 잘 먹읍시다."

북부의 고레벨 유저들.

다크 게이머들.

헤르메스 길드와 하벤 제국군의 위력에 대해서 누구보다도 잘 알기에, 그리고 무의미한 죽음을 아까워했기에 손 놓고 있던 이들이 전투에 참여했다.

헤르메스 길드에 소속된 유저가 아니면 모두가 단합해서 그들을 상대로 싸움을 시작했다.

구경하기 위해 평원 너머를 새까맣게 차지하고 있던 초보자들, 고레벨 유저들 가리지 않고 무섭게 덤벼드는 것이다.

위드의 명령이기도 했지만, 그들이 보기에도 지금 구경만 하고 있는다는 건 너무 멍청한 행동이다.

하벤 제국군과 헤르메스 길드의 악명이 대단하게 퍼져 있는 만큼, 역으로 생각하면 그들을 물리쳤을 때의 이득도 가장 컸다.

위드의 말대로 정확하게 진수성찬!

유저들도 신바람이 나서 외쳤다.

"조인족님, 저희 좀 태워 주세요!"

"어디까지 가세요? 혹시 저쪽을 공격 가실 거면 거기까지만 데려다 주실 수 있을까요?"

지나가는 조인족들이 있으면 정중하게 탑승을 요청하는 유저들.

그들은 하벤 제국군의 머리 위에서 무작정 낙하를 했다.

정예화된 공수부대처럼 깔끔한 낙하가 아니라 50미터, 100미터 상공에서 그냥 땅에 떨어지고 보는 것이다.

"우헤헤헤헷."

"간드아앗!"

바로 밑에 적이 있으면 깔아뭉개고 나도 죽고, 혹시나 운 좋게 살아남으면 주변을 공격.

"이런 미친놈들!"

헤르메스 길드의 유저들은 이를 갈았다.
　마법사, 궁수는 물론이고 기사단의 돌격까지도 거의 무용지물이 되었다. 사방에서 몰려오는 북부 유저들을 상대로 하여 어떤 전술적 목표를 가지고 어디를 공격할 것인가.
　게다가 북부 유저들의 습격은 작전이라고도 부를 수 없는 무모한 시도였다. 하늘에서 떨어지거나, 앞뒤 안 가리고 전력으로 달려와서 부딪친다.
　생존율이 거의 없는 터무니없는 행동을 벌이는데, 그 피해가 생각 외로 너무 막심하다.
　헤르메스 길드 유저들은 자괴감까지 느꼈다.
　중앙 대륙에서 그들은 고개를 빳빳하게 들고 귀족처럼 살았다. 그들의 말에 무수히 많은 유저들이 긴장하였으며 감히 반발 같은 건 있을 수도 없었다.
　그런데 북부 대륙으로 와서 이 무슨 고생이란 말인가.
　하벤 제국군과 헤르메스 길드에서는 무너지는 군대를 지탱하고 일으켜 세워 보려고 했지만 더 이상의 반전은 없었다.
　생각할 겨를도 주지 않는 북부 유저들의 맹공!
　위드와 헤스티거의 활약, 그리고 날이 바짝 서 있는 북부 고레벨 유저들의 참전으로 인해서 균형추는 완전히 넘어가 버리고 말았다.
　그날 밤, 평원에 남아 있는 사람은 북부의 유저들뿐이었다.
　아르펜 왕국의 병력 일부와 조인족 주민, 크게 피해를 입

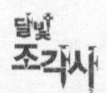

지 않고 얍삽하게 실속을 챙긴 조각 생명체들, 또한 네크로맨서들이 일으켜 세운 언데드만이 겔겔거렸다.

"만세!"

"아르펜 왕국이 침략을 막아 냈다!"

"얼씨구, 좋다."

"풀죽, 풀죽, 풀죽!"

> -하벤 제국군의 북부 대륙 원정군에 속해 있는 1군단, 2군단, 3군단, 4군단, 5군단, 6군단이 전멸했습니다.
>
> 1명의 생존자도 없는 완벽한 전멸입니다.
>
> 모든 전투 물자를 노획당했습니다.
>
> 공성 병기들이 전부 파괴되었습니다.
>
> 제국의 명성이 14 낮아집니다.
>
> 제국 군대의 사기가 저하됩니다.
>
> 제국의 영토에서 치안이 다소 악화되고, 불온한 움직임이 늘어날 것입니다.

바드레이와 라페이, 헤르메스 길드 수뇌부의 얼굴은 경직되어 있었다.

'이럴 수가… 질 수 없는 전쟁을 졌다.'

'드라카 군단장의 돌발 행동이… 아니야, 그를 탓할 수는 없다. 그는 상황에 맞춰서 합리적인 판단을 했다. 느긋하게 차분히 싸웠더라면 결과적으로는 좋았겠지만 그러지 못하게

몰아가는 흐름이 있었다.'

'애초에 대지의 궁전을 건설이 힘든 산 위에 지었던 게 설마… 우리 하벤 제국의 침략과 정복을 예상한 선견지명이었단 말인가. 그 함정에 걸려든 우리는 패배를 한 것이고? 전쟁의 신 위드, 너무나도 끔찍한 적이다.'

'저 막대한 병력이 소멸해 버리다니. 저 군대가 하벤 제국의 전부는 아니지만 중요한 전력이었다. 저만한 숙련된 병력을 키워 내려면 얼마나 많은 시간을 들여야 하는데.'

'헤르메스 길드의 불패 신화가 또 위드에 의해 무너졌다. 대지의 궁전을 파괴한 건 좋은 일이지만 그 모양새도 반드시 좋진 않았다.'

수뇌부마다 전쟁의 여파에 대해서 생각해 보려고 했지만 지금으로서는 객관적인 상황 판단이 안 되어서 정확히 알 수 없었다.

확실한 것은, 북부 정벌군이 왕궁을 파괴했더라도 얻은 것보다는 잃은 게 훨씬 더 많다. 무엇보다 전쟁의 신 위드는 다시금 명성을 드높이게 될 것이다.

그러한 분위기로 인하여 하벤 제국의 황궁 연회실에서는 깊은 침묵이 흘렀다.

헤르메스 길드에 투자한 자산가들도 말이 없었다.

'흠, 큰돈을 들인 사업인데… 아니, 돈이야 상관없다. 헤르메스 길드, 자신들의 미래 가치를 모르기에 헐값이나 다름없

는 가격에 투자를 할 수 있었지. 그들의 생각보다도 훨씬 큰 가능성을 가진 사업이니 손해는 없다. 그래도 예측하지 못한 사업상의 불확실성이 있었군.'

'베르사 대륙. 가상현실이기는 하지만 또 다른 하나의 완전한 세계가 아닌가. 이곳에 권력과 힘을 가질 수 있는 투자라면 그 자체로 가치가 충분하다. 역으로 남들보다 먼저 투자를 할 수 있어서 대단히 다행스러웠다고 봐야겠지. 대륙 정복의 과제가 당분간 미루어졌다고 해도… 현재의 절대적인 우위가 지속되고 있으니 곤란하진 않다.'

'흔히 전도유망한 신생 기업에 투자를 하고 나면 성공한 창업자나 기업가는 투자자들을 우습게 보는 경향이 있지. 약간의 실패도 경험해 봐야 이후 고분고분해지는 법이다.'

자산가들은 먼저 계산을 끝냈다. 그들끼리는 간단한 눈빛 교환만으로도 현재의 상황에 대해 논의를 마쳤다.

자신들은 거액을 투자하고 헤르메스 길드의 지분을 갖게 되었다.

바드레이와 라페이 등, 기존의 수뇌부가 사업을 계속 잘 이끌어 준다면 더할 나위 없이 좋지만 창업보다는 유지가 더 어렵다.

헤르메스 길드는 너무 수월하게 대륙의 패권을 차지했다. 경쟁자가 있어서 적당히 유지되는 긴장감이라면, 꼭 나쁜 건 아니다.

이익 분배와 견제를 위해서도 투자자들의 입김이 강해질 필요는 있었다.
　자산가들이 헤르메스 길드에 가지고 있는 지분은 총 45%.
　원한다면 지분을 가진 수뇌부 몇 명을 매수해서 길드의 수장을 갈아 치울 수도 있지만 그렇게까지 책임을 물을 일은 아니라는 판단이 내려졌다. 바드레이와 라페이가 건재한 편이 헤르메스 길드의 기득권 유지, 나아가서 자신들의 이익에 유리하기 때문이다.
　'자존심 강한 인간일수록 실패를 경험해야 더 열심히 하는 것이지.'
　'하벤 제국은 탄탄한 기반을 가지고 있다. 다른 도둑들을 막기 위해서라도 사냥개를 배불리 먹여야 할 시기.'
　자산가들은 적당한 미소를 지었다.
　헤르메스 길드의 수뇌부는 마치 죄라도 지은 것처럼 아무 말도 못 하고 있었다.
　사실 그들의 잘못이라고 할 수는 없지만 투자자들의 기대에 미치지 못했으니 죄의식이 생기는 것도 어쩔 수 없다. 자고로 자본은 권력 그 자체이며, 없는 죄도 만들어 내는 것이었으니까.
　자산가들이 자리에서 일어났다.
　"전투 잘 봤습니다. 다음에는 조금 더 기대를 하지요."
　라페이가 따라서 자리에서 일어났다.

"벌써 가시겠습니까?"
"더 볼 것도 남아 있지 않고……."
"……."
"식사가 참 맛있더군요. 조만간 다시 자리를 마련해 주실 수 있겠지요? 그렇게 서두르지 않아도 좋습니다. 기대 밖의 실패는 때때로 즐거움을 주지만 다시 반복되면 곤란하니까요."
"명심하겠습니다."

자산가들이 떠나고 나서 헤르메스 길드에서는 북부 공략에 대한 새로운 계획을 세우기에 여념이 없었다.

"승리에 기뻐하고 있는 놈들에게 대대적인 군대를 보내서 단숨에 진압합시다."

"제국에 정예 병력은 넘쳐 납니다. 그리고 우리 헤르메스 길드에서도 추가적인 인원을 파견하여……. 북부의 숲과 들을 불태우고 모든 건물들을 다 부숴 버리지요."

"다시는 재건이 불가능하도록 특별한 저주를 쓰는 방법도 제안합니다."

헤르메스 길드에서는 감히 넘볼 수도 없을 만큼 엄청난 군대를 보내서 완전한 파괴를 일으키자는 의견들이 봇물처럼 나왔다. 그들이 겪은 이번의 패배는 그만큼 자존심에 뼈아픈 상처로 남았던 것이다.

바드레이와 라페이는 아무 말도 하지 않았다.

'위드. 더 이상 그 이름을 중요하게 듣게 되지 않을 줄 알

았는데. 끈질기군. 내가 나서서 끝을 내야 한다는 말인가.'

'좋지 않아. 북부 공략은 이번에 마무리가 되었어야 했다. 하벤 제국의 현재 전력이 대륙을 정복하기에 충분하다고는 하나… 전쟁이 길어지게 되면 그만큼 내정이 어려워진다. 지금부터는 발전과 국력 향상에 힘을 쏟아야 하벤 제국의 장기적인 통치가 가능해질 텐데 다시 전쟁이라니.'

라페이가 느끼기에 여러모로 달갑지 않은 결과임에는 틀림이 없었다.

'그렇더라도 북부를 놔둘 수는 없는 입장인데. 더 이상 완벽할 수 없는 계획을 짜더라도 막아 내면 그때는 어떻게 하지?'

확인되지는 않았지만 아르펜 왕국에도 심대한 피해를 준 것은 틀림없다.

북부 대륙의 영토는 너무나도 방대하다. 왕궁이 무너진 이상 그 영향력으로 왕국의 행정과 통치에 큰 문제가 발생하게 될 것이다.

대지의 궁전에 이르는 지역까지 하벤 제국이 정복하고, 초기 단계이기는 하지만 마을을 건설하고 안정화하고 있다는 점도 중요했다.

'바르고 성채로 보낸 양동부대는 아직 건재하다. 정벌군의 핵심 병력이 무너진 이상 그들에게 크게 기대를 할 수는 없겠지만… 회군시켜서 정복 지역의 수비를 맡긴다면…….'

하벤 제국은 왕궁을 파괴했으며 북부 대륙의 넓은 땅을 정

복하며 상당한 교두보를 마련한 것을 이번 전쟁의 성과로 두면 될 것이다.

북부 유저들은 하벤 제국의 통치를 원하지 않겠지만, 영토를 되찾는 일은 쉬운 게 아니다. 헤르메스 길드의 유저들이 성벽에서 수비를 하는데 어떤 병력이 감히 넘볼 수 있을 것인가.

'길드의 건축가들을 보내서 요새를 짓자. 인간이란 망각의 동물이지. 전쟁이 장기전으로 굳어지게 되면 익숙해진 유저들도 점점 앞으로 나서지 않게 될 것이다.'

라페이는 몇 가지의 가능하면서도 확실한 이득을 가져다주는 전략들을 떠올렸다.

군사력 측면에서 이번의 패전으로 돌이킬 수 없는 큰 피해를 입은 것까지는 아니었다. 제국의 내부에는 몇 배나 되는 병력이 남아 있고, 시간이 흐를수록 각 도시와 지역을 책임지는 병사들이 계속 성장하고 있다.

경제력, 기술력, 모든 측면에서 하벤 제국이 유리하다고 생각되니 머리 좋은 그에게는 아르펜 왕국을 찜 쪄 먹을 수 있는 방법이 수십 가지 떠올랐다.

'군대를 다시 편성하여 다음 공격에는 2배 정도 되는 병력을 보내면 된다. 절대로 질 수가 없는 병력이 아니라 싸우기도 전에 압도하고 이기는 병력을 진군시킨다. 모든 상인들에게 북부와의 교역을 금지시켜서 철저히 봉쇄하는 것도 좋

겠지.'
 아르펜 왕국을 메마르고 굶주리게 할 수도 있을 것이다.
 드드드드드.
 그때 연회장의 탁자에 놓인 그릇 세트들이 떨리기 시작했다.
 수뇌부가 무심하게 말했다.
 "하필 이런 때에 지진인가?"
 "지진이라니, 상당히 오랜만에 겪어 보는군."
 사냥터나 던전 안에서도 지진이 일어나거나 천둥 벼락이 근처에 떨어지는 경우는 다수 발생했다. 급작스럽게 먹구름이 밀려와서 세차게 내리는 빗줄기를 뚫고 여행을 하는 낭만도 로열 로드의 재미 중의 하나다.
 "말도 안 돼. 우리 제국의 수도에는 대지의 여신이 축복을 부여해서 지진이 나지 않을 텐데."
 "근데 지진이 일어나고 있지 않소?"
 그릇들에서 시작된 떨림은 바닥과 벽, 천장, 모든 것들로 이어지고 있었다.
 '지진은 일어날 수 없다. 설마…….'
 라페이의 눈이 번뜩였다.
 그리고 눈치 빠른 수뇌부 몇몇도 자리에서 벌떡 일어났다.
 방금 전에 아르펜 왕국의 궁전이 무너지는 광경을 보았다. 그래서인지 어떤 끔찍한 사태가 쉽게 연상이 되었다.

"결국 일을 벌이고 말았다. 앞으로 암살자들이 끈질기게 들 쫓아오겠군."

대륙 최고의 건축가 미블로스는 선술집에서 시원한 맥주를 들이마셨다.

"앞으론 이런 여유도 없을 테지."

미블로스는 과거에 하벤 제국의 황궁을 건설하던 때를 떠올렸다.

건축가들에 대한 푸대접 속에서도 최고의 자리에 올라 있던 그에게 황궁의 건축 의뢰가 온 것은 너무나 당연했다.

헤르메스 길드의 랭커가 찾아와서 그에게 말했다.

"돈, 물자, 인력. 필요한 건 무엇이든 말하시오. 즉시 제공을 해 드리지. 단, 우리가 원하는 만큼의 수준을 가진 최고의 황궁을 빠른 시일 내에 완공해 주어야 할 것이오."

"지금은 다른 건설 일을 맡고 있어서… 1개월 후에나 시간이 날 텐데 말입니다."

"취소하시오. 위약금은 우리가 줄 테니까. 아니, 불필요한 과정과 시간을 단축하기 위해, 상대가 누구인지 말하면 우리가 알아서 해결을 해 드리지."

"그래도 약속은 지켜야 합니다. 건축가가 중간에 포기한다는 게 어떤 의미인지 정말로 모르시는 건지요. 그리되면 다른 건축가가 처음부터 다시 설계를 하거나 미완공 건물이 되어…….."

"그런 건 모르겠고. 다른 곳도 아니고 헤르메스 길드의 건축 의뢰를 거절한다면 앞으로 아무 일도 할 수 없을 텐데 후회하지 않을 것이오? 마음대로 거리를 돌아다니지 못하는 것은 물론이고 척살령을 내려서 아예 대륙에서 매장시켜 버릴 수도 있는데."

"…한번 해 보지요."

하벤 제국에서는 말 그대로 모든 건축 물자들을 최고급으로 지원해 주었고 정복 전쟁으로 생긴 NPC 노예도 아낌없이 투입했다.

황궁은 거대한 규모로 이루어지는 대역사였지만 중앙 건물부터 차곡차곡 건설되었다.

대륙의 무수한 건축가들.

지금까지 박봉에 스킬 숙련도가 낮은 도로를 건설하는 데에나 쓰이던 건축가 유저들도 전부 모였다.

어마어마한 사치와 위엄을 자랑하는 하벤 제국의 황궁을 건설하면서 건축가들은 가뭄 속의 단비처럼 기뻐했다.

미블로스도 잠시 동안은 만족했다.

그가 언제 이런 건축물에 손을 댈 수 있겠는가.

베르사 대륙에 황궁이 자주 지어질 리는 없으니 정말 잡기 어려운 기회였다.

구석구석 작은 곳 하나까지 그의 손길이 가지 않은 곳이 없었다.

그런데 헤르메스 길드에서 직위가 높은 유저들이 계속 찾아왔다.

"이 건물은 외관이 마음에 들지 않는군. 내부 공간도 너무 답답하고 기둥이 지나치게 많아. 처음부터 다시 지어 주시오."

"공사 일정이 빠듯합니다. 애초에 보여 드린 건축설계안 그대로 완공이 되었습니다만."

"바드레이 님이 연회를 하실 장소인데 이래서야 되겠소. 건물이 미흡한데 그냥 완공만 시키겠다는 게 건축가의 입에서 나올 만한 말인가. 날짜가 촉박한 것도, 여유를 부리거나 놀지 말고 더 열심히 하면 될 거 아니오?"

"…정 그렇다면 해 보지요."

그 뒤로도 헤르메스 길드의 고위직 유저들은 건설 중인 황궁을 돌아다니며 온갖 지적들을 했다.

"성문을 조금 키웠으면 하는데. 마차 서른 대 정도는 동시에 통과할 수 있도록 말이지."

"물류 이동이 아무리 활발해지더라도 그 정도로 많은 마차가 동시에 한꺼번에 통과할 일은 없습니다. 황궁으로 들어오는 도로의 사정 때문에라도 그만한 마차가 이동해 오는 건 무리인데요. 전체적인 설계안에서도……."

"그만. 대하벤 제국의 성문이지 않소. 그 정도의 규모는

되어야 보는 사람들이 감탄하게 하지."

"정 그러시다면 알겠습니다."

미블로스는 분노를 억눌러야 했다.

"그리고 이쪽으로 좀 와 보시오."

"또 무슨 일입니까?"

"비가 새는 것 같은데. 대륙 최고의 건축가라더니 실력이 형편없군."

"말도 안 됩니다. 절대 그럴 리는 없습니다."

"이쪽을 보면 빗물이 흐르잖소. 뻔뻔하게도 부실시공을 감추려고 하다니 어이가 없군."

미블로스는 기가 막혔다.

황궁에는 수많은 건물들이 있었고, 그저 화려함만으로 채운다면 식상하고 의미도 없다. 그래서 다양한 특색을 부여했다.

헤르메스 길드의 유저가 지적한 것은 천장을 통해 모인 빗물이 건물 벽과 모서리를 따라 시냇물처럼 흐르게 한 시설이었다.

비가 내릴 때의 건축물들은 각별한 운치를 가진다.

빗물을 모아서 맑은 소리와 물결을 볼 수 있게 하면서 각종 조각품들을 통과하게 만든다. 마지막으로는 중앙의 호수로 연결되는, 건축 특징 중의 하나!

미블로스는 들끓는 속을 억누르며 말했다.

"제가 시공 계획에서 이 부분에 대해서 충분히 설명을 드리지 않았습니까? 하벤 제국의 황궁은 물과 어우러지는 곳이 될 거라고요."

"그런 건 모르겠고 기억도 나지 않소. 어차피 이 부분은 황금으로 치장을 하게 될 텐데."

"네? 황금이라니요?"

"모르셨소? 이쪽은 황금 벽면을 만들도록 내가 지시를 했는데."

"건축가인 제 허락도 없이 말입니까? 그렇게 하면 전체적인 황궁의 물의 흐름에 장애가 됩니다. 인정할 수 없습니다!"

"우리 길드가 쓸, 하벤 제국의 황궁인데 누가 누구의 허락을 받아야 하는지 모르겠군. 그리고 경고하는데, 그런 식으로 함부로 말하지 않는 편이 좋을 거요. 우리가 황궁 건설의 기회와 함께 얼마나 많은 지원을 해 주는데, 은혜도 모르고 말이지."

미블로스는 깊은 한숨을 내쉬었다.

'에라, 모르겠다. 니들 마음대로, 될 대로 돼라.'

건축가들이 심혈을 기울여서 만드는 자식과도 같은 건축물.

특히 그 지역의 상징이 될 만한 건물은 건축가의 이름과 함께 알려지게 된다.

미블로스는 하벤 제국의 황궁을 필생의 역작으로 탄생시

키려고 하였지만 시공 과정에서 무수히 많은 자존심의 상처를 입었다.

건축도 그의 의도대로 이루어지지 않았으며, 완공 예정일도 계속 앞당기라는 요구를 받았다.

'1,000년을 이어질 건물을 지으려고 했지만 부실시공을 원한다면 못 할 것도 없으니 그렇게 해 주지.'

공사 현장에서의 고질병이라고 할 수 있는 건축 자재 빼돌리기!

'경량화와 강화 마법 건축 재료들. 이런 것은 정말 짓고 싶은 건축물에 넣도록 빼돌려야지. 일반 강철을 넣더라도 적당히 견디기엔 충분하리라.'

노예들을 이용한 건설 현장에서 그의 은밀한 행동은 발각되지 않았다.

건축술의 높은 스킬 레벨 때문에, 강도가 낮더라도 웬만해서는 무너지지 않게 할 수 있었다.

'시공 일자가 오래 걸리는 기초공사는 원하는 대로 최대한 줄이도록 하지.'

땅을 파고 지반을 다지는 일을 획기적으로 줄이면서 건물의 건축 속도가 3배 넘게 빨라졌다.

'건물 내부 기둥들도 하중을 복합적으로 분산시키기보다는 간단하게 견딜 수 있게만 하자.'

건축가 유저들은 신속한 시공에 놀라워했지만 미블로스의

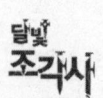

스킬이 워낙 탁월하고 특별해서인 줄 알고 넘어갔다.

"과연 대륙 최고의 건축가로군."

"진작 이렇게 했으면 좋았을 텐데. 확실히 건축가들은 내버려 두면 자기들 고집대로만 하는 경향이 있단 말이야."

헤르메스 길드의 유저들은 이제야 건설이 원활하게 된다면서 만족했다.

외관은 멀쩡하지만 내부는 고도의 부실 공사!

미블로스에게는 황궁의 미래가 훤히 내다보였다.

일반 건물들도 아니고 수천 명을 수용할 수 있을 만큼 방대하고 장엄한 건물들이 한자리에 모여 있다.

그러나 내부적으로는 각 건물들의 내구도가 형편이 없어서, 불과 몇 달이 지나고 난 후에는 주춧돌이 깨지고 기둥과 천장에 균열이 발생하게 될 정도였다.

그렇더라도 흉물이 될 뿐이지 갑자기 무너지거나 하진 않는다.

"이미 헤르메스 길드와는 돌아올 수 없는 강을 건넜다. 건물 붕괴술!"

―건물 붕괴술이 부식을 촉진합니다.
 스킬의 레벨에 따라 부식 속도를 조절할 수 있으며, 최후의 붕괴 순간을 결정지을 수 있습니다.

중앙 대륙을 정복한 제국의 중심부에 세워진 사치스럽고

호화스러운 황궁은 내부에서 녹슬고 삭아 가고 있었다.

아르펜 왕국의 궁전이 무너지고 난 후, 미블로스는 품에서 금으로 된 건축물의 모형을 꺼냈다. 하벤 제국의 황궁을 작게 축소한, 화려하기 짝이 없는 건축 모형이었다.

"건축가로서 묘한 기분이 드는구나. 정말 내 손으로 이걸 부수게 되는 날이 올 줄 알았을까. 그래도 원하지 않는 놈들이 먹고 마시며 노는 걸 지켜보기보다는 내 손으로 없애는 편이 나을 터. 잘 가라."

미블로스의 스킬이 발휘되고 나자 하벤 제국의 황궁이 거센 흔들림과 함께 몸살을 앓기 시작했다.

돌기둥들에 수십수백 개의 균열이 발생하고 천장은 사방에서 무너졌다. 넓고 방대한 면적에 있는 수많은 건물들이 흙먼지를 일으키면서 쓰러진다.

그동안 충분히 약화되어 있던 하벤 제국의 황궁은 순식간에 거대한 잔해 더미로 변하고 말았다.

TO BE CONTINUED

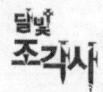

가휼 판타지 장편소설

전능하신 영주님

「아저씨 식당」 가휼 작가의 신작
이보다 더 완벽한 지도자는 없었다!

하루하루가 벅찬 인턴, 유성
별똥별을 보며 기도 한번 했더니
바르테온령의 적장자로 깨어나다!

귓가에 울리는 시스템 메시지
선대의 안배로 한 방에 소드 마스터?!

썩어 빠진 행정부 숙청부터
오랜 숙적과의 피 튀기는 전쟁에
드워프와의 역사적인 교역까지……

상상하는 모든 것을 이루어 주는
전능하신 영주님이 등장했다!

암살자였던 군주

김기세 판타지 장편소설

죽음의 신에 의해 세상이 어지러울 때 암살자가 소리 없이 다가와 구원하리라!

가족을 잃고 왕국 변방에서 평범하게 살아가던
전설의 특급 살수 가브

동생이 생존해 있음을 알고 찾으러 떠나지만
그의 앞에 펼쳐진 것은
누구든 구울이 되어 버리는 흑마법의 세상!

세상을 집어삼키는 것이 마신의 계획임을 깨달은 가브는
대항할 힘을 갖추기 위해 나라를 세우고
군주의 길을 걷기로 결심하는데……!

군주가 된 암살자는 신도 살해한다!
마음 한편이 서늘해질 다크 판타지가 시작된다!